FUSION FANTASTIC STORY
미더라 장편 소설

괴짜 변호사 : 악마의 저울 8

미더라 장편 소설

초판 1쇄 찍은 날 § 2015년 10월 2일
초판 1쇄 펴낸 날 § 2015년 10월 9일

지은이 § 미더라
펴낸이 § 서경석

편집책임 § 이창진

펴낸곳 § 도서출판 청어람
등록번호 § 제387-1999-000006호
등록일자 § 1999. 5. 31
어람번호 § 제1-2246호

주소 § 경기도 부천시 원미구 부일로 483번길 40 서경B/D 3F (우) 420-822
전화 § 032-656-4452   팩스 § 032-656-4453
http://www.chungeoram.com
E-mail § chungeorambook@daum.net

ISBN 979-11-04-90443-1 04810
ISBN 979-11-04-90196-6 (세트)

ODD LAWYER
Devil's Balance
괴짜 변호사
8
악마의 저울
도서출판 청어람
FUSION FANTASTIC STORY
미더라 장편 소설

Contents

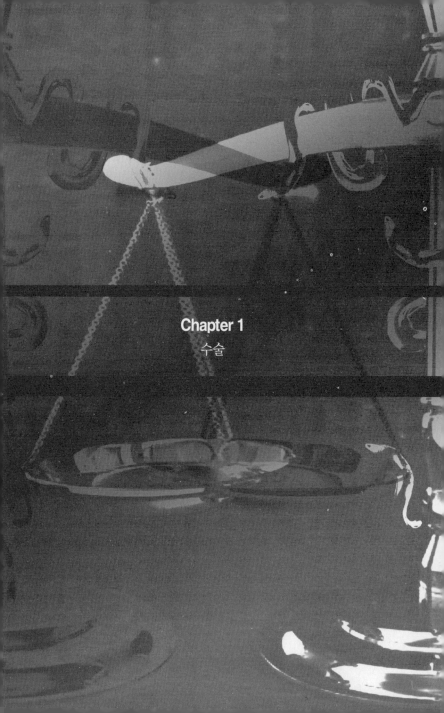

Chapter 1
수술

"미안해요, 민주 씨."

혁민은 병원으로 찾아온 민주에게 미안하다고 이야기했다. 소송은 자기를 대신해서 위지원 변호사가 맡을 거라고 하면서.

"하지만……"

민주는 무척이나 아쉬운 표정이었지만, 하고 싶은 이야기를 입 밖으로 꺼낼 수는 없었다. 지금 혁민이 어떤 상황인지 알고 있는데, 어떻게 계속 사건을 맡아달라고 이야기를 할 수 있겠는가. 그렇지만 아쉬운 건 사실이었다. 혁민이라면 뭔가 해줄 것 같았기 때문이었다.

"미안해요. 하지만 위지원 변호사도 실력 있는 변호사니까 잘할 거예요."

혁민은 입가에 처연한 미소를 띠며 이야기했다. 아주 쓸쓸하고 구슬프다는 감정이 그냥 보고 있기만 한데도 느껴질 정도였다. 민주는 혁민의 표정을 보니 그가 얼마나 괴로워하고 힘들어하는지를 알 수 있었다.

그도 마음 한구석에는 아쉬움이 있을 것이다. 하지만 지금은 그런 아쉬움 같은 건 머리에 떠올릴 여력조차 없을 것이다. 민주는 알았다고 고개를 끄덕이며 한숨을 내쉬었다. 아무래도 오빠인 철진은 교도소에 가게 될 것 같다는 생각이 들어서였다.

민주는 중환자실 밖에서 초췌한 모습으로 앉아 있는 혁민을 뒤로하고 발길을 돌릴 수밖에 없었다. 하지만 이대로 포기할 수는 없었다. 그럴 거라면 처음부터 변호사를 찾아다니지도 않았을 것이다.

민주는 다른 곳으로 갈까 하다가 변호사 사무실로 발걸음을 옮겼다. 위지원 변호사와 앞으로의 일을 상의하기 위해서였다.

하지만 위지원 변호사는 사건을 긍정적으로 보고 있지 않았다.

"잘 아시겠지만, 본인의 의사가 저러면 어려워요. 본인이 다 했다고 하는데 변호사가 어쩌겠어요. 마음이 바뀌서 이야기하는 것밖에는 방법이 없어요."

"정말 방법이 없나요?"

위지원 변호사는 고개를 끄덕였다. 그것 말고 무슨 방법이 있겠는가. 비록 증언하겠다는 사람이 나오기는 했지만, 그것으로 판도를 뒤바꾼다는 건 어려웠다. 모든 증거가 철진을 범인이라고 가리키고 있었기 때문이었다.

"무죄를 증명하는 건 무척 어려워요. 검찰이 제출한 증거가 잘못되었다고 조목조목 반박해야 가능한 거예요."

위지원 변호사는 지금 사건이 왜 이렇게 힘들게 된 것인지를 다시 한 번 설명했다.

"그 증거들에 어떤 문제가 있는지 알려면 본인이 이야기해 주어야죠. 가장 잘 아는 사람이 당사자일 거잖아요. 그런데 본인이 입을 열지 않으니까 증거의 어떤 부분을 조사해야 하는지도 알 수 없고, 설사 이상한 부분을 찾았다고 하더라도 상대방이 반박을 해버리면 그만이고요."

위지원 변호사도 한숨을 내쉬었다. 자신도 무고한 사람이 형을 사는 건 무척 싫어한다면서. 하지만 본인이 그러길 원해서 방법이 없다고 했다.

"그러면 오빠가 입을 열면 가능성은 있는 거예요?"

"그렇게만 된다면 조금은 가능성이 있죠. 뭐, 그렇다고 하더라도 시간이 될지 모르겠지만 입만 열면 확률이 확 높아지는 건 맞아요."

민주는 지금까지 계속 그런 이야기를 들어왔지만 지금처럼 조급하게 느낀 적은 없었다. 혁민이 변호사를 맡고 있을 때는 그래도 어떻게든 되겠거니 하는 생각이 있었는데 이제는 다른 변호사가 맡았다.

게다가 상황도 점점 안 좋아지고 있었다. 새로 잡힌 사람조차 철진을 책임자라고 이야기했기 때문이었다.

결국 철진이 입을 열지 않는 이상 어렵겠다는 걸 절실하게 느끼고 민주는 오빠를 찾아갔다. 혹시라도 마음이 바뀌지 않았을까 하는 일말의 기대를 품고.

하지만 오빠인 철진은 여전히 입을 다물고 있었다. 답답해서 소리를 질러보기도 했지만, 오히려 모르는 소리 하지 말라는 타박만 들었다.

"오빠가 쓸데없는 짓 하지 말고 공부나 하라고 했지?"

"왜 쓸데가 없어? 오빠, 그러지 말고 그냥 거기서 나와. 응?"

민주는 오빠가 자꾸 망가지는 것 같아서 불안했다.

전에는 그렇게까지 나쁜 것도 아니라는 생각을 했었다. 적어도 돈은 꽤 벌었으니까. 예전처럼 힘들게 살지는 않았으니까. 하지만 이런 쪽에서 일하는 사람의 말로가 어떻게 되는지를 알게 된 후로는 생각이 바뀌었다.

어떻게든 오빠가 빨리 조직에서 빠져나오기를 바랐지만, 오히려 그런 이야기를 할수록 오빠는 더 조직에 깊이 빠져들었다.

다른 이야기는 뭐든 들어주었지만, 조직의 일과 관련된 일은 절대로 들어주지 않았다. 그리고 사실 민주는 잘 모르고 있었지만, 조직에서 나간다는 게 그렇게 간단한 건 아니었다. 나가고 싶다고 자유롭게 나가게 되면 조직이 유지되겠는가.

아주 혹독한 대가를 치러야 나갈 수가 있다. 철진은 그런 대가를 치르고 나가느니 그냥 안에서 적당히 일하면서 돈을 버는 게 훨씬 좋은 선택이라고 생각하고 있었다.

거리낌도 없었다. 세상에는 비열하고 추악하게 돈을 버는 사람들이 너무나도 많았다. 오히려 정직하게 굴었다가는 호구 소리나 듣고 이용만 당하는 게 세상이었다. 그런 세상인데 주먹 좀 쓰고 법 같은 거 살짝 피해서 돈 버는 게 뭐 어떻단 말인가. 다들 그러는데 말이다.

하지만 민주의 생각은 달랐다.

"아무튼, 나는 오빠 계속 이러는 거 절대로 못 봐."

"이 기집애 말하는 거 봐라. 너 허튼짓하면 가만히 안 둔다?"

철진은 눈을 부라리면서 말했지만, 민주는 들은 척도 하지 않았다. 그러면서 자신이 어떻게든 할 거라면서 밖으로 나갔다. 그 모습을 본 철진은 한숨을 내쉬었다. 철딱서니 없는 동생이 공연히 나대다가 무슨 일이라도 당할까 싶어서였다.

세상은 그렇게 고상하고 맑은 동네가 아니다. 동생은 그런 걸 잘 모르고 있었다. 철진은 언젠가는 세상이 그렇다는 걸 알게 되겠지만, 가능하면 그런 걸 모르고도 동생이 잘살 수 있었으면 좋겠다고 생각했다. 거의 불가능하겠지만.

민주는 씩씩대면서 밖으로 나가서는 웨이터를 찾아가야겠다고 생각했다. 오빠와 가장 친했던 그 웨이터라면 많은 걸 알고 있을 것이다. 그를 추궁하면 무언가 오빠를 위해서 할 수 있는 게 있을 거라는 생각이 들었다.

"가만있어 보자. 지금 어디 있다고 했더라?"

민주는 웨이터의 임시 거처가 어디였는지 생각하고는 지금이라면 그곳에 있겠다고 생각했다. 아직 낮이었으니까. 민주는 빨리 그를 찾아가서 아는 걸 다 털어놓으라고 이야기를 해야겠다고 생각하고는 발걸음을 재촉했다.

그리고 그녀의 예상대로 웨이터는 아직 숙소에 있었다. 그녀가 찾아갔을 때, 웨이터는 친구와 어제 술을 마시고 막 일어나서 해장을 하러 나가려고 하고 있었다.

"식사하지 않으셨으면 같이 드실래요?"

웨이터는 굉장히 쑥스러워하면서 해장국을 먹으러 갈 건데 같이 가겠느냐고 물었다.

"아니요, 먹었어요. 그것보다 식사하고 얘기 좀 해요."

"무슨 얘기를……."

민주가 얘기하자고 말을 꺼내자 웨이터의 표정이 조금 굳었다. 하지만 민주는 요 앞에 있는 카페에 있을 테니까 식사하고 거기에서 보자고 이야기했다. 그녀는 앉아서 웨이터가 오기를 기다렸다. 하지만 시간이 조금 지나서 카페에 온 사람은 웨이터가 아니었다.

건장한 남자 셋이 민주에게 다가오더니 그녀를 에워쌌다. 그리고 위협적으로 말했다. 너무 갑작스럽고 워낙 험하게 이야기를 해서 민주는 소리를 지르지도 못했다.

"이봐, 아가씨. 뭐가 그렇게 궁금한 게 많은데?"

"아는 게 많으면 오래 살기 어렵다는 말 몰라?"

그런 말 못 들어봤다고 말하고 싶었지만, 입이 떨어지지 않았다. 남자 셋은 거칠게 민주를 일으켜 세우더니 밖으로 끌고 나갔다.

*　　　*　　　*

"이봐, 율희 처자는 좀 어때?"

"아, 할머니. 오셨어요?"

혁민은 할머니에게 인사했다. 율희가 있던 2인실에 민주엽이 퇴원하고 들어온 할머니였는데, 무척이나 부자라는 듯했다.

"위험한 고비는 넘겼다고 하는데 아직 의식은……."

"하이구… 아니 어쩌다가……."

율희와 할머니는 같이 있었던 시간은 그리 많지 않았지만 쉽게 친해졌다고 했다. 아무래도 할머니도 곧 수술을 앞두고 있어서 그런 모양이었다. 서로 나이나 환경은 달랐지만 조금은 위험할 수도 있는 상황이라는 공통점이 있었으니까.

게다가 할머니에게는 손녀가 없었다. 아들 둘에 딸이 하나였는데 첫째 아들은 아들만 둘, 딸도 아들만 하나였다. 둘째 아들은 아이를 남기지 못하고 죽었고. 그래서인지 할머니는 율희를 무척이나 걱정했다.

"율희가 자네 이야기 많이 했어. 변호사라지?"

"예, 할머니."

할머니는 참 착한 아이가 어쩌다가 그렇게 되었는지 모르겠다면서 탄식했다.

"못된 놈들이나 잡아가지 말이야. 그런 아이는 오래오래 살아야 하는데……."

혁민도 저절로 깊은 한숨을 내쉬었다. 그러다 갑자기 가슴 부근을 부여잡으면서 인상을 찌푸렸다. 바늘로 콕콕 찌르는 것 같은 통증이 느껴져서였다. 할머니는 놀란 표정으로 물었다.

"아니, 왜 그래? 어디 안 좋은가?"

"아뇨. 갑자기 가슴 쪽이 좀……."

가슴을 개미가 물어뜯는 것 같은 통증이 느껴졌는데, 통증은 잠깐 나타났다가 곧 사라졌다. 할머니는 지쳐서 그런 거라고 말하면서 조금 쉬라고 이야기했다.

"매일 여기서 밥도 챙겨 먹지 않고 이러고 있으니까 몸이 배겨나나. 가서 뭐라도 먹고 좀 쉬어. 자네가 이런다고 애가 좋아지는 것도 아니잖나."

할머니는 억지로 혁민을 떠밀었다. 이러다가 혁민이 먼저 쓰러지겠다면서. 사실 혁민은 얼굴이 아주 핼쑥해져 있었다. 식사도 제때 못 하고 잠도 제대로 자지 못했으니까.

"몸에 무리가 간 건가?"

지금까지 이런 적이 한 번도 없었던 터라 혁민은 잠깐 쉬기라도 해야겠다고 중얼거리면서 밖으로 걸어 나갔다. 맑은 공기라도 좀 쐬면 나을 것 같아서였다.

병원이라는 공간은 참 이상했다. 병을 고치기 위해서 온 곳인데 분위기가 참 오묘했다. 정확하게 표현하는 건 좀 어렵지만, 이곳에 오래 있으면 오히려 병에 걸릴 것 같다는 그런 느낌이 들었다.

고통과 슬픔, 죽음의 냄새가 사방에서 진동했다. 혁민은 아마도 마음이 편하지 않으니 그런 생각이 들었던 모양이라고 생각했다.

"하아… 확실히 밖이 훨씬 좋네… 볕도 그렇고 공기도 그렇고……."

혁민은 기지개를 활짝 켰다. 그러다 잽싸게 손을 주머니에 넣었다. 전화기가 울렸기 때문이었다.

"어, 그래. 무슨 일이야?"

─예, 선배님. 급하게 여쭤볼 게 있어서요.

어지간한 일은 알아서 처리하라고 일러놓았으니 이렇게 전화를 했다는 건 급한 일이라는 거였다. 역시나 위지원 변호사는 급한 일이라고 했다.

─철진 씨가 입을 열었는데요, 아셔야 할 것 같아서요.

"철진 씨가?"

뜻밖이었다. 그렇게 자신이 죄를 뒤집어쓰고 교도소에 들어가고 싶어 하던 남자가 갑자기 입을 열었다니 말이다.

─예. 그런데 민주 씨가 좀 다쳤어요.

"민주 씨가? 민주 씨는 왜? …아."

그렇게 이야기하다가 혁민은 대충 어떻게 된 것인지 감이 왔다. 민주가 가만히 있었을 리가 없었다. 지방에 있는 웨이터도 찾아내서 데려온 민주 아니던가. 계속 무언가를 찾으려고 들쑤시고 다녔을 것이다.

"그렇게 다니는 걸 조직에서는 탐탁지 않게 생각했을 것이고……."

당연히 경고했을 것이다. 그래도 민주는 움직였을 테고, 더 강한 경고가 들어갔을 터. 그러다가 손을 조금 심하게 쓴 듯했다.

"어디 많이 다쳤어?"

─심한 건 아닌데 보기가 좀…….

위지원 변호사는 타박상인데 멍이 많이 들어서 보기에는 무척 심해 보인다고 했다. 그러면서 사진을 보내왔는데, 혁민은 사진을 보고는 흠칫 놀랐다. 그냥 보기에는 무지막지하게 두들겨 팬 것 같아 보였기 때문이었다.

"이거 정말 많이 다치지 않은 거 맞아?"

─예. 병원에서 단순 타박상이래요. 그런데 잘 붓고 멍도 잘 드는 편인 데다가 부위가 참 절묘해서…….

얼굴이나 팔 같은 잘 보이는 부위에 멍이 심하게 들어 있었다. 게다가 얼굴이 부어 있어서 완전히 린치를 당한 것 같은 분위기였다.

─그런데요, 선배님. 이야기를 하기는 했는데, 어떻게 처리를 해야 할지가 좀 난감해서요.

"흠… 어떤 이야기를 했는데?"

철진은 화가 무척 난 모양인지 상당히 많은 이야기를 털어놓았다. 조사만 잘하면 무죄를 입증할 수도 있을 것 같았다. 그리고 위지원 변호사가 그런 방향으로도 제법 증거를 잘 모아놓았다.

"잘 준비했네. 그런데 뭐가 문제인데?"

─그게… 이거 좀 확인 좀 해보세요.

위지원 변호사는 아무리 생각해도 이상하다면서 혁민에게 자료를 보냈다. 혁민은 어떤 자료인지 궁금해하면서 일단 밖에 있는 벤치에 앉았다. 맑은 공기에 밝은 빛이 내리쬐니 몸이 아까와는 완전히 딴판이 된 것 같은 느낌이었다. 리셋이 된 것 같은 그런 느낌이랄까.

"확인하고 다시 연락 줄게."

자료를 다 받은 혁민은 자료를 열고는 살피기 시작했다.

"어디 보자……."

자료를 아주 깔끔하게 정리되어 있었다. 덤벙대는 성격과는 달리 위지원 변호사는 자료 정리는 굉장히 깔끔했다. 색색의 형광펜을 써가면서 정리했는데, 보기가 무척 편했다. 그런데 자료를 읽어나가는 혁민의 표정이 점점 굳어졌다. 확실히 이상한 게 있었기 때문이었다.

"뭐야, 진짜 이상한데? 흐음……."

심각한 표정으로 자료를 살피던 혁민은 갑작스럽게 온 전화에 눈살을 찌푸렸다. 중요한 부분을 읽고 있었는데, 전화가 그걸 방해했기 때문이었다. 하지만 곧바로 자료를 덮고 전화를 받았다. 병원 전화였기 때문이었다.

―지금 민율희 환자분 의식이 돌아왔습니다.

"예? 그게 정말입니까?"

혁민은 다시 확인했지만, 율희의 의식이 돌아왔다고 했다. 혁민은 뒤도 돌아보지 않고 병원을 향해 뛰었다.

*   *   *

"선생님, 어떻습니까? 예? 고비를 넘긴 건가요?"

중환자실로 달려온 혁민은 의사를 붙잡고 물었다. 하지만 의사의 표정은 그리 밝지 않았다. 그 모습을 본 혁민은 가슴이 정말 철렁 하고 내려앉는 기분이었다. 하지만 의사는 긍정도 부정도 아닌 모호한 이야기를 했다.

"아직은 지켜봐야 할 것 같습니다."

그러면서 아주 민감한 상태이니 안정을 취하는 게 중요하며, 계속 치료를 하겠다는 상투적인 이야기를 했다. 하지만 혁민은 율희의 의식이 돌아온 것만 해도 다행이라고 생각했다.

"그럼 지금 만날 수 있을까요?"

"검사를 해야 할 게 있으니 끝나고 보셔야 할 것 같습니다."

의사는 잠시 후에 가능하다가 말했는데, 그 정도야 못 기다리겠는가. 눈앞에서 그녀의 온기와 숨소리를 느낄 수 있는데, 얼마의 시간을 기다리는 정도는 얼마든지 참을 수 있었다.

혁민은 심장이 쿵쾅거려서 제자리에 있을 수가 없었다. 복도를 이리저리 걸어 다녔는데, 지금까지와는 달리 입가에 미소가 만연했다. 끝없이 걱정하면서 딱딱하게 굳은 표정으로 서성일 때와는 천지 차이였다.

기다리다가 문득 혁민은 자료 생각이 났다. 위지원 변호사가 보내준 자료. 혁민은 핸드폰을 열어 다시 그 자료를 살폈다. 그리고 특히 별표가 쳐진 부분에 주목했다.

"이게 정말이면 문제가 상당히 심각한 건데……."

철진의 말과 증거가 논리적으로 충돌하고 있었다. 쉽게 말해서 철진의 말이 사실이라면 검찰 쪽 증거는 거짓이라는 말이었다. 반대로 검찰 쪽 증거가 사실이라면 철진의 말은 거짓이라는 것이고.

"문제는 철진이 지금 와서 굳이 거짓말을 할 이유가 없다는 거지……."

그렇다고 가정하면 검찰 쪽 증거에 문제가 있다는 말이다. 사실 증거가 모두 확실한 건 아니다. 중요한 증거라고 생각했는데, 나중에 사건과 직접적인 연관이 없거나 잘못되었다는 게 밝혀진 경우도 허다하다.

그런데 문제는 이 증거들이 너무나도 아귀가 잘 맞아떨어진다는 거였다. 그래서 증거만 보자면 철진이 범인일 수밖에 없었다. 거기다가 증인들의 증언까지 더해지니 더 확실해진 거였고.

"그렇다면 증거가 오염되었고, 조직하고도 이미 말을 다 맞추었다는 이야기가 되는데…….”

가장 생각하기 싫은 경우였다. 수사 과정에서 누군가가 조직에 정보를 알려주고 조작했다는 얘기다. 혁민은 몇 가지를 더 물어보기 위해서 핸드폰을 꺼냈다.

“어. 난데… 뭐 좀 물어보려고.”

―예, 선배님. 어떤 건데요?

“혹시 철진 씨가 한 말에 무슨 문제가 있다거나 한 건 없어? 동생이 그렇게 되어서 홧김에 그랬다거나.”

위지원 변호사는 그런 것 같지는 않다고 했다. 처음에는 펄펄 뛰었는데, 나중에 차분하게 마음을 가다듬고 나서 이야기를 한 거라서 그렇지는 않을 거라는 거였다.

―게다가 누가 그랬는지도 확실치는 않아요. 짐작이야 하겠지만…….

위지원 변호사는 철진이 어떻게 반응했는지 알려주었는데, 처음에는 손댄 놈들 다 죽여 버리겠다고 소리를 지르고 난리를 피웠다고 했다. 하지만 결정적으로 마음을 바꾸게 된 계기는 다른 거였다고 했다.

―조직에서 약속을 지키지 않을 것 같다고 생각하는 것 같아요. 아마도 동생에게는 절대로 손을 대지 않기로 했던가 그랬겠죠.

“조직의 약속 같은 걸 믿었어? 순진한 건지 멍청한 건지…….”

혁민은 헛웃음이 나왔다. 이익에 따라서 움직이는 게 조직이다. 그런 약속 같은 거야 언제든지 없었던 일로 해버릴 수 있는 거다.

"하기야 자기가 직접 당하기 전에는 잘 모르지."

―예. 당하고 나니까 예전에 자기가 본 것들이 생각나나 보더라고요.

철진의 말에 의하면 전에도 비슷한 경우가 있었는데, 약속을 지킨 경우도 있었고 지키지 않은 경우도 있었다. 단순하게 버려서 더 큰 이익을 얻을 수 있으면 버리는 거다. 그리고 그 사실은 감추고.

'그래서 마음을 돌렸다 이거지? 그렇다면 아는 대로 다 불었을 것 같은데… 아니지. 자신이 풀려나기 위해서 과장을 했을 수도 있겠네…….'

혁민은 곧바로 위지원 변호사에게 물었다.

"그래? 그러면 검찰 쪽 증거 말이야, 경찰이 수사한 자료."

―예, 선배님.

"아니다… 서류 전부 가지고 병원으로 좀 와."

혁민은 사무실로 달려갈까 하다가 아직은 율희 상태가 좋지 않아서 그럴 수는 없다고 생각했다. 그래서 이곳에서 살펴볼 요량이었다.

혁민은 통화를 마치고 다시 복도를 서성거렸다. 빨리 검사가 끝나고 율희를 보았으면 좋겠다고 생각하면서.

＊　　　＊　　　＊

확실히 이상했다. 아귀가 너무 잘 맞아떨어지는 게 문제였다. 마치 결론을 정해놓고 거꾸로 증거를 맞춰 나간 느낌. 그래서 거기에 무언가 하나만 삐끗하면 전체적으로 엉망이 될 수밖에 없는 그런 구조였다.

그런데 그동안 모은 자료들을 바탕으로 살펴보니 삐걱거리는 게 한두 개가 아니었다. 혁민은 확신할 수 있었다.

"이거 증거가 오염된 거야. 누가 내부에 공모자가 있는 거지."

"역시 그렇죠? 저도 이상하더라고요. 아무리 살펴봐도 그렇지 않으면 설명이 되지 않았거든요. 그래서 연락드린 거구요."

경찰인지 검찰인지는 모르겠지만, 내부에 누군가가 조직과 공모를 했다. 그리고 사건을 조작했다. 검찰에서 이미 수사를 하고 있으니 그걸 완벽하게 막을 수는 없으니, 피해를 최소화하는 방향으로.

"그런데… 이게 좀 문제가 되겠는데…….."

피고인이 갑자기 말을 바꾸었다. 이건 분명히 문제가 될 내용이었다. 검찰에서는 형을 받지 않기 위해서 말을 바꾼 것이라고 주장할 수도 있다.

"시간이 없어, 시간이……. 이게 문제가 있다는 걸 증명하려면 단시간에는 불가능한데…….."

"그러면 어쩌죠?"

혁민은 지금 상황에서 어떻게 하는 것이 가장 최선인지를 생각했다. 머릿속이 아주 복잡했다. 워낙 문제가 이리저리 얽혀 있어서 그런 거였다.

"그러니까 왜 자기가 뒤집어쓴다고 해서는… 어차피 그놈들이 끝까지 챙겨줄 줄 알아? 오히려 더 큰 거 뒤집어씌우지나 않으면 다행이지."

"이래서는 재판에서도 이기기 어려울 것 같아요, 선배님."

"나도 알아. 그러니까 방법을 생각하고 있잖아."

"혹시 증거를 모을 시간을 달라고 하면 판사가 들어주지 않을까요?"

가능할 것 같기도 했다. 지금 상황을 설명하고 증거를 찾을 시간을 달라고 하면 잘하면 받아들일 것 같기도 했다. 판사도 죄가 없는 사람에게 형을 선고하는 것만큼 부담스러운 일은 없으니까. 하지만 그것도 문제가 있었다.

"내부에 공모자가 있다는 게 문제야. 그러면 이쪽 움직임에 맞춰서 그쪽도 움직이겠지."

"아, 우리가 필요한 증거를 없애거나 또 조작할 수도 있겠네요."

"맞아. 그러니까 그런 식으로 움직이는 것 헛고생만 할 가능성도 있지."

"그래도 그렇게 해야 하는 거 아닌가요? 다른 방법이 없어 보이는데……."

그런데 갑자기 혁민의 머리에 기가 막힌 생각이 떠올랐다.

"아니다. 그것보다 훨씬 좋은 방법이 생각났다."

"예? 뭔데요?"

위지원 변호사는 눈을 동그랗게 뜨면서 혁민의 얼굴을 쳐다보면서 물었다. 혁민은 빙긋 웃으면서 무어라 말하고는 곧바로 전화기를 들었다. 그리고 어디론가 전화를 걸었다. 그리고 위지원 변호사에게는 따로 일을 시켰다.

*   *   *

"야, 그게 정말이야?"

다음 날, 혁민은 병원에서 차동출 검사와 만나고 있었다. 차동출 검사는 굉장히 심각한 표정을 하고서 달려와서는 따지듯 물었다.

혁민은 조용히 정리한 자료를 내밀었다. 그러자 차동출은 약간은 신경질적으로 서류를 넘겼다.

검사로서 이런 상황은 무척이나 자존심 상하는 일이었다. 특히나 검찰의 일에 자부심을 가지고 있는 차동출 아닌가. 조폭과 배신자가 조작된 자료로 장난을 쳤는데, 검찰이 거기에 놀아났다는 것이니 얼마나 분통이 터지겠는가.

"이상하기는 하지만, 이것만 가지고 확신할 수는 없어."

"그렇죠. 저도 이것만 보았다면 반신반의했겠죠."

혁민은 철진의 이야기까지 모두 해주었다. 어떤 상황이어서 입을 열지 않다가 법정에서 연 것인지. 그리고 왜 지금 말을 바꾼 것인지. 이야기를 들은 차동출 검사는 표정이 점점 더 심각해졌다.

"그래도 그것만으로는 부족해."

차동출은 고개를 저었다. 분명히 의심이 가는 구석이 있기는 하지만, 그것만 가지고 내부에 조폭과 결탁한 인물이 있다는 걸 확신하기는 어렵다는 거였다.

"너도 잘 알 거 아냐. 이 문제가 얼마나 심각한 건지. 쉽게 움직일 수 없다고."

"그래서 말인데요……."

혁민은 다 이해한다는 듯 고개를 끄덕이고는 말을 이었다.

"철진을 이용하면 어떨까요?"

"지금 피고인을?"

"예. 철진이 그래도 조직에서 위치가 아주 밑바닥은 아니거든요. 실질적으로 권한은 없었지만, 그래도 중간 간부급은 되잖아요."

차동출은 고개를 끄덕였다. 분명히 서열상으로는 아주 낮은 건 아니었다. 이번 사건을 위해서 일부러 올린 것 같기는 한데, 혁민은 그런 건 중요한 게 아니라고 하면서 이야기를 계속해 나갔다.

"그래서 이거저거 알고 있는 정보가 좀 되거든요."

"아하!"

차동출은 혁민이 무슨 말을 하는 건 줄 알았는지 무릎을 탁 쳤다.

"이야, 그러니까 철진한테 정보를 받아서 아예 조직을 쓸어

버리자 이거지? 가만. 그거 나쁘지 않다. 어차피 내부 고발자가 있어야 수사도 편하고 그러니까."

차동출은 철진의 정보 몇 개만 확인하면 그가 정말 협조를 하려는 것인지를 판단할 수 있으니 그렇게 진행하는 것도 괜찮겠다고 거듭해서 중얼거렸다.

"그러니까요. 철진이 협조하면 조직 설거지해 버리는 것도 가능하잖아요. 게다가 이쪽 사람하고 결탁해서 검찰을 농락한 조직을 가만히 둘 수 있어요?"

"당연히 가만둘 수 없지. 감히 검찰을 상대로 장난을 쳐?"

"그리고 조폭하고 결탁한 그 사람도 찾아야죠. 그러려면 제가 증거 찾고 하는 것보다는 검찰에서 움직이는 게 훨씬 나아요. 제가 움직여 봐야 뭘 어쩌겠어요. 증거 수집력이나 수사력에서 비교가 되지 않죠."

당연한 말이었다. 일개 변호사가 증거를 찾아봐야 얼마나 찾겠는가.

"그리고 철진의 말이 사실인지 아닌지야 검사님 얘기한 것처럼 몇 가지만 확인하면 되는 거잖아요."

"그럼. 조직 관련된 정보 몇 가지만 물어보면 대번에 알 수 있지."

"그러면 위에서도 바로 오더 떨어질 것 같은데요."

혁민은 점수 좀 딸 수 있을 거라면서 어떠냐고 말했다. 차동출은 점수나 그런 거야 상관없지만, 정말로 누가 장난을 친 거라면 절대로 그냥 넘어갈 수 없다고 이야기했다. 혁민도 그런 차동출의 성격을 알기에 불러서 이야기한 거였다.

"그런데 그렇게 되면 철진도 피해 갈 수는 없을 거야. 정보 제공했다고 봐줄 수는 없어. 싹 잡아들이는 거니까 지금까지 있는 죄목 전부 챙겨서 넣을 거야."

"아예 빼달라고야 못하죠. 대신 정상참작은 해줘요."

"뭐, 그래도 중요한 정보를 제공해 줬는데 어느 정도 감안은 해줄 수 있지."

차동출은 그런데 이런 게 철진하고 이야기는 된 거냐고 물었다.

"떠보기는 했는데, 그렇게 하겠다고 했어요."

어제 위지원 변호사에게 시킨 게 바로 지금 말한 거였다. 위지원 변호사는 철진과 만나서 지금 이야기를 하면서 의사를 물었는데 철진이 긍정적인 대답을 했다.

"한 가지만 확실하게 해달라고 하더군요."

"뭔데?"

"조직이 정말 끝장나는 거 맞는 거냐고 하더군요."

철진은 혹시라도 자신이 해코지를 당할까 우려하는 것 같았다. 이런 식으로 밀고를 하게 되면 조직에서 어떻게 처리하는지 잘 알고 있었으니까. 하지만 조직 자체가 완전히 박살 나면 상관없는 일 아닌가. 그래서 철진은 조직이 완전히 없어지는게 맞는지 계속 물었다.

"당연하지. 검찰을 농락한 조직을 가만히 둘 것 같아? 이번에 설거지가 뭔지 확실하게 보여주지. 그리고 그 조직하고 붙어서 놀아난 놈도 누군지는 몰라도 각오 단단히 해야 할 거야."

차동출은 정말로 화가 났는지 멧돼지처럼 콧김을 씩씩 내뿜었다.

"제가 만나보고 바로 연락드릴게요."

혁민은 그렇게 이야기하고는 철진을 만나러 갔다.

가는 동안 혁민은 깨어난 율희와 이야기를 한 게 계속 머리에 떠올랐다. 그리고 자신을 향해 미소 지어주던 그 얼굴도.

더 살펴봐야 한다고는 했지만, 그래도 의식이 돌아왔다는 건 혼수상태인 것보다야 나은 거 아니겠는가. 혁민은 천만다행이라고 생각했다.

"그러면 저도 교도소에 가야 하는 겁니까?"

"아마도요. 그리 길지는 않겠지만, 가기는 갈 겁니다."

철진은 조금 망설여지는 듯했다. 조직에 있을 때야 다녀와야 대접도 받고 하니 갈 생각을 했지만, 손을 씻기로 한 지금은 가능하면 안 갔으면 하는 마음이었다.

그런 생각을 하는 철진에게 혁민이 조용히 말했다.

"철진 씨."

철진이 고민이 가득한 얼굴을 들어 혁민을 쳐다보았다.

"세상에 대가 없이 가질 수 있는 것은 없어요. 그런데 무언가를 가졌다? 그게 무슨 얘기겠어요?"

철진은 무슨 이야기인지를 몰라 고개를 갸웃거렸는데, 혁민이 말했다.

"그럼 이제는 대가를 치러야 할 때라는 거예요."

철진은 고개를 푹 숙였다. 그리고 여러 생각을 했다. 그동안 자신이 돈도 제법 벌고 어깨에 힘도 좀 주고 다녔다. 그 와중에 주먹도 좀 썼고 사람들이 눈살을 찌푸릴 만한 일도 했다.

"그렇군요. 지금이 아니라도 언젠가는 그렇게 되기로 예정되어 있는 일이었군요."

"꼭 나쁘게만 생각하지는 말아요. 철진 씨도 교도소에 들어가야 누가 밀고를 한 건지 다른 사람들이 모를 테니까."

철진은 픽 하고 웃었다. 그런 건 나쁘지 않다면서.

"좋습니다. 그렇게 하죠."

철진은 쓸쓸하게 웃으면서 대답했다. 혁민은 잘 생각했다고 이야기했고.

*　　*　　*

그리고 얼마 후, 조직을 일망타진했다는 뉴스가 세상에 알려졌다. 하지만 그 조폭의 뒤를 보아주던 사람이 누구인지에 관한 이야기는 알려지지 않았다.

그것이 알려지기 원하지 않는 사람들이 있었기 때문이었다. 혁민은 인터넷 기사를 보면서 중얼거렸다.

"세상에는 알려진 것보다 알려지지 않은 일들이 많은 법이지."

"뭔데 그래요?"

혁민은 율희의 목소리를 듣고는 환하게 피어난 얼굴로 대답했다.

"아니야, 그런 게 있어. 그것보다 어디 불편한 데 없어?"

"괜찮아요. 오빠도 가서 좀 쉬어요. 피곤해 보여요."

"무슨 소리. 난 너만 보고 있으면 그냥 기운이 팍팍 난다니까?"

혁민은 자리에서 일어나서 체조하는 시늉을 했고, 율희는 그 모습을 보면서 조용히 웃었다.

*   *   *

"멀쩡하게에에……."

강미현은 의사의 멱살을 턱 하고 잡고는 마구 흔들어댔다. 억센 그녀의 몸짓에 약간 가녀린 편의 의사는 바람 앞의 촛불처럼 이리저리 흔들렸다.

"수술실에 들어 갔더어언……."

간호사 둘이 달려들어 말려보았지만, 강미현을 막기에는 역부족이었다. 의사도 당황해서는 어쩔 줄을 몰라 하며 이거 놓고 말씀하시라는 말만 되풀이했다.

"저기, 이러시면……."

"넌 또 뭐야?"

옆에서 간호사가 달라붙으며 다시 말렸지만, 그녀가 눈을 크게 뜨고 노려보자 움찔했다. 쳐다보는 눈길에서 살기 같은 게 느껴졌기 때문이었다. 강미현은 팔을 휘둘러 간호사를 떨구고는 다시 의사의 멱살을 잡았다.

"어? 할머니가 왜 깨어나지를 못하는 건데에? 엉?"

"그게… 말씀드렸지만……."

의사와 간호사가 쩔쩔매고 있을 때, 연락을 받은 경비원이 달려왔다. 하지만 강미현은 그러거나 말거나 의사를 붙잡고는 고래고래 소리를 지르고 있었다.

"괜찮다며? 치료가 잘돼서 수술해도 걱정이 없다면서? 어?"

하지만 제아무리 억세다고 해도 여자 아닌가. 경비원이 손을 쓰자 의사와 떨어질 수밖에 없었다. 하지만 끌려 나가면서도 여전히 의사를 향해 삿대질을 하면서 소리쳤다.

"니놈이 잘못한 거잖아. 이 나쁜 자식아."

의사는 절레절레 고개를 휘저었다. 저런 사람은 처음 보았다는 듯이. 그러고는 상당히 불쾌해하면서 발걸음을 옮겼다.

"무슨 일이래?"

"몰라? 저기 병실 있던 할머니 있잖아."

"그 돈 많다던 할머니?"

"그래. 그 할머니가 수술을 했는데 의식이 안 돌아온대."

환자복을 입은 여자 둘이서 손가락으로 여기저기를 가리키면서 수군거렸다. 그리고 혁민도 그 이야기를 유심히 들었다.

"후우……."

혁민도 잘 아는 할머니였다. 율희와 2인실을 썼던 그 할머니였으니까. 혁민과도 종종 이야기를 했다. 분명히 약물치료가 잘돼서 수술도 무난할 것이라고 말했는데, 수술이 끝났어도 아직 의식불명 상태였다.

그리고 소리를 질러댄 여자는 할머니의 작은며느리였다. 할머니는 가족 이야기는 거의 하지 않았는데, 가끔 병원에서 마주친 적이 있어서 얼굴은 알고 있었다.

"율희도 상태가 좋지 않은데……."

율희의 병세는 나날이 악화되고 있었다. 3개월 전에 의식이 돌아왔을 때만 해도 이제 회복이 되는가 싶었는데, 그게 아니었다. 차츰차츰 나빠져서 이제는 의식이 있다가 없다가 했는데, 의식이 없는 시간이 점점 길어지고 있었다.

답답한 건 의사도 어쩔 수가 없다고 하는 거였다. 방법도 없단다. 그저 치료를 계속하면서 좋아지기를 바라는 방법밖에는.

그렇다고 이렇게 손을 놓고만 있을 수는 없어서 계속 고칠 방법을 알아보고 있었다.

혁민도 알아보고 있었고, 민주엽도 백방으로 뛰어다니면서 방법을 찾고 있었다. 그리고 두 사람은 몰랐지만, 윤태도 고칠 방법을 찾고 있었다.

"아니, 그러면 이거 의료 사고 아녀?"

"사곤지 뭔지는 모르겠는데 일단 문제가 있는 거는 있는 거겠지. 사람이 수술받았는데 깨어나지 않으면 뭐가 단단히 잘못되어도 잘못된 거 아니겠어?"

두 여자는 계속해서 쑥덕거렸는데, 한 여자가 이 일에 관해서 꽤 잘 알고 있는 것 같았다. 계속해서 옆에 있는 여자에게 이런저런 이야기를 해주고 있었다.

"지금 그 집 딸하고 큰며느리하고 소송 들어갈 거라고 하더라고."

"어이구. 소송을? 그런데 이렇게 큰 병원 상대로 소송을 하면 이기기 어렵다던데……."

"그래? 그런데 그쪽 집도 만만치 않지 않아. 그 집 가지고 있는 돈이 얼만데?"

여자는 그런 사람들이니 알아보고 하는 걸 거라고 했다. 승산이 없는 걸 했겠느냐면서.

"하기야. 우리야 뭐 아나. 알아서 했겠지. 그런데 저 여자는 왜 저러는데?"

"아, 저 여자는 작은며느리야, 작은며느리."

아줌마는 할머니 아들이 둘이고 딸이 하나인데 저 여자가 둘째 아들과 결혼한 며느리라고 이야기했다.

"내가 거기 첫째 며느리하고 좀 알거든. 아유, 아주 망종이래, 망종."

아줌마는 손사래를 치면서 이야기했는데, 저 며느리하고 둘째 아들 결혼할 때도 그렇게 반대가 심했는데, 결국은 결혼한 지 5년 되었을 때 사고로 아들이 죽었다고 했다.

"남편 잡아먹은 거지. 그래서 집안에서도 다 싫어한다네?"

"그래? 그런데 왜 저래? 할머니 때문에 저러는 것 같던

데……."

아줌마는 주위를 둘러보더니 손을 입에다가 가져다 대고는 속삭였다. 목소리가 커서 주변에 있던 혁민에게는 다 들렸지만.

"저 며느리가 돈 타낼라고 저런대요. 니들이 잘못했으니까 돈 내놔라 이거지… 평소에는 잘 들여다보지도 않다가 사고 나니까 와가지고 저러는 거래요."

"아이구, 흉칙헌 여편네구만. 시어머니가 사경을 헤매는데 돈 뜯어내려고… 아이구……."

"그래 가지고 거기 첫째 며느리하고 딸하고는 아주 질색을 한대요. 잘못한 게 있으면 소송해서 법적으로 가리면 되는 건데 깡패처럼 저런다고 말이야."

여자 둘은 그런 이야기를 하면서 사람이 어떻게 그럴 수가 있느냐면서 며느리 강미현을 성토했다.

"선배님, 여기서 뭐하세요?"

"어? 언제 왔어?"

"방금이요."

위지원 변호사는 생긋 웃었다가 급히 표정을 바꾸었다. 지금 율희 상태가 어떻다는 게 생각났기 때문이었다. 위지원 변호사는 혁민의 눈치를 보더니 죄송하다고 이야기하려고 했다. 하지만 혁민은 가볍게 웃으면서 손을 들었다.

"괜찮아. 위 변호사까지 계속 울상하고 다닐 건 없잖아. 그런 거 너무 신경 쓰지 않아도 돼."

"그래도요. 공연히 분위기 파악 못 하고 그러는 것 같아서……."

"무슨 소리야. 위 변호사는 그냥 평소처럼 하면 되지. 오히려 그런 밝은 모습 보면 나도 좀 에너지도 충전되는 것 같아서 좋아."

위지원 변호사는 그럼 다행이라고 하면서 서류 가져왔다고 이야기했다. 혁민은 계속해서 일을 하지 않을 수는 없어서 가끔 사무실에 나갔다. 하지만 율희의 치료 방법을 알아보러 다니거나 병원에 있는 시간이 훨씬 더 많았다.

그래서 위지원 변호사가 급하게 상의할 일이 있으면 서류를 가지고 병원으로 오는 경우가 종종 있었다.

"그런데 의료 사고 어쩌구 이야기하는 것 같던데……."

"아, 나도 아는 할머니인데 뭔가 문제가 있는 것 같기는 해. 그래도 의료소송은 쉽지 않지."

혁민은 병원을 상대로 이기는 건 어려울 거라면서 이야기했다.

"의료소송이 어떤 게 있는지는 알지?"

"그럼요. 의료 기관 또는 의사와 환자 사이의 민사소송이나 의사에 대하여 업무상 과실치사상 책임을 묻는 형사소송이죠."

혁민은 고개를 끄덕였다.

"의료 기관과 건강공제회 또는 보험회사 사이의 보험료 등에 대한 민사소송도 있기는 한데 이거야 뭐 위 변호사가 특별히 신경 쓰지 않아도 되는 거니까."

혁민의 말에 위지원 변호사는 지금까지 의료소송을 해본 적이 있느냐고 물었다.

"나? 아직 의료소송은 없었지."

여기서는 없었다. 전에는 두 번 맡아서 진행한 적이 있었는데, 두 번 모두 패소했다. 의료 과실을 입증한다는 게 만만치 않은 일이라서 그런 것도 있었고, 다른 이유도 여럿 있었다.

"그냥 이런 거라고 알아만 둬. 일반적으로는 먼저 형사상 고소를 한 후에 민사를 걸어."

"예. 아… 당연히 그렇겠네요."

위지원 변호사는 또 수첩을 꺼내어 혁민의 말을 적었는데, 왜 그런지 알 것 같다면서 이야기했다.

"증거 때문에 그런 거죠?"

"그것도 이유 중 하나지. 아무래도 일반인이 증거를 찾는 건 어려운 일이거든. 수사 권한도 없는데 어떻게 증거를 찾겠어. 그러니까 형사소송을 하는 거지. 강제수사를 하니까 피해자에게 유리한 증거를 찾을 확률이 높거든."

위지원 변호사는 다른 이유도 있느냐고 물었다.

"의사도 형사는 좀 부담스럽거든. 만약에 과실이라고 판결이 내려지면 끝장나는 거잖아. 의료 기관도 마찬가지고. 그러니까 의료 기관과 의사의 과실 여부를 다루는 과정에서 합의가 될 확률이 높지."

혁민은 어지간하면 그 과정에서 합의가 이루어진다고 했다.

그래서 고소를 해서 압박하고 적당히 합의하는 걸 권하는 변호사도 많다고 했다. 끝까지 가면 패소할 확률이 높으니까.

"의료소송은 승소율이 형편없어. 이긴다는 건 정말 어렵다고 봐야지."

위지원 변호사는 고개를 끄덕였다.

"그건 그렇고. 검토해야 할 건 뭔데?"

"아, 맞다."

위지원 변호사는 깜빡 잊어먹고 있었다면서 자신의 머리를 콩 때렸다.

혁민은 피식 웃으면서 이야기했다.

"위 변호사는 다 좋은데 덤벙대는 게 문제야."

"저도 알아요. 그런데 어디 꽂히면 정신이 그쪽으로만 가서… 쉽게 안 고쳐져요……."

혁민은 이제는 나아져서 심하지는 않으니 괜찮다고 했다. 어떤 문제에 집중하는 것이 나쁜 건 아니니까. 그런 장점은 잘 살리고 단점인 덤벙대는 건 심하지만 않으면 되는 거라고 했다.

"그러니까 고칠 필요까지는 없어. 오히려 그러다가 장점이 망가지는 경우도 많으니까. 그러니까 장점은 살리고 단점만 조금 신경 쓰는 정도가 좋아."

"네, 선배님. 그렇게 할게요."

위지원 변호사는 활짝 웃으면서 대답했다. 그 모습을 보니 혁민은 축 가라앉았던 기분이 조금은 풀어지는 걸 느꼈다.

                    *   *   *

　"자꾸 이러시면 고소를 할 수도 있어요."

　"해라, 이놈아. 해! 해보라고!!"

　강미현에게 병원 관계자가 으름장을 놓았는데, 그녀는 코웃음을 치면서 오히려 삿대질하면서 소리쳤다. 어디서 적반하장이냐면서.

　"그만 좀 해요."

　할머니의 딸이 팔짱을 낀 채 강미현에게 말했다. 교양 없이 지금 이게 뭐하는 거냐고 말했는데, 강미현은 할머니가 저렇게 되었는데 당연한 일 아니냐고 오히려 화를 냈다.

　"아니, 엄마하고는 그렇게 싸우더니 이렇게 되시니까 갑자기 효부가 되셨네?"

　"아니, 지금 그게 할 말이에요?"

　강미현은 얼굴을 붉히면서 뭐라고 하려 했는데, 경비원이 그녀를 제지했다. 강미현은 여전히 씩씩대면서 가만히 두지 않겠다고 소리를 질렀다.

　"괜찮아요? 하루가 멀다 하고 와서는 저 소란을 피우는데……."

　의사인 듯한 사람이 병원 관계자에게 물었는데, 관계자는 괜찮다고 이야기했다.

　"저런 사람들은 대응하는 방법이 있습니다. 보통 이런 사고가 나면 이모나 삼촌들이 끼어드는데요, 그런 사람들은 장난 아닙니다."

의사가 이모나 삼촌이 정말 그러냐고 묻자 관계자는 껄껄 웃었다. 원래는 없는 이모나 삼촌들이 갑자기 생겨나는 거라면서.

"이런 일에만 끼어들어서 해결해 주는 대신 얼마씩 받아 챙기는 사람들이 있거든요. 꾼들한테 걸리면 아주 골치 아픕니다."

"아, 그런 사람도 있군요."

관계자는 그런 꾼들은 아예 병원에 드러눕는 경우가 많고, 상상할 수도 없는 일도 서슴지 않아서 어지간하면 합의를 한다고 했다.

"물론 말도 안 되는 경우에는 단호하게 처리하기도 하죠. 그런 사람들에 비하면 저 정도는 아무것도 아닙니다."

관계자는 어디서 어설프게 듣고서 따라 하는 모양인데, 앞으로는 자신이 알아서 처리하겠다고 이야기했다. 그 이야기를 듣고 있던 할머니의 딸과 첫째 며느리는 미소를 지었다.

"언니, 잘됐네요. 아유, 무식하게……."

"그러니까. 그래서 어머님도 결혼할 때 그렇게 반대를 한 거지. 안 그래, 고모?"

"맞아요. 저러다가 무슨 책이라도 잡혀서 소송할 때 문제라도 되면 어쩌나 했는데, 이제 그럴 일은 없겠네요."

둘은 시시덕대더니 변호사를 만나러 가자고 이야기했다.

"그런데 정말 확실한 거죠?"

"의료소송 쪽으로는 전문가니까 믿어도 될 거야."

큰며느리는 고개를 두리번거리더니 누군가를 발견하고는 손을 흔들었다.

"저 사람이야. 가요, 고모."

큰며느리는 여자의 손을 잡아끌었고, 둘은 이내 정장을 쫙 빼입은 남자와 마주하게 되었다. 셋은 인사를 나누더니 무언가를 심각하게 이야기하기 시작했다.

"사실 의료진의 과실을 입증한다는 건 무척이나 어려운 일입니다."

남자는 의료소송이 쉽지 않다는 걸 이야기했다. 큰며느리는 이미 들어서 알고 있는 듯한 표정이었지만, 딸은 처음 듣는지 표정이 별로 좋지 않았다. 그 표정을 본 남자가 재빨리 말을 이었다.

"하지만 반대로 의사도 입증 책임이 있죠. 사실 의료소송은 명확하게 결론을 내리기가 어렵습니다. 그리고 지금 바로 소송을 들어가는 것보다는 환자분의 상태를 보고 확실하게 문제가 발생하면 그때 소송을 하는 편이 좋습니다."

남자는 더 기다려 보라고 이야기했는데, 그 말을 들은 큰며느리와 딸은 거의 동시에 이야기했다.

"어머님이 나으시면야 그게 가장 좋은 일이죠. 이게 그렇지 않을까 싶어서 미리미리 대비해 두는 거지."

"맞아요. 언니. 엄마가 빨리 정신을 차리셔야 할 텐데……."

그러면서 물어볼 것이 더 있으니 일단 자리를 좀 옮기자고 했다. 셋은 근처에 있는 카페로 자리를 옮겼다.

"어떤 점이 궁금하신지……."

의료소송 전문 변호사는 주문한 음료수가 나오자 바로 입을 열었다. 그러자 딸이 먼저 물어보았다.

"저기… 보통 의료소송은 어떤 식으로 진행하고 해결되죠? 음… 꼭 그렇게 되기를 바라서 그러는 건 아니고 그냥 알고 있으려구요."

딸은 이야기 중간에 손사래를 섞어가면서 이야기했다.

남자는 그녀가 어색하게 웃는 것을 보면서 대답했다.

"알아두시면 도움이 되실 겁니다. 의료소송은 다른 소송과는 좀 다릅니다."

*　　　*　　　*

"사실 그래서 의료소송이 어렵다는 겁니다. 의료계는 굉장히 폐쇄적인 집단입니다. 그래서 가능하면 의사의 과실을 인정하지 않으려고 하죠."

남자는 팔은 안으로 굽는 법이라면서 그것 때문에 더욱 승소하는 게 어렵다고 말했다.

딸과 큰며느리는 경청하고 있다가 궁금한 걸 물었다.

"이게 의사의 과실이라는 걸 입증하려면 말이에요, 전문가가 증언을 해야 할 것 같은데… 그런데 병원에서는 그렇지 않다고 할 거잖아요?"

남자는 고개를 끄덕였다. 일반인이 아무리 의사의 과실이라고 주장한들 무슨 소용이 있겠는가. 전문가의 소견이 필요하다. 그런데 병원에서도 가만히 있을 리가 있겠는가. 병원에서도 자신들의 과실이 아니라고 주장할 것이다.

그리고 양쪽의 의견이 모두 설득력이 있고, 둘 다 전문가로 인정받는 사람일 경우 법원에서는 어떻게 판단하는가가 궁금했던 것이다.

"그러면 말이죠, 만약에, 만약에 말이에요, 양쪽에서 다 전문가를 데려다가 내세우면 어떻게 되는 거죠?"

"일단 법원에서 감정을 촉탁하는데, 그 결과를 신뢰하는 편입니다."

사실 양쪽에서 내세운 전문가하고야 어떤 거래가 오고 갔는지 알 수 없는 일 아닌가. 그래서 법원에서 의료 기관을 지정하고 거기에다 감정을 의뢰하는 것이다.

"사실 판사도 전문가의 소견 없이 재판을 마무리할 수는 없겠죠. 그만큼 부담감이 크니까요. 그래서 촉탁을 하는 겁니다."

그 이야기를 듣자 딸은 의문을 제기했다.

"만약에 그 결과가 잘못되었다고 생각해서 다른 전문가의 소견을 제시하면요?"

충분히 가능한 이야기였다. 환자의 가족 입장에서야 불리한 소견이 나오면 그냥 받아들이겠는가. 그렇지 않은 전문가의 의견을 찾아서 과실 때문에 문제가 생긴 거라고 주장할 것이다. 남자는 그런 경우도 있다면서 실제 예를 들어서 이야기했다.

"판사도 촉탁한 의료 기관에서 온 회신을 절대적이라고는 생각하지 않습니다. 경우에 따라서는 다른 의견의 손을 들어주기도 합니다."

남자는 상이한 2개의 감정 결과가 제출되었을 때, 그중 하나만 인정하는 경우도 있다고 했다.

"얼마 전에 그것이 경험칙이나 논리 법칙에 위배되지 않는 한 적법하다고 한 대법원 판례도 있었습니다."

그렇게 말한 남자는 몸을 살짝 숙이면서 슬쩍 말을 흘렸다.

"사실 전문가의 의견보다는 양심선언이나 판사의 재량이 결과에 더 큰 영향을 미치는 편입니다. 이건 통계적인 건 아닌데, 제 경험상 말씀드리는 겁니다."

남자는 아주 의미심장한 미소를 지으면서 이야기했다. 그러면서 큰며느리와 눈을 마주쳤는데 큰며느리도 살짝 고개를 흔들면서 웃었다.

"좋은 말씀 감사해요. 선생님 같은 분이 계셔서 얼마나 마음이 든든한지……."

"저 같은 사람이야 자주 보지 않는 게 좋은 일 아닙니까. 하지만 일이 생기면 연락 주시죠. 아마 후회하지 않으실 겁니다."

남자는 기세 좋게 호언장담을 하고는 자리에서 일어났다.

여자 둘은 고개를 숙이면서 배웅하고는 다시 카페로 돌아왔다. 딸과 큰며느리는 남자가 가고 나서도 자리에 앉아 있었는데, 무척이나 오래 이야기를 나누었다.

* * *

혁민은 사무실에 잠깐 들렀다가 병원으로 왔는데, 중환자실 밖에 강윤태가 와 있었다. 그도 율희가 걱정이 되었는지 병원에 자주 들렀는데, 서로 마주친 적은 그리 많지 않았다. 서로 알아서 피했기 때문이었다.

혁민의 인기척을 느꼈는지 윤태가 고개를 돌렸는데, 혁민을 발견하고는 아주 어색하게 인사를 했다. 인사를 받는 혁민도 어색하기는 마찬가지였고.

혁민은 잠깐 의사라도 만날까 싶어서 발을 돌렸는데, 뒤에서 그를 부르는 소리가 들렸다.

"저기……."

"예?"

강윤태는 여전히 어색한 표정으로 한 채 혁민에게 무언가를 이야기하려고 다가오고 있었다. 그런데 평소와는 달리 표정이 무척이나 굳어 있었다.

혁민은 그 표정을 보자 살짝 거슬린다는 생각이 들었다. 마치 자신을 책망하는 것 같은 그런 표정이었기 때문이었다.

'아니, 가뜩이나 율희 때문에 심란한데… 자기가 뭐라고 저런 시선으로 나를 보는 건데?

솔직히 말해서 마음이 아파도 자신이 더 아프고 괴로워도 자신이 더 괴롭다. 윤태도 친하게 지냈던 사이이니 마음이 상한 건 알겠지만, 저런 표정으로 자신을 쳐다보는 건 좀 아니지 않은가.

만약에 민주엽이 그렇게 자신을 보았다면 그건 이해할 수 있었다. 하지만 윤태가 이러는 건 상당히 거슬렸다.

그래서 혁민의 표정도 살짝 험악해졌다. 그리고 조금은 퉁명스러운 말투로 물었다.

"왜 그러시는지……."

혁민의 표정과 말투가 거칠어질수록 윤태의 반응도 격해졌다. 걸어오면서 표정이 굳는 걸 반응이라고 해도 되는지는 모르겠지만, 혁민의 변화를 느꼈는지 윤태의 표정도 무척 사나워졌다.

둘 사이에 아무런 말도 없이 거리만 좁혀지고 있었지만, 무언가 벌어질 것 같은 분위기가 휘몰아쳤다. 만약 아무런 제지도 없었더라면 적어도 날 선 격한 말로 시작해서 그 이상의 감정 충돌이 생겼을 뻔했다.

"선생님. 변호사 선생님."

하지만 다급하게 혁민의 곁에 와서는 말을 거는 여자 때문에 둘 사이의 긴장감은 그것으로 끝났다. 혁민이 고개를 돌려 보니 거기에는 강미현이 서 있었다. 무척 간절한 표정을 하고서.

혁민도 몇 번 얼굴도 보았고 인사도 한 처지라 알은척을 했다. 그러자 강미현은 혁민의 손을 잡으면서 잠시 이야기를 좀 하자고 말했다. 혁민은 어쩔 수 없이 강미현을 따라 병원 밖으로 나갔는데 윤태는 그 모습을 날카로운 눈으로 지켜보고 있었다.

'저 자식 때문이야. 저 자식 때문에⋯⋯.'

윤태는 율희의 상태가 점점 나빠지고 있다는 것에 무척이나 상심하고 있었다. 자신에게는 가족이 없었다. 외가 사람들은 어머니를 첩이라고 하면서 손가락질이나 했고, 그래서 어머니가 죽고 난 후에는 완전히 인연이 끊어졌다.

간혹 뭔가 해주기를 바라면서 윤태에게 연락을 하는 사람도 있었다. 그런 사람들은 항상 첫마디가 똑같았다. '엄마의 누구인데 기억나니?' 라는 말이었다.

실제로 기억이 나는 사람도 있었다. 하지만 모두 기억이 나지 않는다고 했다. 그러면 다급하게 자신이 엄마와 얼마나 친했던 사람이라는 걸 강조하면서 친한 척을 했다. 윤태는 잘 모르겠다면서 적당한 핑계를 대고 연락을 끊었고.

'그런 사람들이야 뻔하지. 돈이나 어떻게 뜯어내려는 족속들.'

기생충 같은 인간들이었다. 그리고 형제들은 같은 집에 사는 사람이라고 표현하는 게 더 맞았다. 애정? 우애? 그런 건 애초에 없었다. 자신은 그냥 이방인이었다. 조금 더 심하게 말하면 그들에게 방해되는 이물질 같은 존재였다.

어떻게든 책잡히지 않으려 애썼다. 그리고 경영이나 그런 쪽으로는 아예 눈길도 돌리지 않았다. 그래서 일부러 법대로 진학한 거 아니겠는가. 법대에 진학하고 나서야 형들의 시선이 조금 바뀌었다. 누나는 지금까지도 여전했지만.

아버지도 별다를 것 없었다. 속내가 어떤지는 모르겠지만, 자신에게 따뜻하게 대해준 적이 한 번도 없었다.

그런 자신이었다.

남들은 재벌 3세라고 부러운 시선으로 바라보았지만, 자신은 세상에 발가벗겨 내동댕이쳐진 그런 사람이었다.

그런 자신에게 유일하게 편하게 숨 쉴 수 있게 해준 사람이 바로 율희였다. 가면을 벗고 편하게 이야기할 수 있는 사람. 그에게는 율희는 유일한 가족이나 마찬가지였다. 그런 그녀가 지금 죽어가고 있었다.

'저 자식이 문제야. 저 자식만 아니었어도……'

윤태는 그렇게 생각하면서 혁민을 노려보았다.

그리고 윤태의 태도가 마음에 들지 않았던 혁민도 병원 밖으로 나가면서 슬쩍 윤태가 있는 곳을 쳐다보았다.

"저기 선생님……."

하지만 강미현과 이야기를 해야 해서 곧 윤태는 잊어버렸다.

"왜 그러시죠? 저에게 무슨 볼일이 있으신 건지……."

"저기 어머님 문제 때문에 그러는데요……."

강미현은 무척이나 머뭇거리다가 입을 열었다. 의사에게 달려들던 모습과는 완전히 딴판이었다. 그녀는 이 병원을 믿을 수 없으니 다른 곳으로 옮겨야 할 것 같다면서 말을 이었다.

"큰 병원이라고 해서 믿고 있었는데… 다른 데로 옮겨야 할 것 같아서요. 그런데 병원에서는 보호자가 아니어서 안 된다고 해가지고…….."

혁민은 그녀의 생각이 이해는 되었다. 괜찮다고 했는데 수술을 하고 나서 갑자기 할머니가 의식불명이 된 것 아닌가. 이 병원을 믿을 수 없다고 생각하는 것도 이상하지 않은 일이었다.

"다른 분들하고 의견이 다르신가 보네요?"

"그게… 아주버님은 그래도 여기 계속 있는 게 나을 것 같다고 하셔서…….."

혁민은 그렇다면 어떻게 할 수 없는 일이라고 이야기했다. 그리고 병원을 옮기는 것이 꼭 좋은 것도 아닐 수 있다는 이야기도 했다.

"제가 뭐라고 할 얘기가 없네요. 잘 상의해서 결정하시라는 말밖에는…….."

잘 알지도 못하면서 가족 간의 일에 끼어들 수는 없는 일이다. 혁민은 그냥 무난하게 이야기했다. 이런 일에 공연히 알지도 못하면서 끼어들었다가는 욕만 먹기 쉬우니까.

그런데 혁민은 자신이 생각했던 것하고는 조금 다른 것 같다는 생각을 했다. 전에 본 거나 이야기를 들었을 때는 평소에는 잘 찾아오지도 않다가 할머니가 그렇게 되니 돈을 노리고 난리를 치는 거라고 들었는데, 지금 보니 정말로 할머니를 걱정하는 듯 보였기 때문이었다.

"그런데… 의료소송이라는 게 정말 어려운 건가요?"

혁민은 그 말을 듣고는 조금 기분이 상했다. 지금 걱정하는 척하는 건 다 연기고 사실은 돈을 노리는 게 아닌가 싶어서였다. 하지만 성급하게 판단할 수야 없는 일이다. 그래서 아는 대로 대답해 주었다.

"이기는 건 무척 어렵습니다. 사실 누가 봐도 병원의 잘못이 확실하다고 생각하는 건 소송까지 가지 않거든요."

병원이 어떤 곳인가. 그런 일에 내성이 생길 대로 생긴 그런 집단이다. 당연히 그런 사고가 발생하면 일이 커지기 전에 합의한다. 예를 들어 수술 가위를 꺼내지 않고 봉합을 했다든가 하는 빼도 박도 못하는 그런 사고는 얼른 합의한다.

하지만 인과관계를 입증하기 어려운 경우가 대부분이다. 시간도 무척 오래 걸린다. 그래서 환자나 가족으로서는 의료소송을 한다는 건 무척 부담 가는 일이다.

"잘 모르시겠지만, 소송을 하면 거기에 신경을 쓰지 않을 수가 없거든요. 그래서 생활 자체가 망가지는 경우가 많습니다."

혁민의 이야기에 강미현은 고개를 끄덕였다. 그러고는 한숨을 푹 내쉬었다. 무척이나 아쉽다는 듯이. 그러더니 갑자기 고개를 쳐들고는 질문했다.

"저기요. 저기… 만일에 어머님한테 무슨 일이 생기면 소송을 할 수는 있는 거죠? 그렇잖아요. 분명히 괜찮다고 했단 말

이에요. 그래서 수술을 한 건데, 무슨 일이 생기면 그건 저놈들이 잘못한 거잖아요. 맞죠?'

"뭐… 잘못이 없다고야 할 수 없겠지만……."

혁민은 대답하기 좀 난감했다. 그래서 그런 부분은 전문가가 아니라서 자신이 뭐라고 하기 어렵다고 이야기했다. 사실 강미현이 어떤 사람인지 확신할 수 있었다면야 좀 더 자세하게 상담을 해주거나 아니면 확실하게 거절을 했을 것이다.

하지만 진짜 할머니를 걱정하는 것 같기도 했고 또 어떻게 보면 돈을 노리고 움직이는 것 같기도 했다. 그래서 그냥 무난한 답변으로 일관했다.

"네… 공연히 제가 바쁜 변호사 선생님 시간을 뺏었네요."

강미현은 미안하다고는 했는데, 원하는 대답을 듣지 못해서인지 조금 기분이 상한다는 투로 말했다.

혁민은 그렇게 이야기하고 병원으로 다시 들어갔다.

"어, 그래. 알아보니까 어때?"

혁민은 여기저기에 율희에게 좋다는 약이나 치료 방법은 없는지를 계속해서 알아보았다. 이미 알아볼 대로 알아보았지만, 그래도 사람 마음이라는 게 그렇지가 않았다.

혹시 모른다는 마음에 계속해서 여기저기 알아보고 좋다는 약이 있으면 직접 찾아가서 정말 효과가 있는지 알아보기도 하고 그랬다. 하지만 대부분은 그냥 헛소리이거나 과장된 거였다. 그렇게 항상 실망하면서도 알아보는 걸 포기할 수는 없었다.

왜냐하면, 율희의 일이었으니까. 그래서 외국에서 비슷한 증상에 효과가 있는 약이 개발되었다는 소식을 듣고 알아보았다.

"그래? 아… 그래… 아니야. 무슨… 그래… 고마워."

아직 효과도 제대로 입증되지 않은 데다가, 연구 개발 중인 거였다는 소식이었다. 혁민은 힘없이 알아봐 준 친구에게 인사를 하고는 의자에 털썩 주저앉았다. 그런데 그의 귀에 할머니가 정신을 차렸다는 이야기가 들렸다.

딸과 두 며느리가 후다닥 뛰어가는 게 보이자 혁민은 자신도 모르게 그 뒤를 따랐다. 할머니의 정신이 돌아오고 신체 반응도 모두 정상으로 돌아왔다는 말을 들어서 그런 것 같았다.

'율희도 저렇게 정상으로 돌아오면 얼마나 좋을까.'

그런 생각을 하면서 혁민은 할머니가 있는 곳으로 걸어갔다. 그래도 자주 얼굴도 보고 이야기도 나누면서 알고 지낸 사이라 정말로 다 나은 건지 궁금하기도 했고.

병실에 가까이 가니 익숙한 목소리가 들렸다. 바로 할머니의 목소리였다.

혁민도 반가운 마음에 병실 안을 보았는데 할머니는 시큰둥한 표정으로 앉아 있었다. 그런 할머니에게 강미현이 울먹이면서 다가갔는데, 그러자 할머니는 강미현을 보고는 삿대질을 하면서 소리쳤다.

"이년아. 너 또 나 때리려고 하지?"

갑작스러운 할머니의 말에 모두가 놀랐다. 특히나 강미현은 너무 놀라서 말을 더듬었다.

"어… 어머님, 그게 무슨……."

놀라기는 다른 사람들도 마찬가지였다. 또 때리려고 하느냔 말은 때린 게 한두 번이 아니라는 말이다. 강미현이 조금 억세 보이고 평소에 둘이 티격태격하기는 했지만, 설마하니 며느리가 시어머니를 때렸을 것이라고 누가 생각했겠는가.

하지만 할머니의 표정을 보니 전혀 거짓말이라고는 생각할 수 없는 그런 표정이었다. 사람들은 모두 강미현을 쳐다보았는데, 강미현은 그럴수록 당황해서 말을 제대로 하지 못했다.

"아니, 언니… 어떻게 엄마를."

딸이 자리에서 일어서면서 작은며느리인 강미현을 노려보았다. 하지만 강미현은 두 손을 저으면서 아니라고 부인했다.

"아니야. 내가 왜 어머님을… 아니라니까."

하지만 병실 안의 분위기는 싸늘했다. 다들 강미현이 시어머니를 자주 때렸다고 생각했다. 다들 강미현의 억척스럽고 거친 성격을 알고 있다. 그러니 그런 일이 있었어도 그다지 이상하지 않다고 생각한 것이다.

병원에 와서 의사 멱살을 쥐고는 난리를 피우는 여자 아닌가. 그러니 작고 힘없는 할머니야 마음만 먹으면 얼마든지 손을 댈 수 있을 것 같았다. 사람들은 할머니와 강미현을 번갈아

보고는 고개를 끄덕였다. 정말 그랬을 수도 있겠다면서.

"아니긴 뭐가 아니야. 툭하면 때렸으면서."

게다가 할머니가 거듭해서 그랬다는 말을 하자 사람들은 거의 확신하게 되었다. 밖에서 듣고 있던 혁민도 마찬가지였다. 잠깐 할머니를 위하는 게 아닌가 생각했었는데, 자신이 잘못 생각한 것 같다고 느꼈다.

강미현은 억울하다는 듯 이야기를 했지만 소용없었다. 다들 그럴 줄 몰랐다는 눈초리로 강미현을 쏘아보았는데, 강미현은 가슴을 치더니 밖으로 나갔다. 혁민은 그만 돌아갈까 했는데 안에서 할머니가 이야기를 하는 소리가 들렸다.

그런데 걸음을 옮기려다가 생각하니 무언가 좀 이상했다. 할머니의 말이 어딘가 좀 어눌하게 느껴졌던 것이다.

"뭐가 좀 이상한데?"

그런데 그렇게 생각한 건 혁민뿐이 아니었다. 처음에는 할머니가 깨어난 것을 기뻐하다가 며느리가 시어머니를 때렸다는 사실에 놀랐는데, 시간이 지나자 무언가 이상하다는 걸 다들 느꼈다.

절대로 할머니는 저런 식으로 말할 사람이 아니었다. 오히려 꼬장꼬장하고 까탈스러운 말투로 사람을 불편하게 하면 했지, 이런 식으로 떼를 쓰는 것같이 이야기하지는 않았다.

"엄마!!"

딸이 놀란 눈을 하고는 할머니에게 다가갔는데 할머니는 여전히 퉁명스러운 말투로 이야기했다.

"넌 또 왜? 또 돈 필요하냐?"

"엄마??"

사람들은 할머니가 조금 이상하다는 걸 알았다. 혁민도 밖에서 듣고 있었는데, 분명히 평소 할머니의 말투가 아니었다. 처음에는 다소 당황하던 사람들이 하나둘 정신을 차렸다. 사람들의 시선이 모두 의사에게로 향했다.

* * *

할머니에게 치매가 왔다. 전혀 조짐도 없던 치매가 갑자기 생긴 건 아니었고, 수술하기 전에도 약간 치매기가 있었다고 했다. 하지만 할머니를 아는 사람들은 그 이야기를 듣고는 다들 고개를 갸웃거렸다.

평소에 정정했던 할머니였다. 그런 모습을 다른 사람들은 전혀 보지 못했었는데 갑자기 치매라고 하니 의아했던 것이다. 그리고 가족들도 치매 관련해서는 들어본 적이 없다거나, 있다손 치더라도 난리를 치는 걸 보면 치매가 있었다고 하더라도 아주 미약한 정도였을 거라고 생각했던 것이다.

평소에 병원에서 자주 보았던 혁민이라 할머니를 조금은 안다고 할 수 있었는데, 그날 본 것 같은 그런 모습은 처음 보았다. 물론, 혁민이 잘 모르는 것일 수도 있었지만 가족들까지 난리를 치는 걸 보면 그런 건 아닌 것 같았다.

"수술이 잘못돼서 그런 거죠?"

"그렇지 않으면 왜 그러겠어요. 어머님이 얼마나 정정하셨는데요."

딸과 큰며느리는 얼굴을 마주 보면서 이야기를 나누고 있었다.

"아니, 의사는 원래 치매기가 있던'게 조금 더 진행된 거라고 하는데, 그러기에는 너무 심하잖아요. 그렇죠?"

"맞아요. 이건 말도 안 된다고요."

둘은 수술을 집도한 의료진을 성토하더니 곧바로 고소 이야기를 꺼냈다.

"고소 진행하죠? 이건 이대로 넘어갈 게 아니잖아요."

"그래요. 변호사한테는 제가 연락할게요. 그건 그런데 사실은 그것보다 신경이 쓰이는 게 있는데… 그때 들었던 이야기가 영 마음에 걸려서……."

큰며느리는 말끝을 흐렸다. 그러자 딸도 무슨 말을 하려는지 알 것 같은지 슬쩍 주변을 살폈다. 카페에는 사람이 제법 있었지만, 아무도 둘의 이야기에 관심을 보이지는 않았다. 딸은 슬쩍 큰며느리에게 붙으면서 말했다.

"언니는 유언장 얘기 알고 있었어요?"

"나도 처음 들었어요. 그런 게 있었을 줄 누가 알았겠어요."

할머니는 정신이 좀 이상한 상태에서는 말을 오락가락했는데, 그 와중에 유언장이 있다는 이야기를 했다. 그리고 묘한 말도 덧붙였다. 딸과 큰며느리 앞으로는 돌아갈 게 많지 않을 거라는 뉘앙스의 말이었다.

콕 집에서 너에게 돌아갈 재산은 거의 없다는 식으로 이야기하지는 않았다. 상당히 에둘러서 이야기했으니까. 하지만 둘은 대충 짐작할 수 있었다. 자신들에게 돌아올 재산이 별로 없다는 사실을.

"이걸 확인해야 할 텐데⋯⋯."

"그러게요. 그런데 어디다가 유언장을 보관하고 있는지를 모르니⋯⋯."

둘은 할머니의 유서가 어디에 있을까 추측을 했는데, 쉽게 결론이 나지 않았다.

"집에 있는 금고에 있을 것 같기도 하고⋯⋯."

"고모. 거기 있잖아요. 은행에 있는 엄마 개인 금고. 거기 있을 수도 있어요."

"그렇죠. 아니면 누구한테 맡겨놓았을 수도 있고⋯⋯."

한동안 고민하면서 의견을 나누다가 갑자기 큰며느리가 제안했다.

"우리 이러지 말고 어머님 통해서 유언장이 어디 있는지 알아보죠?"

"엄마 통해서요?"

"그래요. 정신이 오락가락하시잖아요. 그러니까 정신이 좀 이상해졌을 때, 잘 물어보면 어디에 있는지 알 수 있을 거예요."

딸은 좋은 생각이라고 하고는 둘이 번갈아서 할머니 곁에 있자고 이야기했다.

"알았어요. 오늘은 내가 먼저 있을 테니까 내일 오전에 언니가 바꿔줘요. 그리고 언제 무슨 일 있는지 서로 상의해서 시간 맞추죠."

"그래요. 일단 그거부터 알아보자구요."

둘은 그날부터 번갈아가면서 할머니 곁을 지켰다. 그리고 얼마 지나지 않아 할머니가 유언장을 어디에다가 숨겼는지 알게 되었다.

"집에 있는 금고요? 거긴 비밀번호를 모르면 소용없는 건데……."

귀중품을 넣어 두는 금고의 비밀번호는 할머니만 알고 있었다. 하지만 그 말을 꺼낸 딸은 활짝 웃으면서 큰며느리의 팔을 쳤다.

"언니. 내가 누구유. 내가 잘 꼬드겨서 비밀번호까지 알아냈지."

"정말이에요?"

며느리는 반색하면서 딸의 손을 잡았는데, 둘은 곧바로 할머니의 집으로 향했다. 그리고 안방에 있는 금고로 향했다.

혹시나 비밀번호가 틀리면 어쩌나 걱정하기도 했었는데, 비밀 금고의 문은 한 번에 열렸다. 둘은 안에 있는 유언장을 볼 수 있었는데, 유언장을 보고는 심각한 표정이 되었다. 자신들은 받는 게 거의 없도록 적혀 있었기 때문이었다.

"언니!! 하!! 이것 좀 봐요."

딸은 어이가 없다면서 코웃음을 치면서 종이를 내밀있다. 거기에는 상당수 재산을 강미현에게 준다고 적힌 유언장이 있었다.

"어머. 고모. 이거 우리가 모르는 사이에 무슨 일이 있었던 모양이에요."

"맞아요. 이거 혹시 걔가 엄마 어떻게 해서 이런 거 아니에요?"

딸은 엄마가 이런 식으로 유언장을 썼을 리가 없다면서 의문을 제기했다. 그리고 강미현이 무슨 수작을 부려서 이런 유언장을 쓰게 했을 거라면서 입에 거품을 물고 이야기했다. 큰며느리도 비슷했다.

"아무래도 어머님이 때렸다고 이야기한 게 이상하지 않아요? 어머님이 초기 치매 증상이 있었다면서요."

"맞아요. 그러니까 정신이 혼미한 틈을 타서 때리고 협박해서 이런 유언장을 쓰게 했을 거예요. 그렇지 않으면 걔한테 이렇게 많은 재산을 주실 리가 없단 말이에요."

큰며느리는 곧바로 변호사에게 전화를 걸었다. 일전에 의료 소송과 관련해서 상담을 해주었던 바로 그 변호사였다. 둘은 곧바로 변호사를 만났다.

"그러니까 이 유언장이 효력이 있는지 알고 싶으시다는

거죠?"

변호사는 유언장을 세심하게 살폈다. 그러더니 고개를 끄덕이면서 이야기했다.

"예. 효력이 있는 유언장입니다."

변호사는 할머니가 자필로 썼다는 전제하에 이야기했다.

"유언장의 종류에는 여러 가지가 있는데, 이렇게 본인이 직접 작성한 걸 자필증서라고 합니다. 자필증서의 경우에는 작성 연월일과 주소, 성명이 기입되어 있어야 하구요, 날인이 있으면 됩니다."

변호사는 아마도 조언을 받아서 작성한 것 같다면서 아주 정확하게 작성이 되어 있다고 했다. 그러자 딸은 화를 내면서 이야기했다.

"자세히 좀 봐주세요. 분명히 어딘가 이상한 부분이 있을 거예요."

딸은 절대로 이 유언장을 믿을 수 없다면서 이야기했고, 큰며느리고 무언가 이상하다고 말했다. 평소에 작은며느리를 그렇게 총애하지도 않았는데 재산을 대부분 작은며느리에게 물려주기로 한 것이 이상하다고 하면서.

"글쎄요. 제가 자세한 집안 사정까지야 어떻게 알겠습니까. 하지만 법률적으로만 보면 문제가 없는 유언장입니다."

변호사의 말에 딸과 큰며느리의 얼굴색이 변했다. 만약 할머니에게 무슨 문제가 생긴다면 할머니의 재산을 가장 많이 차지하게 되는 건 작은며느리인 강미현이 되게 생겼으니까.

"언니, 이건 잘못돼도 한참 잘못된 거 아니에요? 아니, 사실 어머니 재산 늘어난 거에 기여를 한 사람은 우리들이잖아요. 그런데 왜 그딴 근본도 없는 년이 재산을 가져가냔 말이에요."

"맞아요, 고모. 이건 분명히 그년이 무슨 수작을 부린 게 분명해요. 어머니가 정신이 좀 오락가락할 때 때리고 그래서 그랬을 수도 있어요."

둘은 강미현이 수작을 부려서 유언장을 강제로 쓰게 한 거라고 이야기했다. 잠시 밖에서 그렇게 쑥덕거리던 둘은 다시 안으로 들어와서는 변호사에게 물었다.

"그러면요, 변호사님. 만약에 이게 누가 강제적으로 쓰게 한 거라면 어떻게 되는 거예요?"

"강제적으로요? 그렇다면 유언장은 무효가 되겠죠."

하지만 그걸 어떻게 증명하겠느냐고 변호사는 말했다.

"그리고 말입니다. 만약 그랬다면 본인이 이 유언장을 벌써 없애거나 했겠죠. 그렇지 않습니까?"

그 이야기를 듣고 둘은 알 수 있었다. 무슨 이유에서인지는 모르겠지만, 이 유언장은 할머니가 직접 작성한 유언장이라는 사실을.

둘은 이 사실을 받아들이고 싶지 않았던 것이다. 그래서 무조건 이 유언장은 잘못된 것이라는 생각을 한 거였다. 하지만 할머니가 어디 보통 사람이던가. 할머니에게 그런 식으로 할 수도 없었겠지만, 만약 어떤 수작을 부렸으면 당장에 불같이 화를 내면서 호통을 쳤을 것이다. 그런데 그렇게 생각하자 둘은 더욱 섭섭한 마음이 들었다.

"아니, 엄마는 어떻게 이럴 수가 있지? 딸인 나나 오빠한테 조금이라도 더 줘야 하는 거 아닌가? 왜 오빠 잡아먹은 그런 년한테……."

"그러게 말이에요, 고모. 이거 이대로 있으면 큰일 나겠어요."

큰며느리는 어머니가 지금 무언가를 크게 착각하고 있는 것 같다고 했다.

"어머니가 치매 초기 증상이 있으시다면서요. 그래서 제대로 판단을 못 하시는 것 같아요."

"그러면 엄마한테 가서 얘기해요. 이거 이대로 하면 안 된다고. 유언장 고치자고."

그 말을 듣더니 큰며느리는 큰일 날 소리를 한다면서 나무랐다.

"아니, 고모는 어머님 성격 알면서 그런 소리를 하세요? 우리가 유언장을 봤다는 걸 알면 끝이에요."

"아, 맞다. 유언장이 있다는 건 엄마만 알고 있는 거였지."

유언장의 존재를 알고 있다는 것만으로도 그 사실을 어떻게 알았느냐면서 할머니가 노발대발할 것이다. 그런데 비밀번호를 몰래 알아내어 직접 보기까지 했다? 정말 눈 밖에 나는 정도가 아니라 완전히 내쫓길 수도 있었다.

"그러면 어떻게 하죠? 아니 그년은 도대체 어떤 여우 짓을 했길래 엄마가 이렇게 유언장을 쓴 거야?"

"그러니까요. 어쩐지 자주 어머니 집에 들락날락하더니만. 그게 다 꿍꿍이가 있어서 그랬던 거라니까."

둘은 이대로 있을 수는 없다면서 무슨 대책을 세우자고 했다.

"그냥 유언장을 없애 버릴까요?"

"그랬다가 어머님이 알면요?"

둘은 혹시라도 그런 일이 생기면 큰일 나겠다고 여기고는 재빨리 유언장을 집으로 가져와서 다시 금고 안에 넣었다.

"그러면 어떻게 하면 되죠? 이대로 재산 다 그년한테 빼앗길 거예요?"

"그럴 수야 없죠. 언니도 그건 바라지 않을 거잖아요."

"아유, 당연하죠. 어차피 그년은 돈 있어봐야 금방 다 날린다니까요. 돈 굴릴 줄도 모르는 사람이 큰돈 만지면 어떻게 되겠어요. 공연히 헛바람 들어서 사업을 하네 뭘 하네 하다가 다 날리지."

"맞아요. 그런 사람 어디 한두 명 봤나요."

둘은 이대로 있을 수는 없다고 머리를 모았다. 하지만 좋은 생각이 떠오르지는 않았다.

그런데 병원에 갔을 때 또 다른 소식을 접하게 되었다.

"네? 유언장을 아예 공증을 받으시겠다고요?"

할머니는 제정신으로 돌아왔을 때, 자신이 갑자기 어떻게 될지도 모른다고 생각한 모양이었다. 그래서 유언장을 써놓았

지만 확실하게 해놔야겠다는 생각이 든 모양이었다. 그 말을
들은 딸과 큰며느리는 화들짝 놀랐다.

"어떻게 해요? 이거 공증받으면 끝나는 거잖아요."

둘은 발을 동동 구르면서 머리를 쥐어짰다.

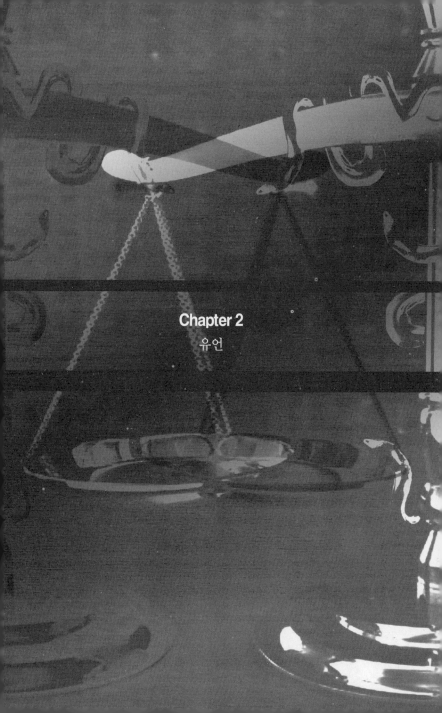

Chapter 2
유언

"글자 몇 개 고치는데 뭐가 그렇게 까다로워요?"

큰며느리는 짜증을 내면서 투덜거렸다. 유언장을 고치려면
어떻게 해야 하는지 알아보았는데, 생각했던 것보다 복잡하고
어려웠기 때문이었다.

"유언장을 수정하는 것은 원래의 유언장을 작성하는 엄격
한 방식을 그대로 따라야 합니다. 원칙적으로는 동일한 방법
으로 하여야 하나, 더욱 엄격한 방법으로 하는 것은 가능합니
다."

변호사는 조금이라도 문제가 있으면 법적으로 인정을 받지
못할 수도 있으니 유언장을 고치는 건 아주 신중해야 한다고
이야기했다.

큰며느리와 딸은 답답했다. 할머니가 제정신일 때는 유언장에 관해 얘기를 꺼내봤는데 할머니는 너희가 그걸 왜 상관하느냐면서 호통을 쳤다. 그리고 무언가 이상한 낌새를 알아차렸는지 유언장을 집에서 가져와서는 어딘가에 숨겼다. 병실에 있는지, 아니면 다른 사람에게 맡긴 것인지도 알 수 없었다.

"그러니까 녹음으로 유언장을 대신하는 것도 가능은 하지만, 대신에 증인이 있어야 한다는 거군요."

"맞습니다. 녹음 같은 경우에는 증인이 한 명이면 됩니다."

유언에는 자필증서, 녹음, 공정증서, 비밀증서, 구수증서가 있다. 할머니가 가지고 있는 유언장은 자필증서인데, 유언자가 내용을 적고 연월일, 주소, 성명을 쓰고 날인하는 방식이다. 반드시 자필이어야 함은 물론이고. 이 중에서 한 가지만 빠져도 유언장으로 인정하지 않는다.

자필증서를 제외하고 나머지는 전부 증인이 있어야 한다. 증인의 요건도 까다로웠다. 미성년자, 금치산자, 한정치산자, 유언에 의해 이익을 받을 자 및 그 배우자와 직계혈족은 유언에 참여하여 증인이 될 수 없었다.

"증인 적격이 없는 자가 참여한 유언은 전체가 무효입니다."

"그러면 말이에요, 만약에요……."

큰며느리는 할머니가 말하는 걸 녹음하고, 증인만 있으면 유언장으로 인정받을 수 있는 거냐고 물었다. 할머니가 제정신일 때는 불가능한 일이었다. 하지만 정신이 나갔을 때는 가능할 것 같기도 했다.

제정신이 아닐 때 행동이나 말을 잘 살폈는데, 잘만 꼬드기면 자신이 원하는 대로 할 수 있을 것 같았다. 그러니 그런 때를 노려서 미리 준비한 내용을 읽게 하면 되겠다고 생각해서 이런 질문을 한 거였다.

만약 된다고 하면 할머니가 오락가락하고 있으니 기회만 잘 잡으면 되는 것이다. 하지만 변호사의 말을 들은 큰며느리와 딸은 못마땅한 표정이 되었다.

"이 경우에는 문제가 될 소지가 좀 있습니다."

변호사는 할머니가 치매가 있으니 의사의 증언도 함께 있어야 할 것 같다고 했다.

"치매와 같은 병에 걸려 사리 분별 능력이 없는 자도 가끔 정신이 돌아올 때가 있죠. 의사능력이 회복되어 녹음에 의한 유언이 가능하다는 의사의 판단이 있으면 녹음 유언도 인정받을 수 있습니다. 할머니의 경우라도 말이죠."

"의사의 판단이라고 하면 어떤 걸 말씀하시는 거죠?"

"그 의사가 유언자의 심신이 회복되었다는 걸 녹음기에 구술하는 방법으로 진행합니다."

큰며느리와 딸은 표시를 크게 하지는 않았지만, 무척 낙담했다. 유언장을 고칠 방법이 없어 보였기 때문이었다. 증인 한 명만 있으면 된다고 하면 어떻게든 해볼 수 있을 것 같은데, 의사가 직접 이야기를 해야 한다면 그건 쉽지 않았다.

"그러면요, 녹음 말고는 다른 방법은 없나요?"

"녹음이 아니라면 구수증서가 있기는 한데⋯⋯."

구수증서는 다른 사람이 받아 적은 유언장이라고 보면 된다. 유언자가 말을 하면 증인이 받아 적고 낭독한다. 그러면 다른 증인이 내용이 정확한지 확인하고, 유언자와 두 증인이 각자 서명, 날인하는 방식으로 진행된다.

"아, 그런 방법도 있군요."

이야기를 들은 큰며느리와 딸의 얼굴에 화색이 돌았다. 하지만 변호사는 고개를 저으면서 거기에도 문제가 있다고 이야기했다.

"그런데 구수증서는 말입니다, 다른 방식으로 유언할 수 없는 급박한 상황이었다는 게 전제 조건이거든요. 갑자기 사고를 당해서 사망할 수도 있는 상황이거나, 질병이 위독해졌다거나 그런 경우 말입니다."

그래서 유언자가 병원에 입원해 있더라도 다른 형태의 유언을 할 수 있는 상황이었다고 하면 무효가 된다고 했다.

"제가 알기에는 할머님께서 아직 그렇게 위독한 상황은 아니신 것 같더군요. 그래서 구수증서는 작성한다고 하더라도 효력을 인정받기 어려울 겁니다."

큰며느리와 딸은 또다시 낙담하며 한숨을 내쉬었다. 사실 구수증서가 되기만 하면 가장 쉽다고 생각했기 때문이었다. 증인만 2명 만들면 얼마든지 유언장을 자기 맘대로 만들 수 있지 않은가.

하지만 변호사의 말을 들어보니 만들어도 헛수고일 것 같았다. 사실 그런 점 때문에 법적으로도 아주 급박한 상황이 아니면 인정하지 않는 것이었다.

"고모, 무슨 방법이 없을까요?"

"그러게요. 이게 쉽지 않네요."

두 여자는 자그맣게 속삭이면서 대책을 논의했는데, 변호사도 대충 어떻게 돌아가는 것인지 눈치챘다. 정상적인 방법으로 유언장을 작성하는 것이라면 이렇게 고민을 할 이유가 없다. 무언가 꿍꿍이가 있으니 이렇게 이 방법, 저 방법 알아보는 거다.

'하여간 돈이 문제지……'

할머니가 그동안 모든 재산은 어마어마했다. 은행에 넣어둔 돈만 해도 수백억 원이라는 말이 있었다. 건물이나 땅도 많았고. 그러니 딸이나 큰며느리가 이렇게 고민을 하는 것 아니겠는가.

유언장에는 대부분의 재산은 작은며느리에게, 일부는 장학재단에 기부하는 것으로 되어 있었다. 그리고 딸과 큰아들에게는 일부만 남기는 것으로 적혀 있었다.

"아니, 그 여자는 사실 남이나 마찬가지 아니에요? 작은오빠가 죽었으니까 우리 집하고는 상관없는 사람이니까 재산을 받을 권리도 없는 거 아니에요?"

딸이 울화가 치미는 듯 씩씩거리면서 말했다.

"그렇지는 않습니다. 이런 경우를 대습상속이라고 하는데요, 유산을 받을 권리가 있습니다."

민법상 상속 순위는 직계비속이 가장 먼저이고, 그다음이 직계존속, 형제자매, 4촌 이내의 방계혈족이다. 이럴 경우 불합리한 경우가 생기게 된다. 예를 들어 어떤 남자가 일찍 사망하고 남자의 부모가 나중에 사망한 경우가 그렇다.

법상으로는 일찍 죽은 남자의 아내와 자식들이 유산을 받을 권리가 없다. 그래서 그런 걸 보완하기 위해서 만든 것이 대습상속이다.

상속인이 될 직계비속 또는 형제자매가 상속 개시 전에 사망하거나 결격자가 된 경우에 그 직계비속이 있는 때에는 그 직계비속이 사망하거나 결격된 자의 순위에 갈음하여 상속인이 된다는 것이다.

"그걸 누가 몰라요?"

딸의 뾰족한 음성에 변호사는 찔끔했다. 공연히 설명을 해 주었다가 심기를 건드렸다는 걸 알고는 바로 달래는 말을 던졌다.

"그래도 유언장에 있는 것보다는 더 받으실 수가 있을 겁니다. 유류분이라는 게 있거든요."

변호사는 직계비속은 법정 지분의 절반까지는 무조건 받을 수가 있다면서 두 여자를 달래려고 했지만, 소용없었다.

"누가 그 정도도 모를 것 같아요?"

이미 그런 건 알아보고 따져 본 지 오래였다. 하지만 그 정도로 만족할 수는 없는 일. 두 여자는 지금의 유언장과는 반대로 자신들이 대부분의 재산을 갖고, 강미현은 아주 일부만 차지하는 게 옳은 일이라고 생각했다.

변호사는 달래려고 말을 했다가 오히려 화만 키운 꼴이 되자 바로 입을 다물었다. 이럴 때는 무슨 말을 해도 소용이 없다는 걸 잘 알기 때문이었다. 두 여자는 재산 이야기를 했다.

"강남에 있는 그 건물은 전부터 나 달라고 그렇게 이야기했는데……."

딸은 처음부터 눈독을 들이고 있었던 재산이 강미현에게 넘어가게 되었다는 사실에 무척이나 분개했다. 그런데 그 이야기를 들은 변호사가 슬쩍 이야기를 던졌다.

"유언의 일부 철회라는 게 있는데 말입니다……."

만약 며느리에게 주기로 한 건물을 다른 사람에게 팔거나 했으면, 유언을 철회한 것으로 간주한다고 변호사는 말했다.

"그래요?"

딸과 큰며느리는 이런 점을 잘 활용하면 무슨 방법이 나올 것 같기도 하다면서 궁리에 궁리를 거듭했다.

*   *   *

혁민은 의식을 잃고 있는 율희를 바라보면서 한숨을 내쉬었다. 그녀의 병세는 점점 나빠지고 있었다.

"지금으로서는 뭐라고 드릴 말씀이 없습니다."

의사는 집요하게 질문을 던지는 혁민을 무척이나 곤혹스러워했다. 해줄 말이 없었기 때문이었다. 약도 듣지 않고 수술을 할 수도 없는 상황. 뭐라고 말을 한단 말인가. 게다가 점점 더 상태는 나빠지고 있었으니 더욱 이야기하기 어려웠다.

의사는 그렇게 이야기를 하고는 진료가 있다며 황급히 자리를 떴다. 혁민은 누워 있는 율희의 모습을 보면서 지난 일이 떠올랐다. 율희와 함께 영화를 보고 나서 이야기를 했을 때가.

"옛날 영화라는 느낌이 별로 안 들어요."

"그러게… 우리가 태어나기도 전에 나온 영환데."

둘은 소극장에서 걸어 나오면서 이야기를 나누었다. 영화 〈러브 스토리〉를 보고 나오는 길이었는데, 1970년 작품이라는 생각이 들지 않는다고 했다.

"지금 영화 같지 않다는 느낌은 좀 있는데, 그래도 40년이 넘은 영화 같지는 않아요."

"맞아. 그리고 참 애절하더라."

율희는 물론이고 혁민의 눈가에도 물기가 살짝 보였다. 여주인공이 마지막에 죽는 게 너무 슬펐기 때문이었다.

"오빠는 내가 저런 병에 걸리면 어떻게 할 거예요?"

"저렇게 되면 절대로 안 되지. 음… 그래도 그런 상황이 되면 내가 어떻게든 고쳐 줄게."

"에이. 오빠가 의사도 아니면서……."

율희는 살짝 눈을 흘겼는데, 그래도 자신을 생각하는 혁민의 마음을 잘 알고 있는지 살포시 웃고 있었다.

"고쳐 줄게. 꼭. 나한테는 너밖에 없어, 율희야."

혁민은 손발이 오그라드는 말을 해놓고 쑥스러운지 시선을 돌려 길거리를 쳐다보았다. 율희는 픽 하고 웃고는 혁민에게 꼭 붙어서 팔짱을 꼈다.

"정말요?"

"그럼. 당연하지. 그러니까 그런 일은 절대로 있어서는 안 되지."

"에이. 그렇게 말하지만, 금방 다른 여자하고 만나는 거 아니에요?"

"무슨 소리. 난 다른 여자는 쳐다보지도 않아."

율희는 그 말을 듣고는 더욱 꼭 팔짱을 꼈다.

"오빠 주변에 매력적인 여자들 많잖아요."

"매력적인 여자?"

"네. 이채민 판사님도 그렇고, 위지원 변호사님도 그렇고."

확실히 매력적인 여자들이기는 했다. 그들도 혁민에게 호감이 있다는 걸 표시했다. 하지만 혁민은 그들과는 적당한 거리를 두었다.

"그런 걱정은 하지 않아도 돼. 그런데 그런 거 신경이 쓰였어?"

"오빠, 나도 여자예요. 세상에 어떤 여자가 그런 거에 신경이 안 쓰이겠어요."

혁민은 그 이야기를 듣고는 조금 놀랐다. 율희는 지금까지 그런 걸 한 번도 내색하지 않아서 그런 생각을 하지 않는 줄 알았으니까.

하지만 어떻게 신경이 안 쓰일 수 있겠는가. 율희는 고졸에 집안이 좋은 것도 아니고 얼굴이나 몸매도 평범했다. 그에 비해 혁민의 주변에는 예쁘고 집안도 좋고, 잘나가는 여자들이 우글우글했다.

처음에는 이채민 판사가 가장 신경이 쓰였다. 법조계에서 알아주는 명망 있는 집안에다가 여자인 율희가 보더라도 매력적인 여자였으니까. 하지만 지금은 이채민보다 위지원 변호사가 더 신경이 쓰였다.

집안은 그렇게 좋은 것 같지 않았지만, 젊고 매력적이었다. 밝고 활기차고 긍정적인 에너지가 넘치는 여자. 게다가 혁민과는 하루 종일 붙어 있지 않은가. 혁민을 100% 믿고 있었지만, 신경이 쓰이는 건 어쩔 수 없었다.

"쓸데없는 걱정. 난 너 말고는 다른 여자는 여자로 보이지도 않으니까 걱정 붙들어 매셔."

"알아요. 그런 거 보면 오빠는 참 이상해요. 남자들 보통 말은 그렇게 해도 실제로는 그렇지 않은데……."

율희는 방긋 웃으면서 그렇게 이야기했다. 율희는 다른 사람보다 사람의 감정을 잘 읽는 편이었다. 지금까지 살아오면서 자신과 같은 사람은 딱 한 명 보았다. 강윤태. 그도 율희와 마찬가지로 다른 사람의 감정을 잘 읽었다. 그래서 율희는 혁민이 정말로 다른 여자에게는 관심이 없다는 걸 믿고 있었다.

"오빠."

"왜?"

"만약에, 만약에요……."

율희는 조금 뜸을 들였다가 말을 이었다.

"오늘 영화에서 본 것 같은 일이 생기면 빨리 날 잊어버려요."

"무슨 소리야? 말도 안 되는 소리 하지 마. 그리고 그런 일 없을 테니까 그런 건 생각도 하지 말라고."

혁민은 소리를 높여서 이야기했다. 말이 씨가 될 수도 있으니까 얘기도 하지 말라고 하면서.

"오빠는 내가 그렇게 되면 완전히 망가질 것 같아요. 난 그런 거 싫어요."

"그런 일 없을 거니까 이제 그 이야기는 그만하자."

혁민은 로맨틱 코미디 영화나 볼 걸 잘못했다고 이야기했다.

"알았어요. 다음에는 재미있는 거 봐요."

"그래. 배고프지? 뭐 먹으러 가자."

혁민은 율희와 함께 이야기를 나누면서 걸어갔다. 팔에 느껴지는 율희의 싱그러운 감촉이 혁민의 마음을 즐겁게 했다.

"율희야……."

혁민은 상념에서 벗어나 의식 없이 누워 있는 율희를 보면서 중얼거렸다.

"내가 꼭 일어나게 해줄게. 꼭!!"

혁민은 수술을 할 방법을 찾아보기 위해서 강윤주를 만나봐야겠다고 생각했다.

*   *   *

윤주와 수술 관련해서 이야기를 나누었지만, 딱히 좋은 수가 생기지는 않았다. 어차피 수술할 수 있는 팀은 하나뿐이었고, 그 팀은 미국에 있기 때문이었다. 그리고 율희는 미국까지 이동할 수 없는 상태였고.

"미국까지만 갈 수 있으면 어떻게든 될 것 같은데……."

그나마 희망적인 것은 수술팀의 일정에는 여유가 있다는 거였다. 며칠 뒤에 있을 수술 후에 당분간 일정이 비어 있었으니까. 그래서 어떻게든 미국까지만 무사히 갈 수 있으면 수술은 가능했다.

더욱 고무적인 점은 각종 자료를 그 팀에 보내주었는데, 수술이 가능하다는 답변을 받았다는 거였다. 그리고 그 팀에서도 율희의 상태에 상당히 관심을 보였다고 했다.

"그냥 갔어야 했어. 조금 무리가 있더라도 조금이라도 건강했을 때 움직였어야 하는 건데……."

혁민은 그나마 상태가 조금 나았을 때 미국에 갔어야 했다며 자책했다. 공연히 여기에서 미적미적하고 있다가 병세만 악화되어 손을 쓸 수 없게 되어버렸으니까.

이렇게 된 이상 가다가 좀 위험한 일이 생길지라도 일단 미국으로 움직일 방법을 찾아야겠다고 생각했다. 그나마 그것이 가장 좋은 방법이라고 여겨졌다. 하지만 방법을 찾는 게 쉽지 않았다. 이동하는 중에 사람이 죽게 되면 여러 가지로 문제가 되니 다들 꺼렸다.

"무슨 방법이 없을까?"

집에 돌아온 혁민은 한숨을 내쉬면서 고민에 빠졌다. 율희의 상태는 날이 갈수록 나빠져서 더 이상 늦어지기 전에 어떻게든 해야 했다. 시간이 더 흐르면 손을 쓰고 싶어도 쓸 수 없는 그런 시간이 올 것이니까.

혁민은 깊은 고민에 빠졌다. 그리고 시간이 가는 줄도 모르고 그 자리에 석상처럼 굳은 채로 고민에 고민을 거듭했다. 하지만 좋은 생각은 쉽사리 떠오르지 않았다. 그런데 갑자기 가슴이 답답해졌다.

"뭐지?"

누군가가 심장을 꽉 쥔 것 같은 느낌이 들었다. 처음에는 그저 조금 불편한 정도였는데, 갑자기 심장을 꽉 움켜쥐고 쥐어짜는 것 같은 그런 기분이 들었다.

혁민은 고통을 참기 위해서 이를 악물었다. 그런데 고통스럽기는 했지만 죽을 것 같다는 생각은 들지 않았다. 통증이 있기는 했지만 못 참을 정도로 심하지는 않았다.

그런 느낌은 곧바로 없어졌다. 그런 통증을 느꼈다는 게 거짓말인 것처럼 몸이 멀쩡했다. 혁민은 요즘 들어서 이런 일이 가끔 생기는 게 이상하다고 생각하면서도 이만한 게 다행이라고 여겼다.

그런 생각을 하면서 자리에서 일어서면서 크게 심호흡을 하던 혁민은 깜짝 놀랐다. 주변에 이상한 게 보였기 때문이었다. 분명히 자기 방에 있었는데 주변에 보이는 건 자기 방이 아니었다.

모든 것이 흐릿했다. 선명하게 보이지 않고 안개가 잔뜩 낀 것처럼 흐릿했다. 그리고 머릿속도 약에 취한 것처럼 몽롱했다.

'돌인가?'

혁민은 자신이 방 안에 있는데 주변이 모두 돌로 된 것 같았다. 확실하게 살펴보기 위해서 가까이 다가가려 했지만, 어찌 된 일인지 발이 움직이질 않았다.

그리고 자신의 의사와는 상관없이 몸이 저절로 움직여서 어디론가 향했다. 방에서 나오니 긴 복도가 이어져 있었는데, 자신이 있던 것과 같은 형태와 크기의 방이 수도 없이 늘어서 있었다.

혁민은 자신이 지금 꿈을 꾸고 있다는 걸 알았다. 딱히 명확하게 설명할 수는 없었지만, 꿈속이란 게 느껴졌다.

"이런 비슷한 걸 본 적도 없는 것 같은데……."

보통 꿈은 그 사람이 경험했던 것이나 상상했던 것이 뒤섞여서 나오는 경우가 많다. 하지만 혁민은 지금 이 광경을 본 적이 없었다. 자신 있게 말할 수 있었다. 적어도 이런 건물이 한국에는 없을 것 같았으니까. 그리고 혁민은 아직 외국에 나간 적이 없었다.

'유적지 같은 건가?'

혁민의 몸은 점점 건물 바깥쪽으로 향했는데, 맨 끝으로 가니 자신이 지금 까마득히 높은 곳에 있다는 걸 알 수 있었다.

맨 아래가 보이지도 않을 정도로 높은 곳에 있었다.

혁민은 깜짝 놀라서 뒤로 물러서려 했다. 하지만 몸은 마음대로 움직이지 않고 오히려 아주 아슬아슬한 지점까지 바깥을 향해 이동했다. 혁민은 이 상황이 꿈인 걸 알면서도 바짝 긴장되는 걸 느꼈다.

그리고 잠시 후에 위에서부터 돌이 떨어졌다. 처음에는 작은 부스러기 같은 게 떨어지더니 조금 지나자 제법 큰 덩어리가 떨어지기 시작했다.

그리고 그 순간 의식이 갑자기 어디론가 이동하는 게 느껴졌다. 의식이 어떤 통로를 이리저리 지나는 느낌이 들더니 갑자기 어디선가 들어본 음성이 들렸다.

[그대가 원하는 대로 이루어질 것이다. 위대한 신의 문을 지키는 자의 이름으로.]

예전에 들어본 적이 있는 그 목소리였다.

"헉!!"

눈을 떠보니 자신의 방이었다. 깜빡 잠이 든 모양이었다. 하지만 지금 꾼 꿈이 무엇을 의미하는 것인지는 알 수 없었다.

"개꿈인가? 그동안 너무 피곤해서 그런 건가……."

혁민은 무언가 불길한 느낌도 들었다. 높은 곳에서 떨어질 뻔한 것, 무언가 무너지는 것 같은 것들이 불안한 자신의 마음을 반영한 것이라는 생각도 들었다.

그리고 마지막에 들린 목소리는 율희가 나왔으면 좋겠다는 간절한 마음 때문이라고 생각했다. 어떤 초자연적인 힘이라도 있어서 율희가 회복되었으면 좋겠다고 생각했으니까. 그리고 자신이 경험했던 가장 신비로운 경험은 과거로 다시 돌아온 거였으니까.

혁민은 꿈이든 뭐든 좋으니 율희가 회복할 수 있었으면 좋겠다고 생각했다.

*   *   *

"일없다!!"

"엄마. 그 건물은 나 준다고 했었잖아요."

"말도 안 되는 소리 하지 마라. 내가 언제 그랬다고 이러는 거야?"

할머니는 건물을 달라고 졸라대는 딸을 밀쳐 냈다.

"그 건물은 네가 탐낼 만한 물건이 아니야."

"엄마. 내가 지금까지 엄마 도와준 게 얼만데… 나한테 그 정도도 못 줘요?"

"도와주기는 개뿔."

할머니는 네가 뭘 도왔다고 그걸 달라고 하느냐면서 코웃음을 쳤다. 오히려 네가 한 거 이상으로 많이 받았다고 하면서.

"니가 지금처럼 누리면서 사는 걸 고맙게 생각해야지. 니가 지금까지 들어먹은 사업이 몇 개인 줄 알아? 다른 사람 같았으면 지금 거지가 되어서 빌어먹고 있을 거야. 그런데 무슨 건물을 줘?"

할머니는 도끼눈을 하고는 딸을 노려보았다.

"내가 뭘 그리 잘못했다고 그래요? 실수도 할 수 있는 거지. 그리고 내가 실수만 했나? 일 잘 처리한 것도 많잖아요. 내 덕에 계약한 것도 얼마나 많은데."

"으이구, 이 철없는 것아. 그게 다 니가 한 것 같으냐!"

할머니는 버럭 소리를 지르면서 손을 들었다.

"아유, 어머니. 진정하세요. 사람들도 있는데……."

큰며느리가 말리지 않았다면 딸은 한 대 얻어맞을 뻔했다. 하지만 딸은 나한테 너무 심한 거 아니냐면서 여전히 입을 놀렸다.

"고모도 그만해요."

큰며느리는 그만하라고 하면서 그녀를 데리고 밖으로 나갔다.

"어머니 너무 자극하면 오히려 역효과 나는 거 몰라요? 그냥 그러려니 하고 넘어가야죠."

"나도 그건 아는데… 언니, 정말 엄마가 나한테만 너무 심하게 하는 거 아니에요?"

큰며느리는 고개를 끄덕이면서 맞장구를 쳤다.

"아유, 고모하고 우리 그이한테 좀 그렇죠. 어렸을 때도 돌아가신 도련님만 예뻐하셨다면서요."

"작은오빠 사랑이야 유명했죠. 그래서 그 여자하고 결혼한다고 했을 때도 그 난리를 친 거잖아요. 나는 아직도 왜 오빠가 그런 여자하고 결혼했는지 이해가 되질 않는다니까요."

그러자 큰며느리는 손뼉을 치면서 자기도 알 수 없다고 말했다.

"그러니까요. 저도 이해가 되지 않는다니까요. 그런데 그래도 도련님하고 결혼을 한 사이라서 그렇게 챙겨주려고 하는 걸까요?"

"그거야 모르죠. 그사이에 그년이 무슨 꼬리를 쳤는지……."

딸은 이대로 있어서는 안 되겠다고 했다.

"이대로 앉아서 우리 돈을 다 빼앗길 수는 없어요. 어떻게든 해봐야지."

"어떻게요? 마땅한 방법이 없었잖아요."

"정상적인 방법으로 어려우면 뭐… 편법을 쓸 수밖에 없죠."

딸은 주변을 한번 쓱 둘러보더니 큰며느리에게 바짝 다가가서 귓속말로 속삭였다.

"일단 구수증서는 어렵겠어요. 그건 조건도 너무 까다롭고 복잡해서 하더라도 문제를 삼고 나오면 어려워지니까."

"그러면요? 그러면 방법이 없는 거 아니에요?"

"아니죠. 방법이 없는 건 아니죠. 언니도 엄마 제정신 아니면 어떻게 변하는지 잘 알잖아요."

"그럼요. 지금하고는 천양지차죠."

할머니는 제정신이 아니게 되면 꼭 애같이 되었다. 먹을 거에 집착하고 말투도 완전히 다르고. 그래서 처음에는 연기하는 게 아닌가 하고 생각하기도 했다. 치매에 걸리면 사람이 변한다고 듣기는 했지만, 이렇게 확 변할 수도 있나 싶어서였다.

그런데 알아보니 그런 경우도 있다는 거였다. 그래서 딸은 그런 상태가 되었을 때를 이용하자고 말했다.

"미리 준비하고 있다가 읽으라고 시키면 되는 거예요. 엄마 좋아하는 먹을 거 가지고 잘 꼬드기면 가능할 것 같아요."

"증인은요? 증인이 있어야 하잖아요."

"그거야 변호사하고 얘기를 잘해야죠."

"변호사가 하려고 할까요? 어떻게 보면 자기 목줄이 걸린 일인데……."

큰며느리는 만약 문제가 생기면 큰일 난다는 걸 변호사도 잘 알 텐데 이런 일에 동참하겠느냐고 물었다. 딸은 다시 한 번 주변을 쓱 둘러보고는 귓속말을 했다.

"그러니까 한몫 단단히 챙겨줘야죠. 대신에 우리가 얻을 수 있는 걸 확실하게 얻으면 그게 더 이익이잖아요."

"그건 그렇지만……."

큰며느리는 여전히 불안한지 망설였다. 하지만 딸은 걱정하지 말라고 했다.

"어머니가 제정신으로 있는 때가 더 많잖아요. 그러니까 변호사도 제정신이라고 생각했다, 별다른 문제가 없다고 판단되었다고 말하면 될 거예요."

"하긴. 그런 식으로 하면 빠져나갈 구멍은 만들어둘 수 있을 것 같기는 한데……."

큰며느리는 여전히 결정을 내리지 못하고 우물쭈물했는데, 딸이 버럭 화를 냈다.

"그러면 그년이 재산 다 가져가는 거 보고만 있을 거예요? 난 죽어도 그렇게는 못 해요. 언니가 못 하겠다면 나 혼자 할 테니까 그렇게 알아요."

"아니, 내가 못 하겠다는 건 아니고……."

큰며느리는 무슨 말을 하는 거냐면서 손을 내저었다. 당연히 자신도 재산을 더 챙겨야 한다고 생각하고 있었다. 하지만 방법에 문제가 좀 있어서 꺼려지는 게 있었을 뿐이었다.

"그런데 만약에요… 문제가 있다고 나오면 어떻게 하죠?"

"누가요?"

"누구긴 누구예요. 우리가 걱정할 사람이 한 명밖에 더 있어요?"

"아, 그년 말이구나. 하기야 가만히 있지 않을 것 같기는 한데……."

의사 멱살도 잡는 여자 아닌가. 이런 일이 있다는 걸 알면 가만히 있지는 않을 것 같았다.

"괜찮아요. 그년은 무식해서 이런 쪽으로는 잘 모른다니까요."

"하긴 주먹이나 휘두를 줄 알지… 그러면 그렇게 하죠."

"그리고 병원에도 소송을 걸어야죠."

"맞아요. 일단 병원도 잘못했으니까 소송 걸어야죠."

둘은 서로를 보면서 웃었다. 소송을 걸고 시끄럽게 만든 다음에 적당한 금액에 합의할 것을 상상하면서.

그리고 둘은 소송을 한다는 사실을 강미현에게도 알렸다.

그녀들이 강미현에게 소송 사실을 알린 건 다른 목적이 있어서였다. 그녀가 좀 더 날뛰어서 병원을 시끄럽게 만들길 원했기 때문이었다. 일반적인 소송으로 가서는 절대로 병원을 이길 수 없다.

그래서 주로 사용하는 방법이 병원에서 시끄럽게 구는 거였다. 그러면 병원 입장에서도 난처하게 되니 서둘러 합의를 하게 된다.

딸과 큰며느리는 소동은 강미현이 일으키고 실속은 자신들이 챙길 생각이었다. 그래서 자신들이 알아보니 의료 과실이 분명했다. 하지만 병원은 인정하지 않고 있으며, 전혀 반성의 기색도 보이지 않았다. 이렇게 강미현에게 이야기했다.

그리고 소송을 할 생각인데, 이길 확률은 별로 없는 것 같다. 그래도 이대로 있는 건 너무 억울하니까 소송을 한다고 말했다. 강미현이 분개해서 의사를 찾아가서 주먹이라도 날리기를 바라면서.

하지만 강미현의 반응이 생각과는 조금 달랐다. 그녀는 소송도 소송이지만 어머니 모시는 걸 먼저 이야기해야 하는 거 아니냐고 했지만, 가볍게 무시당했다. 어머니 모시는 건 간병인 두고 자기들이 알아서 잘하겠다면서.

강미현은 답답했다. 의사를 찾아가서 소리를 지르고 싶었지만, 무언가 꺼림칙했다. 두 여자가 자신에게 이런 식으로 자세하게 이야기를 해줄 사람들이 아니었기 때문이었다. 그녀는 비록 거칠고 가방끈은 짧았지만 바보는 아니었다.

오히려 사회 경험이 많아서 무언가 꿍꿍이가 있다는 걸 바로 캐치했다. 하지만 그렇다고 해도 자신이 할 수 있는 건 없었다.

그래서 혁민을 찾아갔다.

"병원 상대로 소송이요? 그거 어려울 텐데…….."

"그래서 제가 좀 알아보고 싶어서요…….."

혁민은 곤혹스러운 표정으로 강미현을 바라보았다. 도움을 주고는 싶었지만, 자신이 차분하게 도움을 줄 수 있는 상황이 아니었기 때문이었다.

"저기요. 제가 지금 상황이 좀 그래서 그런데 다른 변호사를 소개해 드릴게요. 우리 사무실에 위지원 변호사라고 있거든요. 그 변호사에게 제가 얘기를 해놓을게요. 찾아가시면 상담 잘해줄 겁니다."

"아유, 변호사님 감사해요. 이렇게 신경도 써주시고…….."

혁민은 모르는 사람도 아닌데 이 정도는 별거 아니라면서 괜찮다고 했다. 하지만 강미현은 계속해서 고개를 숙였다. 혁민은 곧바로 위지원 변호사에게 전화를 해서 사정 이야기를 했다. 그리고 혹시라도 무슨 문제가 있거나 하면 자신에게 연락하라는 말도 덧붙였다.

"뭐, 어지간한 건 위 변호사가 알아서 하겠지만."

그래도 혹시 모르는 일이라서 그렇게 말해두었다.

*　　　*　　　*

"그렇지. 본인이 하겠다는데 뭐 어쩌겠어."

할머니도 병원을 상대로 소송하는 걸 찬성했다. 하기야 간 간한 양반이니 이런 일을 그냥 넘어갈 리가 없기는 했다. 그래 서 병원으로서도 조금 부담을 느끼는 것 같았다. 어지간한 사 람이야 아무리 항의하고 소리를 질러대도 눈 하나 깜짝하지 않겠지만, 할머니 정도의 재력가는 급이 다르니까.

그래도 병원은 자신만의 원칙을 고수하고 있었다. 의료 과 실은 없었다는 것이다. 할머니가 원래 치매가 있었는데, 우연 히 진행 속도가 빨라진 것일 뿐 수술과는 무관하다는 것이었 다.

—하늘의 별 따기라고 하더라고요.

위지원 변호사는 자신도 알아보았는데, 다들 큰 병원을 상 대로 한 의료소송에서 승소하는 건 생각하지 말라고 했다는 거였다.

"그래서 의료소송은 과실을 입증하는 것도 중요하지만, 판 사의 마음을 움직이는 것도 중요하다고. 판사가 어느 정도 피 해자의 편을 들어줘야만 가능하니까 말이야."

병원도 과실이 아니라는 증거를 제출한다. 그것도 어마어마한 분량을. 그리고 어지간한 경우에는 의료 과실로 문제가 되었다는 걸 입증하는 건 어려운 일이다.

사람이 죽은 경우를 예로 들어보자. 반드시 의료 과실로 죽었다는 걸 입증하는 건 무척 어려운 일이다. 평소에 지병이 있던 것이 악화된 것일 수도 있고, 다른 요인으로 인해서 심장마비가 온 것일 수도 있다.

병원은 그런 기록을 전부 들이밀면서 반드시 의료 과실 때문에 죽었다고는 볼 수 없다고 주장한다. 그래서 승소하기 어렵다는 것이다. 몸이 청정 지역처럼 깨끗하고 아무런 문제가 없는 사람이 어디 있겠는가.

성인이라면 대부분 한두 가지 문제는 안고 살아간다. 비만, 당뇨, 고혈압 등등. 담배와 음주도 있고. 게다가 스트레스는 또 오죽 심한가. 그러니 그런 문제가 겹쳐서 사망의 원인이 될 수도 있다고 주장하면 완전히 아니라고 하기도 어려운 일이다.

"그러니까 보통은 드러누우라고 하지."

─맞아요. 제가 아는 선배도 그러더라고요. 어차피 소송으로 가봐야 시간도 엄청나게 오래 걸리고 이기기도 어려우니까 다른 방식으로 해결하는 게 더 쉽다고요.

그래서 큰며느리와 딸이 강미현을 부추긴 거였다. 누군가가 나서서 난리를 쳐 줘야 문제를 해결하기가 조금이라도 더 쉬워지니까.

"강미현 씨는 어때?"

—성격 장난 아니시던데요? 아주 화끈하세요. 그런데 제가 이용당하는 거라고 말씀드렸는데도 의사 찾아가서 싸울 거라고 하시더라고요.

"그래? 어차피 그래야 문제가 해결될 거라면 자신이 직접 하겠다 이거네?"

—예. 그리고 잘못해 놓고 뻔뻔하게 아니라고 하는 놈들을 가만히 볼 수 없다는데요?

어차피 강미현이 나서지 않으면 딸과 큰며느리가 고용한 사람들이 나설 것이다. 원래 이런 의료 사고가 생기면 삼촌이나 이모라고 주장하는 사람들이 갑자기 많이 생긴다.

머리띠를 두르고 병원 로비나 근처에서 먹고 자면서 농성을 하게 되는데, 병원 입장에서는 계속 그렇게 두고 볼 수만은 없으니 적당히 합의하게 된다.

강미현은 어차피 그렇게 될 거라면 자신이 하겠다고 한 거였다. 다른 사람들이 나서는 것보다 그래도 며느리인 자신이 하는 게 당연한 거라고 생각하는 거였다. 그리고 발뺌만 하는 의사들이 좀 고깝게 보이기도 한 것 같았고.

—그리고 지금 진행하는 사건 중에서도 좀 여쭤볼 것도 있고요, 새로 의뢰 들어온 거 있는데 맡을지 말지도 좀 봐주세요.

"그래. 그러면 병원에 잠깐 들러. 한 한두 시간 정도는 시간 있으니까."

혁민은 아주 좋은 약이 있다고 해서 저녁에 사람을 만나기로 했다. 아마 이번에도 별 소용이 없는 그런 약일 것이다. 하지만 그런 게 있다는 소리를 들으면 포기할 수 없었다. 혹시나 하는 마음에 계속 만나게 되었다.

─안 그래도 지금 가고 있어요. 한 15분 정도 있으면 도착할 것 같은데요.

"그래? 알았어. 오면 연락해."

혁민은 잠시 병원 밖으로 나가 서성였다. 맑은 공기를 쐬고 머리를 좀 식히니 기분이 조금은 나아지는 것 같았다.

'어떻게 조금이라도 회복이 되면 좋을 텐데……. 그래서 미국까지 갈 수 있는 상태만 되면…….'

그러면 수술을 할 수 있다. 지금으로서는 그렇게 되거나 아니면 기적적으로 뇌동맥류가 줄어들기를 바라야 한다. 하지만 후자는 거의 가능성이 없는 일.

그런 생각을 하는 사이 위지원 변호사가 도착했고, 둘은 같이 서류를 검토했다.

시간이 많이 걸리지는 않았다. 중요한 부분만 이야기를 해주어도 이제는 위지원 변호사가 처리할 수 있었으니까.

그런데 그렇게 이야기를 나누는 사이에 율희가 정신을 차렸다는 소식을 듣게 되었다.

"잠깐. 나는 가봐야 할 것 같으니까 못다 한 건 나중에……."

혁민은 말도 다 하지 않고 바로 병원으로 뛰었다. 위지원 변호사는 서류를 들고 그 뒤를 따랐고. 혁민은 곧바로 중환자실로 달려갔는데, 율희가 정신을 차린 채 의사와 무언가 이야기를 하고 있었다.

민주엽이 율희 앞에 앉아 있었는데, 율희는 혁민을 보더니 희미하게 웃었다. 혁민은 눈물이 갑자기 울컥하고 쏟아지는 걸 느끼고는 잠깐 뒤로 돌아서 물기를 닦아냈다.

"정신이 들어?"

정신을 차린 걸 보았지만, 뭐라고 이야기를 걸어야 할지 몰랐다. 그래서 겨우 한다는 소리가 정신이 들었느냐고 묻는 거였다. 입 밖으로 그 소리를 내뱉으면서 혁민은 세상에 둘도 없는 멍청이라는 생각을 했다.

아니, 얼마나 할 말이 많은가. 그런데 정신이 들었느냐니. 하지만 율희는 혁민의 목소리를 듣는 것만으로도 좋은 모양이었다. 그녀는 부드럽게 미소를 지으면서 고개를 끄덕였다.

그 후로도 별다른 이야기를 한 건 아니었다. 하지만 율희의 얼굴과 눈동자를 보면서 대화를 할 수 있다는 것 자체로도 너무나도 행복했다. 정말 행복이란 게 별다른 게 아니구나 하는 걸 혁민은 오늘 느낄 수 있었다.

누군가가 보면 그게 뭐냐고 하겠지만, 혁민은 가지고 있는 돈을 다 주고서라도 지금과 같은 시간이 영원히 이어졌으면 좋겠다고 생각했다.

"잠깐만요."

율희는 민주엽에게 혁민과 둘이서만 이야기를 하고 싶다고 말했다. 민주엽은 고개를 끄덕이고는 옆에 있던 위지원 변호사와 함께 병실에서 나갔다.

의사는 조금 전에 율희와 민주엽에게 이야기를 했다. 최선을 다하고는 있지만, 상태가 좋지 않다고. 그리고 이런 말을 해서 죄송하지만 만약의 경우도 생각하는 편이 좋을 것 같다고 했다.

민주엽은 이미 생각을 하고 있었는지 크게 동요하지는 않았다. 그저 천장을 보면서 한숨만 내쉴 뿐이었다. 그도 이런저런 방법을 찾아보았다. 산삼이나 좋다는 건 전부 구해서라도 딸의 병을 낫게 해주고 싶었다.

하지만 방법이 없었다. 그리고 율희도 이런 이야기를 듣는 게 처음은 아니었다. 전에도 이렇게 직접적으로는 아니었지만, 계속 상태가 나빠지면 위험할 수도 있다는 이야기는 여러 차례 들었다.

그리고 자신의 몸이 어떤지 자신이 가장 잘 아는 것 아니겠는가. 그녀는 죽음의 그림자를 느끼고 있었다. 그녀는 오히려 아버지와 혁민이 걱정이었다. 자신이 죽고 나면 두 사람이 어떻게 될 것이라는 걸 잘 알았으니까.

"오빠."

"그래. 뭐든 이야기해 봐."

율희는 잠시 혁민을 쳐다보다가 입을 열었다.

"나. 상태가 많이 안 좋은가 봐요."

혁민은 율희의 말을 들으니 심장이 덜컥 내려앉는 것 같았다. 그래서 재빨리 율희의 손을 꼭 잡으면서 이야기했다.

"아니야. 나을 수 있어. 내가 꼭 고쳐 준다니까."

혁민은 마음 굳게 먹으라고 이야기했다. 반드시 나을 수 있다는 마음을 가지고 있어야 병을 이기는 데 도움이 된다면서.

"그래도 어쩔 수 없는 그런 상황도 있잖아요."

"아니라니까. 지금은 나을 수 있다. 빨리 나아서 나랑 같이 놀이공원에도 가고, 영화도 보고 그러는 것만 생각해. 알았지?"

율희는 고개를 끄덕였다. 하지만 의사로부터 무슨 이야기를 들은 듯했다. 전 같으면 혁민이 이렇게 이야기를 했으면 그대로 따랐을 텐데, 기어코 자기가 하고 싶은 말을 했다. 마치 앞으로는 이런 말을 할 수 없을지도 모른다는 듯이.

"저기요, 오빠. 만약에요……."

율희는 잠시 머뭇거리다가 말의 방향을 바꾸었다. 혁민이 만약이나 그런 이야기는 꺼내지도 말라고 해서였다.

"나는요, 오빠가 행복했으면 좋겠어요."

"나도 마찬가지야. 나도 율희가 행복하길 바란다고. 그러니까……."

이야기를 하면서 잠시 울컥하는 마음이 되어서 말을 하지 못했다.

"어서 자리에서 일어나야지. 그렇지?"

혁민은 자그맣고 여린 율희의 손을 꼭 쥐면서 이야기했다. 병마와 싸운 지가 오래되어서 그런지 그 손은 너무나도 여위었고 차가웠다.

"알았어요. 나도 그렇게 마음먹을게요. 그러니까 오빠도 약속해 줘요."

"약속? 그래. 뭐든 말만 해. 뭐든지 약속할 테니까."

율희는 혁민이 잡은 손에 힘을 주면서 이야기했다.

"행복해야 해요. 알았죠?"

혁민은 갑자기 눈앞에 있는 율희의 모습이 흐리게 보이는 걸 느꼈다. 순식간에 차오른 물기가 시야를 가려 버렸다. 율희는 손을 들어 그런 혁민의 얼굴을 쓰다듬었다.

'오빠. 오빠는 주변에 좋은 여자들도 많잖아요. 나 없다고 망가지지 마요. 그러면 내가 너무 슬퍼질 것 같으니까.'

＊　　　＊　　　＊

"사람이 잘못을 했으면 사과부터 하는 게 도리지!!"

강미현은 의사를 붙잡고 소리를 질렀다. 병원에 마스크를 하고 숨어 있다가 수술을 집도한 의사가 보이자마자 달려든 거였다. 다른 곳에서야 마스크를 한 게 좀 이상해 보일지 몰라도 병원에서야 마스크를 한 게 뭐가 이상하겠는가.

게다가 지금까지는 강미현이 한 번도 마스크를 한 적이 없어서 사람들도 전혀 모르고 있었다. 의사는 깜짝 놀라서는 거의 주저앉을 뻔했다.

"아니, 그게 아니라… 저기, 경비……."

"경비는 얼어 죽을 무슨… 멀쩡하던 어머님이 수술받고 치매가 왔는데 뭐? 잘못한 게 없어? 의료 과실이 아니야?"

멱살을 잡힌 의사는 울상이 되어서 이야기했다.

"저기, 진정하시고. 그게 말입니다."

의사는 주변에 뭐하냐는 눈치를 보냈는데, 강미현이 워낙 억척스러워서 남자 레지던트도 쉽게 떼어내지 못하고 있었다. 게다가 심하게 손이라도 썼다가 폭행이나 성추행 같은 걸로 걸고넘어지면 큰일 아닌가.

그래서 레지던트도 쩔쩔매고 있었다. 하지만 곧바로 달려온 경비가 그녀를 의사로부터 떼어냈다. 하지만 사람들은 도대체 무슨 일인지 궁금해하면서 주변으로 모여들었다. 그리고 그 광경을 위에서 지켜보는 사람들이 있었다.

"그래도 쓸모가 있네요. 저런 거라도 잘하니까."

큰며느리와 딸은 의사에게 대차게 덤벼드는 강미현을 보면서 피식 웃었다. 자신들이 원하는 대로 따라오는 강미현이 우습게 보이기도 했다.

"그래도 약해요. 사람을 조금 더 쓰는 게 좋을 것 같아요. 고모."

"그래야죠. 이 정도로 병원이 흔들리겠어요? 매년 소송 들어오는 게 몇 개인데."

"내가 알아보니까 이쪽으로 전문가들이 있던데……."

"그래요? 그래도 사람을 너무 많이 쓰면 좀 그렇지 않아요?"

둘은 사람을 더 붙여서 적당한 시점에 합의하자고 이야기를 나누었다. 그런 일을 잘하는 사람도 수배해 놓았으니 일당을 주고 쓰면 된다고 하면서.

"사람 수는 그래도 적당히 있어야 돼요. 이게 사람이 너무 없으면 효과가 없잖아요."

"하긴 그러네요. 그러면 빨리 시작하죠."

둘은 웃으면서 이야기를 나누었다. 그리고 그것보다 유언장을 빨리 손봐야 한다고 입을 모았다.

"아니, 말도 안 되는 거잖아요. 어떻게 우리한테 이러실 수가 있어요?"

"그러니까 말이에요. 그러니까 빨리 마무리를 해요. 그래야 좀 안심이 될 것 같아요."

둘은 변호사를 항상 대기시키고 있다가 할머니의 상태가 변하기만 하면 바로 작업에 들어가자고 이야기했다.

"내용은 다 만들어놨죠?"

"그럼요. 읽을 내용 완벽하게 만들어놨으니까 걱정 안 해도 돼요."

딸은 복잡하고 길면 오히려 문제가 될 수도 있으니 아주 간략하게 만들었다고 했다. 강미현에게는 작은 거 하나만 물려주고 나머지는 아들과 딸에게 주는 것으로.

"심플하고 좋네요."

둘은 이 정도면 완벽하다면서 킥킥댔다. 그러면서 찔리는지 근처를 돌아봤는데, VIP룸이 있는 곳이라 그런지 인기척은 느껴지지 않았다.

"아무튼, 변호사도 계속 근처에서 대기하고 있으니까 조만간에 후딱 정리해요, 고모."

두 여자가 그렇게 이야기를 하고 있을 때, 윤태는 중환자실로 걸어가고 있었다. 율희가 깨어났다는 소식을 듣고는 곧바로 달려온 것이다.

"율희야……."

윤태는 율희가 얼마나 소중한 존재인지 점점 더 강하게 깨닫고 있었다. 건강할 때는 전혀 알지 못했다. 언제라도 볼 수 있고 이야기할 수 있다고 생각했으니까.

하지만 율희가 죽을 수도 있다는 생각을 하니 도무지 진정이 되지 않았다. 세상에서 가장 소중한 사람이 누구라는 걸 알 수 있었다.

"이대로 보낼 수는 없다. 절대로!!"

윤태는 그렇게 생각하면서 걸어갔다. 그리고 율희가 혁민과 같이 있는 모습을 보았다. 그러자 갑자기 속에서 불길이 치솟는 걸 느꼈다. 율희가 지금처럼 된 것이 모두 혁민 때문이라는 생각이 들었기 때문이었다.

사실 그렇지 않은가. 저 자식만 아니었다면 율희가 이렇게 되지 않았을 거라는 생각을 하니 도저히 가만히 있을 수 없었다.

*　　　*　　　*

혁민은 중환자실에서 나오다가 윤태를 발견하고는 가볍게

묵례를 했다. 그리고 그를 지나쳐 가려는데 갑자기 윤태의 목소리가 들렸다.

"잠깐 얘기 좀 하죠."

"예?"

혁민은 처음에는 잘못 들은 줄 알았다. 하지만 뒤를 돌아다보았을 때, 윤태가 상당히 날카로운 시선으로 자신을 쳐다보면서 거듭 이야기하자 자신이 들은 게 사실이라는 걸 알게 되었다.

"잠깐 얘기 좀 했으면 해서요."

"그러시죠."

연수원에 있을 때도 그렇고 서로 말을 섞은 적이 많지 않아서 그런지 조금은 어색했다. 혁민은 윤태의 뒤를 따라 걸었다. 위지원 변호사가 멀리서 보고 달려오려고 했지만 혁민이 손을 들어 제지했다.

그렇게 둘은 병원 밖으로 나가 인적이 거의 없는 벤치에 가서 앉았다. 혁민은 도대체 무슨 일로 자신을 부른 것인지 의아해 하면서 윤태가 먼저 입을 열기를 기다렸다.

"당신 뭐하는 사람이야?"

혁민은 윤태의 말에 깜짝 놀랐다. 자신이 지금까지 알아온 강윤태가 한 말이라고는 전혀 생각지 못할 말이었기 때문이었다.

"무슨 이유인지는 모르겠지만, 말이 좀 심하군요."

"심하다? 애를 다 죽여놓고도 그런 말이 나오나?"

혁민은 윤태가 자신에게 왜 이러는지 조금은 알 것 같았다. 예전에도 정말 친한 사이였다. 율희 부탁이라면 뭐든지 들어줄 것 같았던 윤태였으니까. 무슨 일이 있으면 이래저래 신경도 많이 써주고.

하지만 그렇다고 하더라도 지금 한 말을 쉽게 수긍하고 받아들일 수는 없었다.

혁민은 윤태를 마주 노려보면서 대답했다. 당연히 오는 말이 곱지 않았기 때문에 가는 말도 깨끗하지 않았다.

"지금 가슴이 찢어질 것 같은 사람은 난데 말을 너무 막 하는 거 아닌가?"

"그래요? 그러면 하나 물어봅시다. 전에 연쇄살인범이 율희를 죽이려고 집에 온 적이 있다던데 그건 당신하고 상관없는 겁니까?"

"그건……."

갑자기 할 말이 없었다. 정말 후회가 되는 일이었고, 그 일로 더 조심해야겠다고 생각했다. 자신이 알던 것과는 많은 게 바뀌었으니 어떤 위험이 생길지도 모르는 일이라고 생각하면서. 하지만 분명히 자기 때문에 율희가 위기에 처한 것은 맞았다.

"할 말이 없겠지."

"물론 그때 실수를 한 건 맞습니다. 하지만 그거야 그때 해결된 일이고, 지금 율희가 다친 것과는 상관없는 일 아닙니까."

"그걸 어떻게 알지? 당신하고 상관이 있는 일인지 아닌지를."

그것도 대답할 수 없었다. 그럴 리가 없으며 자신과는 아무런 상관이 없다고 생각하기는 했다. 그래서 이야기를 하려고 했는데, 그 순간 문득 그런 생각이 들었다.

'혹시 나하고 연관된 모종의 일 때문에 그런 일이 생긴 건가?'

그럴 수도 있었다. 지금까지는 자신과는 전혀 상관없는 일이라고 생각했지만, 혹시 그럴 수도 있다는 생각이 들자 갑자기 등골이 서늘해졌다. 하지만 입으로는 다른 말이 튀어나왔다. 모든 걸 부정하는 말이.

"그럴 리가 없습니다. 그 당시 맡은 사건이나 관련된 일 중에 그런 위험한 일과 연관될 만한 건 없었어요."

"그럴지도 모르죠. 하지만 당신은 그렇게만 생각하고 있는 건 아닌 것 같군요."

윤태는 혁민이 무언가 꺼림칙해하고 있다는 걸 바로 알아챘다. 상대방의 감정이나 마음을 잘 읽는 그였으니 그런 걸 간파한 것도 이상한 일은 아니었다. 하지만 그런 사실을 모르는 혁민은 상당히 당황했다.

'내가 그렇게 티를 많이 냈나?'

하지만 그런 걸 바로 수긍하고 인정할 수는 없었다. 혁민은 바로 반박했다.

"혹시나 하는 생각이야 누구나 할 수 있는 겁니다. 하지만 아무리 생각해도 나와 연관된 일 때문에 그런 일을 당한 건 아닌 것 같네요."

"그러면 도대체 누가 왜 그런 일을 한 겁니까?"

"그건 저도 궁금하고 알아보고는 있습니다만, 경찰에서도 단순 교통사고라고 하더군요."

그 말을 들은 윤태가 피식 웃었다.

"그 말을 믿는 건 아니겠죠?"

"물론입니다. 그래서 따로 알아는 보고 있습니다만……."

윤태는 상식적으로 생각해 보자면서 말을 이어 나갔다.

"로펌 여직원이나 일용직 근로자에게 그런 테러를 할 만한 이유가 많겠습니까? 아니면 약자의 편을 든다고 사회적 강자와 척을 많이 진 변호사의 애인에게 테러를 할 이유가 많을까요? 어느 쪽이 더 말이 된다고 생각합니까?"

그제야 혁민은 윤태가 왜 자신에게 이러는지 알 수 있었다. 윤태는 모든 것이 자신 때문에 일어난 일이라고 생각하고 있는 거였다. 사실 윤태가 그렇게 생각하는 것도 무리는 아니었다. 율희는 고졸 사무직 여직원이었고, 민주엽은 일용직 노동자에 불과했으니까.

그리고 생각을 해보니 지금까지 힘 좀 있는 사람들과 많이 부딪쳤다. 그것도 이를 갈면서 가만히 두지 않겠다고 할 정도로 몰아붙인 경우도 많았다. 아니, 많은 게 아니라 대부분 그랬다.

'정말 그것 때문일까? 나에게 당한 걸 복수하려고?'

당연히 그렇지 않다고 생각하고 있었지만, 가능한 일이라는 생각이 들었다. 그 사람들이 어떤 사람들인가. 자신이 당하고는 못 사는 그런 사람들이다. 인생을 살면서 실패하는 걸 그리 많이 해보지 않았고, 실패하는 걸 무척이나 싫어하는 사람들.

그런 사람들이니 이런 식으로 해코지를 한다고 해도 이상할 것이 없었다. 그런 생각을 하니 혁민은 또다시 혼란스러워졌다. 하지만 고개를 흔들었다.

"가능성이 없는 건 아니지만, 쉽게 그러지는 못할 겁니다. 그래도 상대가 변호사인데……."

"잘 모르는 겁니까, 아니면 현실을 애써 부정하는 겁니까?"

윤태는 소리를 조금 높이면서 말했다.

"그 사람들이 어떤 사람들이라는 거 당신도 잘 알지 않나요? 그동안 그렇게 겪었으면 이런 일 정도는 얼마든지 할 사람이라는 거 잘 알 텐데……."

혁민은 수긍할 수밖에 없었다. 이런 일 정도는 눈 하나 깜빡이지 않고 할 사람들이었다. 물론 자신의 정체는 드러나지 않게 뒤에 숨어서 말이다. 그들에게는 돈과 권력이 있다. 돈과 권력이면 귀신도 부릴 수 있는 게 세상이다.

그래서 더 독하게 물어뜯었다. 자신에게 덤비면 완전히 너덜너덜해질 테니 꿈도 꾸지 말라는 뜻으로. 그리고 자신의 생각대로 되는 것 같았다. 적어도 자신에게는 다시 손을 쓰려는 사람은 없었으니까.

'그래서 나를 노리지 않고 율희를 노린 것일 수도 있어.'

윤태는 여전히 차가운 표정으로 혁민을 노려보았다. 둘은 서로 존대도 아니고 반말도 아니고 때로는 두 가지가 뒤섞인 이상한 말투로 대화를 이어나갔다.

"그럴 수도 있죠. 그렇다고 칩시다. 내가 누가 그랬는지 반드시 찾아서 그 죄를 물게 하죠."

"그런다고 율희가 낫는 건 아니잖습니까. 애초에 그런 일이 벌어지지 않게 했어야지."

"일어나게 할 겁니다! 반드시!!"

혁민은 버럭 소리를 질렀다. 하지만 윤태는 자신의 머리를 감싸 쥐었다. 병실로 오기 전에 의사에게서 이야기를 들었기 때문이었다.

"의사도 방법이 없다고 하는데… 당신이 무슨 수로……."

한숨을 푹 내쉬던 윤태가 고개를 들고 다시 혁민을 노려보면서 말했다.

"난 당신이 원망스럽다. 당신이 너무 싫어."

혁민은 어처구니가 없다는 표정으로 윤태를 쳐다보았다. 자신이 아는 냉철하고 당당한 그 강윤태가 맞는지 의심스러웠다. 모범생. 강윤태를 표현하는 가장 잘 어울리는 단어였다. 하지만 지금의 모습은 모범생의 이미지와는 전혀 달랐다.

이렇게 감정적이고 흔들리는 모습을 보여주는 사람이 아니었다. 혁민은 자신이 생각한 것보다 강윤태가 율희를 생각하는 마음이 훨씬 컸다는 걸 알 수 있었다.

"마음은 알겠지만, 너무 심하군요. 정작 슬퍼할 사람은 나란

말입니다."

"당신은 몰라. 내가 지금 어떤 마음인지."

혁민은 윤태가 너무 슬퍼하고 힘들어하는 것 같아서 이상한 생각까지 들었다. 혹시 둘이 예전에 어떤 사이가 아니었나 하는 생각이. 하지만 곧 고개를 흔들었다. 절대로 그럴 리가 없었다.

예전에 이야기를 들었던 것과 지금 다시 돌아와서 보아온 것으로 볼 때 절대로 그럴 수는 없었다. 이런 감정은 윤태 개인의 감정일 것이다.

"당신만 아니었으면, 그 아이는 행복했을 거야."

"뭐라고? 이봐요, 강윤태 씨. 이거 하나는 확실하게 내가 장담할 수 있습니다. 이 세상에서 나보다 율희를 행복하게 해줄 사람은 없습니다."

혁민은 눈을 부릅뜨고 강한 어조로 이야기했다. 적어도 자신이 지금 내뱉은 말은 장담할 수 있었다. 율희를 세상에서 가장 아끼고 사랑하는 사람이 바로 자기라는 걸 확신하고 있었으니까.

워낙 강하게 혁민이 말하자 이번에는 윤태가 움찔했다.

"그럴지도 모르지. 하지만 율희를 일어나게 할 수는 없지 않나?"

"아니요. 어떻게든 할 겁니다. 어떻게든."

윤태는 천천히 고개를 저었다.

"아니, 당신은 할 수 없어."

윤태는 벤치에서 천천히 일어섰다. 그러고는 혁민에게 인사했다.

"감정이 격해져서 조금 실수를 한 것 같군요. 하지만 한 번쯤은 이렇게 이야기를 해보고 싶었습니다. 해보니 그렇게 개운해지지는 않는군요. 하지만 하지 않았으면 아마도 후회했을 것 같습니다."

혁민은 이제야 좀 강윤태답다는 생각이 들었다. 하지만 지금 말에 뭐라고 대꾸를 해야 할지는 생각나지 않았다. 강윤태도 굳이 대답을 바란 것은 아니었는지, 자신이 할 이야기를 하고는 바로 뒤돌아 주차장으로 향했다.

그리고 자신의 차가 있는 곳으로 향하면서 중얼거렸다.

"당신은 할 수 없어. 하지만 나는 할 수 있지."

그리고 혁민은 그렇게 중얼거리면서 걸어가는 윤태의 뒷모습을 계속해서 바라보았다.

*   *   *

"그래. 갑자기 무슨 일이냐?"

강윤태의 형인 강윤수와 강윤철이 의자에 앉은 채 물었다. 동생이 자신들을 먼저 찾는 건 아주 드문 일이어서 무슨 중요한 일이라고 있는 것인지 호기심이 가득한 표정이었다.

만약 강윤태가 후계 구도에 같이 들어가 있었으면 이렇게 편하게 대화를 나누지 못했을 것이다. 겉으로야 그런 척했을

지 몰라도 속내를 파악하느라 잔뜩 긴장하고 있었을 것이다. 하지만 강윤태는 후계 구도와는 전혀 상관없는 인물.

"형님들께 부탁을 드릴 게 좀 있어서요."

"부탁?"

윤수와 윤철은 고개를 갸웃거렸다. 윤태가 자신들에게 부탁이라는 걸 한 적이 있는지 기억이 잘 나지 않아서였다. 부탁을 한 적은 고사하고 윤태의 입에서 부탁이라는 말을 들은 적도 없는 것 같았다.

"부탁이라……. 그래, 어떤 부탁인데?"

윤태는 편안한 웃음을 보이면서 말했다.

"들어주실 수밖에 없는 부탁일 겁니다."

윤태의 장담에 더욱 호기심이 생긴 윤수와 윤철은 윤태의 말에 귀를 기울였다.

그리고 같은 시각, 혁민은 벤치에 앉아서 멍하니 하늘을 바라보고 있었다.

"선배님."

"어? 아, 맞다. 이거는 말이지."

혁민은 다시 서류를 짚으면서 이야기를 했다. 하지만 위지원 변호사는 바로 서류를 덮었다. 더 이야기를 해봐야 소용없다는 걸 알았기 때문이었다.

"오늘은 그만해요, 선배님. 오늘은 정말 선배님답지 않았어요."

위지원 변호사는 피곤해 보인다면서 좀 쉬라고 이야기했다.

혁민은 알았다고 고개를 끄덕였지만, 문제는 피곤한 게 아니라는 걸 잘 알고 있었다.

위지원 변호사가 가고 난 뒤에 혁민은 깊은 고민에 빠졌다. 지금까지 율희가 이렇게 된 게 자신 때문이라고 생각하지 않았었는데, 꼭 그렇게 생각할 게 아니었다.

'그래. 예전에는 이렇게 다친 적이 없었잖아. 그러니까 결국 나 때문에 이렇게 된 거나 마찬가지지. 모두가 나 때문이야.'

혁민은 만약에 율희에게 무슨 일이라도 생긴다면 자신은 정말 죽을 수밖에 없다고 생각했다. 어떻게 계속 살아갈 생각을 하겠는가.

그래서 혁민은 어떻게든 율희를 고치고 그녀를 행복하게 해주어야겠다고 생각했다. 하지만 방법이 없었다. 그런데 며칠 뒤에 전혀 생각지도 못했던 일이 일어났다.

"정말? 그 수술팀이 한국에 온다고?"

"네. 이번에 컨퍼런스에 참여하기 위해서 한국에 온대요."

유일하게 율희를 수술할 수 있는 수술팀. 그 팀이 바로 한국에 온다는 거였다.

혁민은 쾌재를 부르면서 어떻게든 만나서 한국에서 수술을 하도록 만들어야겠다고 생각했다. 율희가 미국으로 갈 수는 없지만, 수술팀이 한국에 온다면야 문제가 다르지 않은가.

그러면서 왜 진즉에 그런 생각을 하지 못했는지 자책했다.

하지만 수술팀을 전부 한국으로 부른다는 게 그렇게 쉬운 일이겠는가. 돈을 아무리 준다고 해도 수술팀은 움직이지 않았을 것이다.

하지만 그런 사실을 모르는 혁민은 무슨 수를 써서라도 기회를 잡아야겠다고 생각했다. 혁민이 즐거워하자 근처에 있던 보람과 위지원 변호사도 덩달아 좋아했다. 특히나 보람은 펄쩍펄쩍 뛰었다.

어렸을 때부터 친했던 율희가 나을 수 있다고 하니 몸이 저절로 움직였던 것이다.

"그러면 이제 율희 나을 수 있는 거죠?"

"수술팀하고 이야기를 해봐야겠지. 하지만 기왕 여기까지 온 거 수술 못 하겠다고 하면 납치를 해서라도 수술시켜야지."

혁민의 말에 보람은 깔깔대며 웃었다. 혁민은 바로 수술팀과 연락을 취하려고 강윤주에게 전화를 걸었다. 다리를 좀 놔 달라고 부탁하기 위해서였다. 그런데 전혀 뜻밖의 말을 들었다.

"뭐? 어떤 일정도 잡을 수가 없다고?"

수술팀은 모든 부탁을 거절한다는 거였다. 하지만 어떻게 찾아온 기회인데 이렇게 보낼 수 있겠는가. 혁민은 어떻게든 찾아가서 부탁해야겠다고 다짐했다.

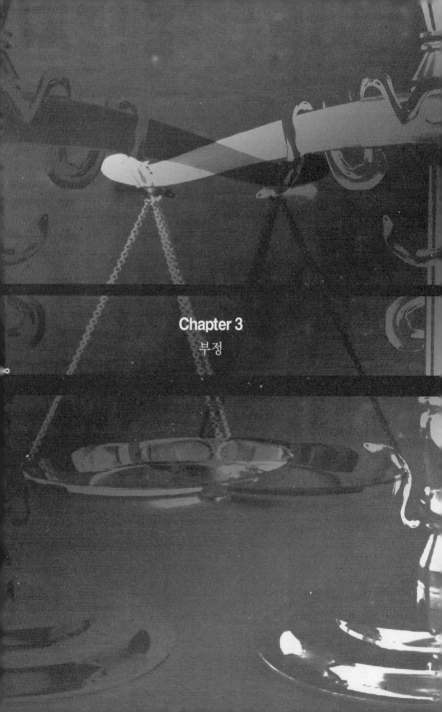

Chapter 3
부정

"악덕 의사 물러가라!! 물러가라!!"

"물러가라!!! 물러가라!!!"

앞에서 한 명이 선창하면 머리에 붉은 띠를 두른 사람들이 따라 외쳤다.

"저게 무슨 일인가. 볼썽사납게. 쯧쯧."

"죄송합니다."

병원장의 질책에 사무장을 비롯한 병원 관계자들이 모두 찔끔했다. 원장실로 들어온 병원장은 지금 제정신이냐고 물었다.

"지금이 얼마나 중요한 시기인지 몰라서 저런 걸 그냥 놔두는 겐가?"

"그게 아니라 상대가 너무 억지를 쓰고 있는지라……."

사무장이 사정 설명을 했다. 어느 정도면 합의를 할 텐데, 사람이 죽은 것도 아닌데 지나치게 거액을 요구하고 있다고. 이런 정도에 그렇게 합의했다는 게 알려지면 병원에도 좋지 않다고 말했다. 병원장은 혀를 차더니 말을 이었다.

"그러면 비공개를 하는 조건으로 합의해도 되고 방법은 여러 가지가 있지 않나. 자네, 요즘 사무장으로 일하는 게 너무 편한가 본데?"

"아닙니다. 바로 처리하겠습니다."

병원장은 세계 일류 수술팀의 실력과 노하우를 볼 좋은 기회이니 준비에 최선을 다하라고 이야기했다.

"팀과 협의해서 장비나 모든 일정에 차질이 없도록 준비하고 있습니다."

"특히나 모기업의 윗선에서 직접 챙기는 일이야. 하나라도 문제가 생기면 이 바닥에서 일하는 거 그만두어야 한다고 생각하면 될 걸세. 내가 무슨 이야기하는지 잘 알겠지?"

그런 일이 자주 일어나지는 않지만, 잘못하다가 그런 위치에 있는 사람들에게 찍히면 끝장이다. 아예 같은 계통에서 일하기 어려워진다고 보면 된다. 그러니 이런 일일수록 조심해야 한다. 물론 잘 처리하면 그만큼 좋은 일도 생기곤 하니까.

"그러니까 어지간하면 협상해서 빨리 처리하라고."

"알겠습니다. 하지만 이쪽이 급하다는 게 알려지면 곤란하니까 협상하는 동안 정보가 새어 나가지 않게 각별히 입단속 부탁드리겠습니다."

사무장은 주변을 돌아보면서 이야기했다. 다들 고개를 끄덕였다. 모기업의 수뇌부가 신경 쓰는 일이다. 그런 일이 잘못되기를 바라는 사람이 어디 있겠는가. 그랬다가는 자신들도 피곤해질 텐데 말이다.

사무장은 밖으로 나와서 곧바로 협상을 하려고 했다.

"가만. 그런데 이거 누구하고 이야기를 해야 하는 거지?"

피해자는 할머니였다. 그런데 할머니는 자신은 몸이 좋지 않다면서 나 몰라라 하고 있었다. 소송을 하는 건 허락했지만, 자세한 건 다른 사람들이 하는 거라면서 그쪽하고 이야기를 하라고 했다.

그리고 가장 난리 법석을 피우는 건 강미현이었다. 소리를 고래고래 지르면서 의사들을 잡아 죽일 듯이 했으니까. 하지만 실질적인 권한은 강미현보다는 딸과 큰며느리가 가지고 있는 것 같았다.

사람도 써서 판을 키우고 하는 걸 보니 이야기도 가장 잘 통할 것 같았다. 오히려 막무가내로 나오는 사람이 어렵지 이렇게 딸과 큰며느리 같은 스타일은 다루기가 쉬웠다. 하지만 그 여자들과 합의를 해도 강미현이 난리를 치면 곤란했다.

"이거 세 사람을 한꺼번에 불러놓고 해야 하나? 아니면 그냥 할머니하고?"

일이 생각한 것보다는 복잡했다.

그리고 그 시각 강미현은 위지원 변호사와 이야기를 나누고 있었다.

"흔히 의료소송을 하겠다고 하면 변호사들은 그냥 한국식으로 해결하라고 해요."

"한국식이요?"

"예. 그러니까 지금처럼 하라는 거죠."

강미현은 어떤 이야기인지 알아들었다. 법으로 하는 게 아니라 난리를 치라는 거였다.

"그런데 좀 씁쓸하네요. 이렇게 해야만 뭐가 된다니 말이에요. 사실은 법적으로 해도 말끔하게 해결이 되어야 하는 거 아닌가요?"

"법이 만능은 아니거든요."

위지원 변호사도 법조계에 있는 사람이 할 말은 아니지만 그게 현실이라고 이야기했다.

"팔은 안으로 굽는다고 하잖아요. 피해자에게 유리한 증언을 확보하는 게 어려워요. 의사들이 대부분 같은 의사 편을 들거든요."

집단의 폐쇄성이라는 건 무척이나 강하고 공고하다. 의사들도 마찬가지다. 서로의 입장을 잘 알고 있어서 배려하는 것일 수도 있지만, 제 식구 감싸기나 편들기라고 해도 할 말은 없다.

그리고 깊이 들어가면 훨씬 더 심각한 이야기들이 있지만, 그런 것까지 시시콜콜하게 이야기를 해줄 필요는 없었다. 위지원 변호사는 이 정도에서 마무리하는 게 좋다고 생각해서 말을 끝냈다.

"더 물어보실 이야기는 없으세요?"

"저기… 아니에요……."

강미현은 말을 꺼내려다가 입을 닫았다. 확실하지도 않은 걸 물어보기가 좀 그래서였다. 강미현은 병실에 가다가 좀 이상한 이야기를 들었다. 지금 있는 유언장은 무효이고, 새로운 유언장이 어쩌구 하는 이야기였다.

이상한 일이었다. 그녀는 유언장이 있다는 사실도 몰랐었다. 할머니가 얼마 전에 유언장이 있으니 이 기회에 아예 공증을 받아야겠다고 했을 때 유언장의 존재를 알게 되었다. 하지만 그 내용을 보지는 못했다.

그런데 평소에 자신과 사이가 좋지 않은 두 여자, 할머니의 딸과 큰며느리가 그런 이야기를 하니 이상하지 않겠는가. 게다가 그녀가 들어오니 갑자기 입을 닫는 것이 더욱 수상했다.

'하지만 내가 잘못 들은 것일 수도 있고…….'

무슨 이야기인지 잘 모르는데 그런 걸 물어본다는 게 부담스러웠다. 꼭 상대방을 음해하려는 것 같은 느낌이 들기도 하고 비겁한 행동 같기도 해서였다.

"편하게 물어보세요. 제가 아는 선에서는 대답을 드릴게요."

"저기, 그러면 말인데요……."

강미현은 그냥 가려다가 밝게 웃으면서 자신을 쳐다보는 위지원 변호사를 보고는 입을 열었다. 아무래도 적극적이고 사람을 편안하게 해주는 사람이라서 쉽게 이야기가 나온 것 같았다. 강미현은 자신이 들은 이야기를 해주었다.

"유언장은 특별한 이유가 없는 한 가장 나중에 작성된 걸 인정하죠."

위지원 변호사는 다만 유언장에 문제가 없다는 걸 전제로 해야 한다고 했다.

"이게 보통 사람들은 그런 거 신경 안 쓰거든요. 유산을 받을 게 그렇게 신경 쓸 만큼 많은 사람이 어디 흔하겠어요? 오히려 빚이 있어서 상속 포기하는 경우가 더 많죠."

그래서 보통 유언장이 문제가 되는 경우는 재산이 많은 경우인데, 이 경우에 유언장을 없애거나 조작하는 경우도 있다고 했다.

"그래서 유언장은 무척 까다롭게 다뤄요. 요건이 하나만 갖춰지지 않아도 잘 인정하지 않거든요."

그래서 선의의 피해를 보는 경우도 있다고 이야기했는데, 강미현은 그래도 엄격하게 보는 게 옳은 것 같다고 이야기했다.

"기존의 유언장이 있다고 하셨고, 공증을 받는다고 하셨다. 그러면 새 유언장이라는 말은 좀 이상하기는 하네요. 공증을 받은 게 새로운 건 아니니까요. 뭐, 일부 내용을 수정하는 경우에는 새 유언장이라고 볼 수도 있겠네요."

위지원 변호사는 자필 유언장을 공증을 받는다는 건 공정증서에 의한 유언이라고 보아야 한다고 말했다.

"공정증서는 중인 2인의 참여가 있어야 하고, 엄격한 방법으로 진행하기 때문에 사후 검증을 요하지도 않아요."

그러자 강미현은 문득 궁금한 게 있다는 듯 위지원 변호사를 쳐다보면서 물었다.

"그러면 어머님이 지금 정신이 좀 오락가락하시는데, 그걸 이용해 가지고 유언장을 고치면 어떻게 되는 거예요?"

위지원 변호사는 웃으면서 이야기했다.

"당연히 무효죠. 그런 경우에는 유효한 유언으로 볼 수 없어요."

위지원 변호사는 어떤 문제가 있으면 바로 연락하라고 말했다.

*　　*　　*

"정말 가능하겠습니까?"

"장담은 할 수 없습니다만, 비슷한 상태의 환자를 수술한 경험이 있습니다."

강윤태는 수술팀의 리더와 이야기를 하고 있었다. 그런데 긍정적인 대답을 하니 몸이 축 늘어지는 것 같았다. 잔뜩 긴장하고 있다가 안도가 되니 그런 거였다.

"그러면 일정은 어떻게?"

"시차 적응도 해야 하고 장비나 여러 문제가 있을 수 있으니 기존에 잡아놓은 일정대로 하는 걸 원칙으로 하되, 약간 탄력적으로 운영할 수 있었으면 좋겠습니다. 수술의 성공 확률을 높이기 위한 것이니 그 정도는 양해를 해주셨으면 합니다."

"물론입니다, 닥터 데릭."

강윤태는 그런 건 얼마든지 가능하다고 이야기했다. 수술만 성공적으로 끝낼 수 있다면 말이다.

"장비는 지금 세팅을 하고 있을 것이고, 수술 전에 충분히 테스팅을 해도 좋습니다."

"알겠습니다. 그리고 다시 한 번 이렇게 좋은 기회를 주신 것에 감사드립니다."

닥터 데릭은 손을 내밀어 악수를 청했고, 윤태는 손을 맞잡으면서 속으로는 웃었다.

'기회를 주어서 감사한 게 아니라 엄청난 돈을 받게 된 것이 좋겠지. 게다가 자신의 이름으로 기부까지 해서 명예가 드높아진 것도 있을 것이고.'

처음에 수술팀을 한국으로 부르려고 했을 때, 닥터 데릭은 미친 거 아니냐는 반응이었다. 하지만 어마어마한 보수와 함께 여러 가지 특전을 이야기하자 태도가 확 바뀌었다. 수술팀 전원이 원하는 걸 이루었다.

어떤 사람은 소아암 협회에 자신의 이름으로 거액의 기부금이 들어간 것을 보게 되었고, 어떤 사람은 아프리카에 있는 아버지의 고향에 학교와 시설을 짓는 자금이 제공되는 걸 보았다.

본인 연봉의 몇 배가 되는 금액을 챙긴 사람도 있었고, 일반적으로는 구할 수 없는 희귀한 서적을 선물로 받은 사람도 있었다. 그리고 모두가 동의했다. 한국으로 가는 것을.

"부족한 게 있으면 바로 알려주시기 바랍니다."

"알겠습니다. 그러면 저는 팀원들과 회의를 해야 해서……."

닥터 데릭은 수술 관련해서 회의를 하러 방에서 나갔다. 그러자 강윤수가 들어왔다.

"오셨습니까."

"이 녀석아. 그냥 편하게 형이라고 불러라. 누가 보면 남인 줄 알겠다."

강윤수는 아주 편한 웃음을 만면에 띠고는 이야기했다. 그럴 수밖에 없었다. 이제 윤태가 가진 명현그룹의 지분은 거의 없었으니까. 그동안은 법조계에 있고 경영과는 상관없다고는 했지만, 그래도 지분이 어느 정도는 있었다.

그러니 약간의 영향력이라도 행사할 수 있지만, 이제는 그렇지 않았다. 모든 지분을 자신과 둘째인 윤철에게 넘겼으니까.

지금 명현그룹은 권력 승계를 위한 재정비 중이었다. 윤태가 가지고 있는 주식은 지금은 비상장된 주식이라 가치가 얼마 없다. 하지만 조금만 지나면 어마어마한 가치를 가지게 될 것이다.

왜냐하면, 그 기업이 바로 그룹의 지주회사가 될 것이기 때문이었다. 그런데 그런 지분을 지금 넘긴다? 완전히 바보 같은 짓이었다.

하지만 윤수와 윤철에게는 천금 같은 기회다. 지금 싼 가격에 지분을 사두면 몇 년만 지나면 수백 배, 수천 배의 이익을 자신들에게 가져다줄 것이니까.

그래서 윤태가 원하는 건 뭐든 들어줄 수 있었다. 지금 미국의 수술팀을 데려오기 위해서 쓴 금액이 적지 않았지만, 자신들이 볼 이익에 비하면 아주 작은 금액에 불과했다. 그래서 웃으면서 그 돈을 쓸 수 있었다.

"그런데 정말 괜찮겠냐? 그 지분을 다 넘겨도."

"아시잖아요. 제가 그런 거 가지고 있어서 뭐하겠어요. 저야 경영을 할 것도 아닌데……."

윤태는 정말 태연하게 이야기했다. 사실 그렇기도 했다. 율희가 죽는다면 이런 지분 아무리 가지고 있어도 뭐하겠는가. 차라리 그 지분이 있어서 이렇게 유용할 때 써먹을 수 있어서 다행이라고 생각했다.

"그리고 제가 먹고살 만큼은 있잖아요. 제가 벌고 있기도 하고."

"그렇구나……. 그러고 보면 넌 어렸을 때부터 참 이상한 녀석이었지……."

윤수는 오늘따라 윤태가 조금은 처량해 보인다고 생각했다. 그동안 동생이라고는 하지만 남보다도 못했다. 식구 대부분이 그렇게 대했으니 어떤 처지였을 거라는 건 뻔하지 않은가. 그래도 말썽 부리지 않고 잘 지낸 편이었다.

그런 생각을 하니 좀 불쌍하다는 생각이 들었다. 마음 붙일 구석도 없었을 텐데 말이다. 하긴 그래서 지금 수술을 시켜주려고 하는 그런 여자한테 마음을 준 것일지도 모르는 일이다.

"그런데 그 여자는 애인이 있다면서?"

"예."

윤수는 더 물어보려다가 그만두었다. 그리고 언제 같이 식사라도 한번 해야겠다고 생각했다. 가족들이 다 같이.

"그래. 더 필요한 거 있으면 얘기해라. 내가 해줄 수 있는 선에서는 도와주마."

윤수의 말에 윤태는 조금 뜻밖이라는 표정으로 그를 쳐다보았다. 하지만 아주 잠깐이었다. 평소에 듣지 못했던 그런 말이 나왔기 때문에 놀랐던 것이었지만, 이내 평소와 같은 표정이 되었다.

"알겠습니다."

"그래. 난 가마. 조만간 식사라도 하자. 내가 일정 보고 연락을 하마."

윤수는 그렇게 이야기하고는 방을 나갔다. 윤태는 오늘따라 큰형이 이상하게 군다고 생각했지만, 이내 그런 생각은 머리에서 지워졌다. 율희가 수술을 받을 수 있게 되었다는 사실만이 머리에 맴돌았다.

'이제는 살 수 있어. 이제는……'

닥터 데릭은 분명히 비슷한 환자를 수술한 경험도 있다고 했다. 물론 그 환자는 성공적으로 수술을 마치고 완치가 되었다.

'그래. 살아나기만 하면 되는 거야. 살아나기만 하면.'

율희가 무척 고마워할 것이다. 하지만 그렇다고 그녀가 혁민을 생각하는 마음이 바뀌거나 하지는 않을 것이다. 율희는 그런 아이였으니까. 하지만 그것으로 된 거다.

'그래. 살기만 하면 되는 거야.'

윤태는 기뻐하기는 했지만, 어딘가 쓸쓸해 보이는 표정으로 서 있었다.

*   *   *

"할머니, 저 누군지 아시겠어요?"

"알지, 이년아."

딸은 뒤를 돌아보면서 고개를 끄덕였다. 지금이 기회라는 신호였다. 큰며느리는 바로 변호사에게 전화를 했다. 할머니가 제정신이 아니니 지금 녹음을 하려는 거였다.

간호사에게는 미리 약을 쳐 두었다. 소송을 건 상태이고 워낙 깐깐하게 굴어서 적당히 약을 치자 아주 협조적으로 나왔다. 그래서 당분간은 부르지 않는 이상 이곳에는 아무도 들어오지 않을 것이다.

딸은 품에서 종이를 꺼냈다. 그리고 할머니를 잘 꼬드겨서 그걸 제대로 읽게 하기만 하면 되었다. 하지만 그들의 생각대로는 되지 않았다. 갑자기 문이 드르륵 열리면서 사무장이 들어왔기 때문이었다.

딸과 큰며느리는 깜짝 놀라서 허둥지둥거렸다. 사무장은 무슨 일인지도 모른 채 왜 그러시냐고 물었다가 오히려 핀잔만 들었다. 기척도 없이 갑자기 들어왔다고.

"죄송합니다. 이거 제가 미리 연락을 드리고 왔어야 하는 건데……."

합의를 하러 온 입장이니 상대의 비위를 맞추어주어야 했다. 그래서 사무장은 일단 사과부터 했다. 계속해서 사무장이 저자세로 나오자 딸과 큰며느리도 계속해서 화를 낼 수도 없는지라 화를 풀고 무슨 일이냐고 물었다.

"다름이 아니라 저희하고 원만하게 해결을 보았으면 해서요. 안팎으로 시끄러운 것도 좀 그렇고 하니……."

은근하게 권하는 사무장을 쳐다보면서 딸과 큰며느리는 하필 그가 이때 들어온 것에 안타까움을 금치 못했다. 사실 이런 일을 하면서 마음에 가책이 없는 사람이 어디 있겠는가. 그래서 무척 떨리고 긴장되었다. 그런데 막 거사를 시작하려는 순간에 사무장이 들어와서 망쳐 놓았으니 기분이 꽉 상했다.

하지만 계속해서 사무장이 들락날락하게 할 수는 없는 일이다. 그렇다고 오지 말라고 하는 것도 좀 그렇고 말이다.

"고모. 그냥 빨리 내보내죠?"

큰며느리가 귓속말로 속삭였다. 시간 끌지 말고 적당히 합의해 주고 내보내자는 거였다. 딸도 고개를 끄덕였다. 어차피

이 합의금 같은 건 푼돈이었다. 할머니의 재산을 자신들이 차지하는 게 훨씬 더 큰일이었다.

"어떻게 해주실 건데요?"

사무장은 상대의 반응을 보고는 쉽게 합의를 할 수 있겠다는 생각을 했다. 이런 사람을 한두 명 보았겠는가. 대충 어떤 생각을 하는지가 보였다. 그래서 원래 이야기하려고 했던 것보다 조건을 낮추었다.

협상이란 건 공식처럼 이루어지는 게 아니다. 협상하는 주체는 사람이라서 항상 변수가 있게 마련이다. 그걸 잘 파악하고 어떻게 활용하느냐에 따라서 엄청난 이익을 보기도 하고 손해를 보기도 한다.

"그건 너무 적은 것 같은데……."

큰며느리가 대충 받아들이려다가 그래도 좀 너무한 거 아니냐면서 푸념을 했다. 그러자 사무장이 곧바로 조건을 조금 더 덧붙였다.

"그 정도까지는 제가 해드리겠습니다. 어떻습니까?"

"뭐… 그 정도면 나쁘지는 않은 것 같은데……."

"그렇죠, 언니? 이 정도로 하면……."

셋은 협상이 마무리되어 간다고 생각하고는 서로의 얼굴을 보면서 웃었다. 하지만 갑자기 문이 확 열리면서 강미현이 들어왔다.

"이게 뭐야? 어머니! 어머니!"

강미현은 할머니를 향해서 달려갔다. 할머니는 아주 해맑은 얼굴을 한 채 음료수를 자신의 옷과 침대에 흘리고 있었다.

"아유, 지금 뭐하는 거예요? 이러면 안 된다고 했잖아요."

강미현은 음료수를 빼앗으려고 했다. 하지만 할머니는 음료수를 갑자기 꽉 쥐더니 빼앗기지 않으려고 자신의 품으로 가져갔다.

"내 꺼야!!"

강미현은 할머니를 살살 달래서 일단 몸에 흘러내린 음료수부터 닦아냈는데, 이미 옷이 다 젖어서 갈아입히는 수밖에 없었다. 강미현은 뒤를 돌아 앉아 있는 세 명을 쳐다보았다.

"지금 뭐하는 거예요? 세 사람이나 있으면서 어머니가 지금 이러고 있는 거 못 봤어요?"

"아니, 잠깐 얘기를 하느라……."

큰며느리는 무어라 변명을 하려 했는데, 강미현이 째려보자 입을 다물었다.

"도대체 무슨 이야기를 그렇게 하길래 아무도 어머니한테 신경을 안 쓴 거예요? 예? 무슨 얘긴지 나도 좀 압시다."

"아닙니다. 지금 비용 그런 거 얘기를 좀 하느라고……."

사무장이 서둘러 이야기를 했다. 합의금 같은 이야기를 했다가는 강미현의 주먹이 날아올 것 같아서 약간 비틀었는데, 그래도 여전히 강미현의 표정은 좋지 못했다.

"알았어요. 알았으니까 사무장님은 나가세요. 어머니 목욕시키고 옷 갈아입혀야 하니까."

강미현의 말에 사무장은 나중에 마저 이야기하자고 하면서 밖으로 나갔다. 딸과 큰며느리는 상당히 불만스러운 상황이었지만, 뭐라고 입을 열지는 못했다.

"뭐해요, 도와주지 않고?"

강미현은 둘에게 자신을 도우라고 이야기했지만, 둘은 밖에 있던 간병인을 부르고는 밖으로 나갔다.

"사무장이야 합의만 하면 그만이지만, 저년이 언제 여기 들어올지 모르니 조심해야겠어요."

"맞아요. 저년을 생각 못 했네. 그리고 그걸 저년이 알았다가는 가만히 있지 않을 거예요. 그러니까 어디 있는지 사람이라도 한 명 붙여야겠어요."

둘은 오늘은 실패했지만, 조만간 빨리 마무리를 하자고 이야기했다.

*   *   *

"죄송합니다만 만나실 수 없습니다."

혁민은 수술팀을 찾아가서 면담을 요청했다. 이야기라도 좀 해보자고. 하지만 전부 거절당했다. 하기야 윤주를 통해서도 불가능했는데, 자신이 그냥 찾아와서 가능할 리가 없었다. 하지만 이렇게 돌아갈 수는 없었다.

"제발 부탁드립니다. 만날 기회만 주세요. 그렇게 시간이 오래 걸리지도 않을 겁니다."

"죄송합니다. 저희도 맡은 일이 이래서 그건 좀 곤란하겠습니다."

"그러면 연락이라도 넣어주시겠습니까?"

"그것도 곤란합니다."

혁민은 어떻게든 만나서 부탁하려고 이리저리 기웃거렸는데, 안에서 윤태가 나오는 것이 보였다. 그리고 윤태도 혁민을 보았다.

"저기요."

이번에는 윤태가 묵례를 하고는 지나가려는데 혁민이 다급하게 그를 불렀다.

"왜 그러시죠?"

"저기, 죄송하지만 부탁을 좀 해도 될까 해서……."

안에 들어가서 수술팀 사람들과 이야기를 할 수 있게 해달라고 할 참이었다. 윤태가 안에서 나오는 걸 보고 무언가 연줄이 있는 것 같아 보였으니까.

"안에 들어가고 싶으신가 보군요."

"예. 그렇게 해주시면 정말 감사하겠습니다. 아, 가능하면 수술팀 책임자하고 이야기를 좀 할 수 있었으면 좋겠는데… 그것까지는 좀 무린가요?"

혁민은 멋쩍게 웃으면서 머리를 긁었다. 윤태는 혁민도 정말 절박하구나 하는 생각을 했다. 사실 남자는 자존심이 무척 강한 동물이다. 그래서 저번에 그런 일도 있고 해서 어지간하면 자신한테 이런 부탁을 하지는 않을 것이다.

그런데도 자신을 보고는 주저하지 않고 다가왔다. 멋쩍은 표정으로 이야기하기는 했지만, 왜 그런 부탁을 했는지는 알 수 있었다. 율희의 수술을 어떻게든 부탁하려고 하는 거였다.

아직까지 율희가 수술을 하는 건 비밀이었다. 끝까지 비공개로 할 수도 있고, 일부 공개로 할 수도 있다. 그건 아직 확실하게 정해지지 않았다. 수술팀과의 조율이 아직 끝나지 않았기 때문이었다. 윤태는 혁민에게 이야기했다.

"율희 수술 때문이라면 하지 않아도 됩니다."

"저기, 어떻게든 안에만 들여보내 주면 제가 알아서 하겠습니다. 그러니까……."

혁민은 윤태가 한 말을 잘못 알아들었다. 소용없다는 게 아니라 하지 않아도 된다는 거였는데, 의미를 착각한 것이다. 그만큼 절박한 상황이라서 그런 거였다.

윤태는 피식 웃으면서 이야기했다.

"이미 수술을 하기로 했습니다."

"예?"

혁민은 갑자기 그게 무슨 이야기냐는 표정을 지어 보였다.

"수술을 하기로 결정했다고요. 지금 수술 일정을 조율하고 있습니다."

"아… 그러면……."

혁민은 손가락으로 윤태를 가리키면서 이야기했다. 윤태는 고개를 끄덕였다.

"예. 제가 이야기했습니다. 아마도 다음 주 초에 할 것 같네요."

"정말입니까? 정말로 수술 일정이 잡힌 겁니까? 거기 의사는 뭐라고 하던가요?"

혁민은 윤태의 팔을 잡더니 질문을 쏟아냈다. 눈에는 물기가 조금 고였는데, 워낙 급하게 달려들어 묻는 바람에 윤태가 오히려 당황스러워했다.

"저기, 이러지 마시고 잠깐 차라도 하시죠."

"아… 죄송합니다. 제가 너무…….."

혁민은 호텔에서 자신이 소란을 피운 것을 알고는 머리를 긁적였다. 그리고 윤태와 함께 커피숍으로 향했다.

"일단 긍정적인 답변을 들었습니다. 위험한 수술이기는 하지만, 비슷한 경험은 있다고 했습니다."

"아… 그래요… 정말 다행이네요."

"하지만 안심할 수는 없어요. 워낙 위험한 수술이라서 장담할 수는 없다고 하더군요."

혁민은 그래도 비슷한 케이스를 완치한 경험이 있다는 이야기에 안심했다. 이 수술팀 말고는 희망이 없었는데, 이렇게 기회를 잡게 되었으니 얼마나 다행스러운 일인가.

혁민은 차를 마시면서 생각을 해보니 갑자기 미국 병원에 있는 수술팀이 한국에 온다는 사실 자체부터 이상한 거라고 생각했다. 그렇다면 누군가가 그들이 움직일 만한 대가를 지불했다는 말이다.

세상에 공짜는 없다. 그것이 물질적인 것이든 아니면 정신적인 것이나 다른 종류의 대가이든 간에 무언가가 오가게 된다. 그리고 대부분은 물질적인 것이다.

혁민은 윤태가 무언가를 했다는 걸 알 수 있었다.

"한국에 올 계획이 잡혀 있지 않았던 것 같았는데, 갑자기 와서 이상하다는 생각은 했지만……."

"뭐, 율희가 수술을 받을 수 있게 되었으면 된 거 아닙니까."

윤태는 덤덤하게 이야기했다.

"고맙습니다."

혁민이 윤태에게 고개를 숙였다. 윤태는 갑작스러운 혁민의 행동에 조금 당황했다.

"아니, 이러지는 않아도 되는데……."

"아닙니다. 정말 제가 고마워서 그럽니다. 제가 정말 큰 빚을 진 것 같습니다."

"아니요, 빚진 것 없습니다. 제가 좋아서 하는 일인데요."

혁민은 고개를 저었다.

"그래도 빚은 빚입니다. 나중에 반드시 제가 갚겠습니다."

"그러실 필요 없다는데 무척 고집이 강하시군요."

혁민은 고개를 들었는데, 윤태가 조금 난감하다는 표정을 하고 있었다. 이런 걸 바라고 한 것도 아니고 혁민이 이렇게 나오리라는 것도 예상하지 못했다는 표정이었다.

"그러면 이제 수술이 성공적으로 끝나는 것만 남았군요."

"맞습니다. 이제 그것만 바라는 수밖에요. 할 수 있는 건 다 했으니……."

혁민과 윤태는 갑자기 피로가 몰려오는 것 같다는 생각을 했다. 하지만 기분은 즐거웠다. 작은 희망조차 보이지 않던 어두컴컴한 암흑 속에서 한 줄기 빛이 하늘에서 내려오는 걸 보고 있는 그런 느낌.

그런데 그렇게 나른하게 소파에 기대어 잠깐의 휴식을 취하려고 하는 혁민을 핸드폰이 가만히 내버려 두질 않았다.

"예, 정혁민입니다."

전화는 강미현의 전화였다.

"할머니가 갑자기 쓰러져요?"

혁민은 윤태에게 양해를 구하고 강미현을 만나러 바로 이동했다. 만약 율희의 일이 해결되지 않았다면 전화를 받지 않았을지도 모른다. 무조건 수술팀을 만나서 수술해 달라고 애걸복걸이라도 할 생각이었으니까.

하지만 그 문제가 해결되었다고 생각하니 심정적으로 여유도 생겼고, 무언가 좋은 일을 해야 할 것 같다는 생각도 들었다. 자신이 좋은 일을 하면 조금이라도 율희에게 도움이 될 것 같다는 그런 생각이 들어서였다.

아무리 자신이 사람들에게 좋은 이야기를 들을 일을 해도 율희의 수술에 도움이 되겠는가. 하지만 그러고 싶었다. 자신이 할 수 있는 거라고는 그런 것밖에 없었으니까. 그래서 혁민은 재빨리 강미현을 만나러 병원으로 갔다.

"어떻게 된 겁니까?"

"저도 모르겠어요. 갑자기 상태가 안 좋아지셔서……."

강미현은 어쩔 줄을 모르고 발을 동동 굴렀다.

'이 병원 터가 안 좋은 건가?'

혁민은 그런 생각까지 들었다. 하지만 누군가의 야료가 있었던 것인지, 아니면 누군가의 실수인지는 알 수 없었다. 그리고 그냥 갑자기 병세가 나빠진 것일 수도 있고.

그런데 혁민은 강미현과 거리를 좀 두고 서 있는 딸과 큰며느리가 무언가 쑥덕거리는 걸 보게 되었다.

그런데 둘의 표정이 좀 묘했다. 할머니가 걱정스럽다는 표정 같기도 하면서 무언가를 좋아하는 것 같은 표정처럼 보이기도 했다. 하지만 잘되었다는, 즐겁다는 표정을 지으면 안 되니까 억지고 참고 있는 그런 표정.

혁민은 오늘따라 그런 세세한 것이 잘 보인다는 생각이 들었다.

'율희 일이 해결되었다고 생각하니까 기분이 좋아서 그런 건가?'

평소보다 더 예민하고 눈에 잘 보이지 않던 것도 잘 보이는 그런 느낌이 들었다. 그래서 혁민은 슬쩍 두 여자 근처로 움직였다. 너무 바짝 붙으면 이상하게 생각할 수도 있으니 그냥 자연스럽게 그 근처로만 움직였다.

그러자 그들이 나누는 소리가 띄엄띄엄 들렸다. 주로 유언이라는 단어가 많이 들렸다. 하지만 자세한 내용은 알 수 없었다. 워낙 소곤거리고 있어서였다.

'분명히 정상적인 상황은 아닌 것 같은데……'

혁민은 위지원 변호사를 통해서 그동안 일이 어떻게 진행되었는지 좀 알아봐야겠다고 생각했다. 그리고 만약 무언가 걸리는 게 있으면 신경을 좀 써야겠다고 생각했다.

'그래. 내가 할 수 있는 일을 한다. 최선을 다해서. 그래야 나중에 율희가 깨어났을 때도 당당할 수 있을 거야.'

그리고 그렇게 해야 율희에게도 무언가 좋은 일이 생길 거라는 느낌이 들었다. 어디까지나 느낌이었지만, 그 느낌을 따라갈 생각이었다.

* * *

병원에서는 난리가 났다. 갑자기 사고가 빵빵 터지니 완전히 초비상 상황. 할머니는 바로 수술에 들어갔다. 사람들은 수술실 앞에서 서성였다. 그런데 할머니가 수술에 들어가자 변호사가 유언장을 가지고 왔다.

"얼마 전에 저에게 유언장을 맡기시면서 혹시라도 문제가 생기면 바로 공개를 하라고 하시더군요. 당신께서 쓰러져서 수술에 들어가도 말입니다."

평소에도 할머니와 친분이 있던 변호사는 유언장을 가방에서 꺼냈다. 그런데 딸이 변호사를 제지하고 나섰다.

"잠깐만요."

딸은 그 유언장보다 나중에 유언을 한 것이 있다고 했다.

"가장 나중 유언이 유효한 거 맞죠?"

"예. 그렇긴 합니다만……."

변호사가 그렇다고 대답하자 딸은 의기양양한 태도로 녹음 유언이 따로 존재한다고 이야기했다. 그러니 유언장은 무효라고 하면서.

"아니, 지금 어머님이 돌아가시지도 않았는데 무슨 유언 얘기예요. 그런 건 나중에 해도 되는 거잖아요."

강미현이 버럭 소리를 질렀다.

"아니, 나는 확실하게 해두자는 거지……."

딸이 조금 움찔하면서 이야기했는데, 변호사는 어찌 되었든 간에 자신은 부탁받은 대로 하는 거라면서 유언장을 공개했다.

"만약에 이후에 다른 유언이 있었으면 이 유언장은 무효입니다. 하지만 그건 그런 경우가 발생하면 시시비비를 따지면 되는 일이고, 저는 의뢰인의 부탁대로 공개하는 것뿐입니다."

변호사는 유언장을 공개했다. 혁민도 유언장을 살폈는데, 문제가 없는 정상적인 유언장으로 보였다. 자필인지 아닌지를 문제 삼고 나오면 할 말이 없었지만, 그걸 제외하고는 다른 문제점은 없었다.

하지만 딸과 큰며느리는 그 유언장을 인정하기 싫은 듯했다. 하기야 혁민 같아도 그런 느낌이 들었을 것 같았다.

'사이가 가장 나빠 보였는데, 재산은 주로 강미현에게 주었는데?

가장 많이 재산을 받게 되는 건 강미현. 딸과 아들은 유류분에도 미치지 못할 정도의 재산을 물려주게 되어 있었다. 당연히 딸과 큰며느리로서는 달갑지 않은 유언장일 수밖에 없다.

혁민도 좀 의외였다. 강미현에게 이렇게까지 많은 재산을 물려줄 것처럼 보이지는 않았으니까. 적어도 병원에서 지내는 걸 보았을 때는 말이다. 하지만 그거야 할머니의 머릿속을 들어갔다 나오지 않는 이상 알 수 없는 일.

문제는 이 유언장 말고 다른 유언이 있다고 이야기하는 두 여자였다. 이야기를 하는 모양새로 보아서 그 유언장은 자신들에게 유리한 유언인 것처럼 생각되었다. 그렇다면 이건 다툼이 생길 수밖에 없는 일이었다.

'재산이 수백억 원이 걸린 일이니……'

할머니가 무일푼이라면 무슨 문제가 있겠는가. 아무도 유언 같은 것에는 신경도 쓰지 않을 것이다. 하지만 지금은 오히려 다들 할머니에 관해서는 별로 신경을 쓰지 않고 유언에만 관심을 보이는 것처럼 보였다.

유언장을 다 본 딸과 큰며느리는 서로 붙어서 수군거리더니 자신들과 같이 온 변호사에게 가서는 무언가 이야기를 나누었다. 혁민은 왜 이 시점에 유언을 공개하라고 했는지가 궁금했다. 유언이라면 사망 후에 공개하는 것이 일반적이다.

'그런데 왜 지금이지?'

할머니는 보통 인물이 아니다. 평범한 할머니가 수백억 원의 자산을 모을 수가 있겠는가. 그러니 지금 유언을 공개하라고 한 것에는 다 이유가 있을 것이다.

'아무래도 저 두 여자가 장난을 칠 것 같아서 그런 건가?'

그것 말고는 생각나지 않았다. 하지만 지금 그걸 확신할 수는 없는 일. 그것보다 할머니의 상태가 어떤지 알아보려 했지만, 생각보다 수술은 길어졌다. 수술이 길어진다는 건 그만큼 상황이 좋지 않다는 이야기.

혁민은 제발 수술이 무사히 끝나기를 기원했다. 할머니의 수술이 잘되면 율희의 수술도 잘될지도 모른다는 생각에서. 그리고 긴장을 해서 그랬을까. 심장 부근이 또 약간 저려옴을 느꼈다.

하지만 큰 통증이 있는 건 아니었다. 조금 저릿저릿하다가 금방 원상태로 돌아왔다.

*   *   *

수술은 성공적으로 끝났다. 모여 있던 사람들은 안도인지 아쉬움인지 모를 한숨을 내쉬었고, 할머니가 깨어날 때까지는 시간이 조금 걸릴 거라고 해서 다들 잠깐 쉬기로 했다.

"병원? 그래, 나도 지금 병원이니까 잘됐네."

혁민은 마침 병원을 찾아온 윤주를 만나기로 했다. 이번 일로 물어볼 것도 있었는데 잘되었다고 생각하면서.

"지분을?"

"그래. 그 정도가 아니면 오빠들이 그렇게 적극적으로 나섰을 리가 없지."

혁민은 뜻밖의 말을 들었다. 부탁해서 수술팀을 불러들였을 거라고 생각은 했지만, 생각보다 큰 출혈을 했다. 혁민이 경영이나 이런 쪽으로 잘 아는 건 아니었지만, 지주회사의 지분이 어떤 의미라는 건 알고 있다.

그리고 현재는 비상장이라 아주 싼 가격이지만 상장이 되면 어마어마한 가격이 될 것이라는 사실도. 그런데 그걸 지금 넘긴다? 후계자로 승계가 되는 과정인데 말이다.

"사실상 걔가 가진 전부나 마찬가지야."

윤주는 뭐가 그리 불만인지 계속해서 툴툴거렸다. 자신은 도저히 이해할 수가 없다면서.

"그러면 가진 게 전혀 없다고?"

"뭐, 주식은 없는 거나 마찬가지지."

가지고 있는 주식이 조금 있기는 하지만, 그건 새 발의 피라는 거였다. 금액으로 해도 얼마 되지도 않고. 그러니까 사실상 전 재산이나 마찬가지라고 했다.

"그런데도 별거 아닌 척하더라니까. 짜증 나게."

"아니, 왜 짜증이 나?"

"너는 그게 정상적이라고 생각해? 자기 여자도 아닌 사람한 테 전 재산을 쓰는 게?"

혁민은 가만히 생각하다가 고개를 저었다. 분명히 정상적인 행동은 아니었으니까. 하지만 그만큼 고맙기는 했다.

"너 그러다가 율희가 깨어난 다음에 마음이라도 변하면 어쩌려고 그래?"

"아니, 그럴 리가 없어. 그리고 윤태도 대단한 마음가짐이지만 나는 그 정도가 아니야."

혁민은 자신이 가진 모든 것 정도가 아니라 율희를 위해서라면 죽을 수도 있다고 생각했다.

"미쳤구나. 그리고 말은 그렇게 해도 진짜 그런 상황이 되면 죽을 수 있을 것 같아?"

"그럼. 죽을 수 있지."

윤주는 피식 웃으면서 말을 하다가 혁민의 표정을 보고는 흠칫 놀랐다. 저런 이야기 하는 남자는 많다. 너를 위해서라면 죽을 수도 있다. 그렇게 말하곤 한다. 전부 뻥이다. 실제로 그럴 수 있는 사람이 어디 있단 말인가.

하지만 혁민의 표정이나 대답을 들으니 이 남자는 정말 그럴 수도 있을 것 같다는 느낌이 들었다. 이조차도 연기일지 모른다. 하지만 윤주는 지금 이 순간의 혁민의 맹세가 지금까지 들었던 어떤 맹세보다도 더 마음에 와 닿았다.

'칫. 아니 걔는 도대체……. 한 남자는 전 재산을 다 털어서라도 목숨을 구하려고 하고, 한 남자는 죽을 수도 있다고 하고.'

윤주는 율희라는 여자가 부러워서 죽을 것 같았다. 만약 자신이 율희와 비슷한 상황이라면 어떨까 생각을 해보았다. 그냥 병원에서 최선을 다해서 치료받게 할 것이다. 하지만 그 이상은 기대할 수 없을 것이다.

'또 모르지. 아버지라면…….'

자신을 가장 예뻐하는 아버지 아닌가. 아버지라면 윤태처럼 미국에서 수술팀을 데려올지도 모른다. 오빠들은 절대로 아닐 것이다. 하지만 아버지라도 윤태처럼 자신의 전 재산을 다 내놓으면서 그럴 수 있을까?

그룹을 다 넘기면서까지 그러지는 않을 것 같다는 생각이 들었다. 그리고 자신을 위해서 죽어줄 사람은 당연히 없을 것이고.

윤주는 혁민과 헤어져서는 친구들에게 전화를 걸었다. 그냥 답답했다. 자신보다 훨씬 못한 아이라고 생각한 율희가 분에 넘치는 걸 받는 걸 보고 있자니 답답해서 미칠 것 같았다. 이채민은 재판을 하는 중인지 전화를 받지 않았고, 혜나와 통화가 연결되었다.

"넌 요즘 뭘 하길래 통 연락도 없고 볼 수도 없고 그러니?"

—바쁘지. 조금 있으면 한 팀 데뷔시키려고 하잖아. 그래서 바빠.

"이런 기집애. 넌 그래 가지고 언제 결혼하려고 그래?"

혜나는 큰 소리로 웃더니 윤주에게 그러는 너는 뭐 별거 있느냐고 되물었다.

—그런데 왜 갑자기 연애 이야기야?

"아니. 그냥 마음이 좀 싱숭생숭해서."

—나야 남자다운 사람 좋아하는데 요즘은 그런 사람이 별로 없더라고.

혜나는 특히나 음악 하는 쪽에는 그런 사람이 더 없다고 푸

념했다.

"남자다운 거면 차 선배 있잖아. 엉뚱하고 멋대가리 없어서 그렇지 남자다운 건 확실하잖니."

—차 선배? 에이, 차 선배야 너랑 만났었잖아.

"얘는 만나기는 무슨……. 그냥 손만 잡고 걸어 다닌 게 다인데 뭘 만난 거니?"

—그래도 친구가 만났던 사람은 좀 그렇잖아.

"만난 거 아니라니까. 뭐 그렇다고 일부러 만나라는 건 아니고.

둘은 갑자기 이야기가 옆으로 흘러서 예전에 친구가 만났던 남자와 이어져도 괜찮은가에 대한 토론을 벌였다. 그리고 심각한 사이가 아니었다면 문제없는 거 아니냐는 결론을 내렸다. 그런 이야기를 나누고 나니 윤주는 기분에 좀 풀리는 걸 느꼈다.

*　　　*　　　*

"괜찮겠죠?"

"확실하게 녹음했잖아요. 괜찮을 거예요."

할머니의 딸과 큰며느리는 여러 가지 상황을 놓고 대책을 세우고 있었다. 할머니가 수술 여파로 제정신이 아닐 경우는 별다른 문제가 되지 않았다.

"그러면 이 녹음에 유언해 놓은 게 인정받을 수 있는 거예요."

"문제는 엄마 정신이 멀쩡할 때인데……."

큰며느리는 주변을 살피고는 슬쩍 귓속말을 했다.

"이거 내가 어디서 들은 건데요, 집에서 잘 모시면 된대요."

"집에 잘 모셔요?"

큰며느리는 고개를 끄덕였다.

"집 밖으로 나가지 못하게 집 안에 모시는 거죠. 그리고 외부 접촉도 막아버리고 말이에요."

"아, 그런 방법이 있었구나."

딸은 무릎을 탁 쳤다. 큰며느리는 예전에 주변에서 그런 걸한번 봤다면서 이야기를 했다.

"그렇게 하면 다른 사람이 뭐라고 할 수 없단 말이에요."

"그런데 그렇게 하면 그년이 가만히 있을까요? 가만히 있을 것 같지 않은데……."

둘은 쿵짝이 맞아서 대책을 세웠는데, 강미현의 경우에는 폭력을 휘두른다는 걸 가지고 잘 엮으면 뭔가 될 것 같다고 했다.

"존속상해 같은 걸로 해서 접근 금지를 받거나 그럴 수 있을 것 같지 않아요?"

"하긴 그년이 손이 험하니까. 그리고 엄마가 자기 입으로 그랬잖아요. 또 때리려고 하느냐고 말이에요."

그건 여러 명이 들은 이야기였다. 그런 걸 가지고 잘 이용하면 접근하지 못하게 막을 수 있을 것 같았다. 그 과정에서 강미현이 폭력을 휘두르면 더 좋은 일이고.

"맞아요. 그년이 성질이 급해서 조금만 긁으면 바로 손부터 나오거든요. 그러니까 그걸 이용해서 옭아매면 될 거예요."

"잘됐네요. 그렇게 하면 문제가 없겠어요. 그러면 집에 있는 어머니 사람들부터 해고하고 다른 사람으로 들여야 하는 건가?"

큰며느리는 한꺼번에 전부 바꾸면 이상할 수도 있으니 조금씩 바꾸자고 했다. 일단 말을 잘 듣는 사람들은 남겨두고, 가장 말을 듣지 않을 것 같은 사람부터 제거하자고 했다.

"일단 그것부터 해야겠네요."

"그러면 그렇게 가죠. 일단 지금 당장은 문제 일으키지 말고 집으로 모셔 간 다음에 잘 모시는 걸로."

"그게 좋겠어요. 병원은 보는 눈도 많고 하니까."

두 여자는 서로를 보면서 활짝 웃었다.

그리고 같은 시각 혁민은 율희의 수술 날짜가 확정되었다는 이야기를 듣고 있었다.

"다음 주 화요일입니다."

"의사 선생님, 잘 좀 부탁드립니다."

민주엽은 고개를 조아리면서 이야기했는데, 의사는 수술하는 건 자신이 아니라면서 인사를 사양했다.

"그런데 이 점은 분명히 아셔야 합니다. 성공 확률이 그리

높지는 않습니다. 성공한 사례도 있지만, 실패한 사례도 있으니 수술 도중에 문제가 생길 가능성도 있습니다."

"알고 있습니다. 그래도 수술을 할 기회가 있다는 게 어딥니까. 그냥 죽어가는 걸 지켜봐야만 하는 줄 알았는데요."

민주엽은 이것만 해도 천만다행이라고 이야기했다. 그리고 분명히 율희는 일어날 수 있을 것이라고 이야기했다.

그런데 혁민은 다행이라고 생각하면서도 자꾸만 이상한 생각이 들었다. 자신 때문에 율희가 지금처럼 되었다는 생각이 들어서였다.

'나만 아니었다면 이런 고통을 겪지 않았어도 되는 거 아닌가? 내가 혹시 율희의 행복을 방해하고 있는 건 아닌가?'

율희를 위한다는 건 자신의 욕심이고 사실은 자신이 율희를 불행하게 만들고 있는 게 아닌가 하는 생각이 머릿속에서 떠나질 않았다.

'아니야. 율희를 나만큼 이해하고 사랑해 줄 수 있는 사람은 없어. 그러니까 율희를 행복하게 해줄 수 있는 사람은 나뿐이야.'

하지만 그런 생각을 할수록 자꾸만 만약 그렇지 않은 거라면 어떻게 해야 하는지가 떠올랐다. 만약 자신과 함께 있으면 율희가 계속해서 다치고 불행해질 운명이라면? 그럴 때는 자신은 어떻게 해야 한단 말인가.

'정말 그런 생각이 들었을 때 나는 어떤 선택을 할까? 그래도 내가 율희를 어떻게든 행복하게 해줄 수 있다고 믿고 계속 율희와 있을까? 아니면 율희의 행복을 위해서 그녀를 보내줄까?

어려운 질문이었다. 그리고 만약 확실한 거라고 한다면 그녀의 행복을 선택할 수도 있겠다는 생각을 했다. 하지만 세상에 그런 걸 어떻게 확실하게 알 수 있겠는가. 그래서 자신이 율희를 포기하는 건 있을 수 없는 일이라고 생각했다.

*   *   *

의사가 할머니의 상태가 심각하다면서 만약의 경우도 생각하는 편이 좋다고 이야기하자 사람들은 술렁였다. 하지만 술렁이는 내용은 조금씩 달랐다.

"지금 그걸 말이라고 해? 수술은 잘됐다면서?"

강미현은 얼굴을 붉히면서 의사에게 달려들었다. 하지만 이런 상황을 예상했는지 덩치가 좀 있는 레지던트가 옆에서 강미현을 막아섰다. 강미현이 드잡이질하는 사이 딸과 큰며느리는 계속해서 이야기를 나누었다.

잠시 후 두 여자는 할머니의 전속 변호사에게 다가가서는 이야기를 나누었다. 할머니의 재산을 관리하고 있는 것이 변호사이니 미리 이야기를 하기 위해서였다.

"유언을 확인해 달라는 말씀이십니까?"

"예. 그래야 집행을 할 때 혼란이 없을 거잖아요."

딸과 큰며느리는 기존의 유언장이 아닌 새로운 유언이 진짜라는 걸 확인하자고 이야기했다. 할머니의 상태가 심상치 않다는 말을 듣자 마음이 급해진 모양이었다.

"좋습니다. 어떤 건가요?"

"서류로 된 게 아니라 녹음이거든요."

"상관없습니다. 녹음 유언도 인정되니까요. 한번 들어볼 수 있을까요?"

딸은 녹음기를 틀었다. 그러자 할머니의 음성이 흘러나왔는데, 약간 말투가 느린 것 같았다. 하지만 이상하다는 생각이 들 정도는 아니었다.

"지금 저게 정말 유언이 맞는 건가요?"

강미현도 녹음기를 틀자 드잡이질을 멈추고 혁민의 곁으로 다가왔다. 혁민은 아직은 확실하지 않으니 조금 더 들어보자고 이야기했다.

"유언은 상당히 엄격하게 보거든요."

할머니는 유언의 취지와 자신의 성명, 날짜를 이야기했다. 그런데 그 내용이 기존의 유언장과는 많이 달랐다. 기존 유언장의 내용이 대부분의 재산을 강미현에게 주는 거였다면, 녹음한 내용은 재산을 대부분 아들과 딸에게 물려준다는 내용이었다.

그리고 할머니의 음성이 끝나자 같은 내용을 다른 사람이 그대로 읽고 할머니에게 맞는지 물어보았다. 그리고 할머니가 맞는다고 대답하자 자신의 이름을 이야기했다. 그리고 두 여자가 선임한 변호사가 같은 과정을 한 번 더 반복했고.

녹음은 거기까지였다. 녹음 내용이 끝나자 딸과 큰며느리는 할머니의 전속 변호사의 눈치를 살폈다.

"특별한 문제점이 보이지는 않는군요."

변호사의 말을 들은 딸과 큰며느리는 활짝 웃었다. 정말 세상을 다 가진 것 같은 표정이었다. 하지만 강미현의 표정은 무척 어두웠다.

"아쉬우세요?"

강미현은 대답 없이 할머니를 그냥 지그시 쳐다보았다. 할머니는 겉으로 보기에는 아주 평온한 얼굴을 하고 있었다. 한동안 할머니를 응시하던 강미현은 조용히 입을 열었다.

"그냥 이게 갑자기 이게 무슨 일인가 싶네요. 그냥 꿈같기도 하고……."

굉장히 쓸쓸함이 묻어나는 목소리였다. 평소에 억세고 드센 성격의 그녀 같지 않아 보였다. 혁민은 희희낙락하고 있는 두 여자를 보면서 저렇게 돈이 좋을까 하고 생각했다.

"그런데 궁금하기는 하네요. 어머님이 왜 갑자기 마음이 변하신 건지……."

"그런데 할머니 목소리에서 이상한 점은 없었나요?"

"글쎄요… 할머니 목소리는 틀림없는데… 약간 말하는 게 느린 것 같기는 했는데……."

혁민은 무언가 이상했다. 며칠 사이에 갑자기 생각이 바뀔 리가 있겠는가. 만약 그랬다면 그사이에 그럴 만한 중요한 일이 있어야 한다. 만약 그런 것도 없이 갑자기 생각이 바뀐 거라면 무언가 다른 일이 있었던 게 틀림없었다.

"저거 유언으로서 조금 문제가 있을 수 있겠는데요?"

"그래요? 왜요?"

혁민의 말에 강미현은 반응을 보였다. 하지만 혁민이 생각
한 그런 반응은 아니었다. 무언가 더 격한 반응이 있을 줄 알
았는데 그런 것보다는 오히려 시큰둥한 쪽에 가까웠다. 그냥
호기심이 있다는 정도의 반응이랄까.

수백억 원이 오가는 상황이라는 걸 고려하면 꽤 특이한 반
응이었다. 혁민은 원하면 좀 더 알아보고 알려주겠다고 했는
데, 강미현은 크게 관심이 없는 듯했다.

"그냥 기운이 없네요. 요즘 일이 너무 많이 생겨서 힘이 드
나 봐요."

"그래도 원하시면 제가 알아봐 드리죠."

"잘 모르겠네요. 어머님 생각이 뭔지."

"그걸 알기 위해서 알아보자는 겁니다. 정말 어떤 생각이 있
으셨던 건지."

강미현은 알아봐 달라고 이야기했다. 어떤 생각으로 이런
건지 궁금하다면서. 혁민은 알았다고 대답하고는 움직이기 시
작했다.

그런데 그날 이후로 두 여자는 할머니의 재산을 자신의 것인
양 행세하기 시작했다. 어차피 자신들의 것이 될 거라면서 부
동산을 팔려고 내놓기도 했는데, 강미현과 사사건건 충돌했다.

"아니. 어머님이 아직 살아계신데 지금 뭐하는 거예요?"

"뭐? 니가 참견할 문제가 아니야."

두 여자는 강미현을 무시하고 자기들 마음대로 하려고 했지만, 강미현이 어디 그렇게 고분고분한 성격이던가. 당장 두 여자에게 삿대질하면서 소리쳤다. 그게 말이 되는 소리냐면서. 그리고 그런 식으로 하면 나중에 후회할 거라면서.

"뭐라는 거야?"

하지만 두 여자는 철저하게 강미현을 무시했고 아예 대꾸조차 하지 않으려 했다. 하지만 마지막에 강미현이 한 말에 두 여자는 민감해질 수밖에 없었다.

"그 유언. 그거 뭔가 있는 거지? 그렇지?"

강미현은 곰곰이 생각해 봤는데 아무래도 이상하다면서 소리 질렀다.

"그렇잖아. 갑자기 어머님 생각이 그렇게 바뀔 리가 없지. 그렇다는 건 니들이 무슨 짓을 한 거잖아."

평소에도 사이가 좋지는 않았지만, 막말까지는 하지 않았었다. 그냥 서로 말을 섞지를 않았다. 화를 내거나 할 이유도 없었다. 어지간한 건 성질이 괄괄한 할머니가 그냥 보아 넘기지 못했으니까.

하지만 보이지 않는 곳에서 얼마나 무시와 괄시를 당했던가. 때문에 속으로는 쌓이는 게 있어도 참고 있었던 강미현이다. 그런데 지금 두 여자가 하는 꼴을 보니 참았던 게 폭발했다. 그리고 두 여자도 강미현이 민감한 구석을 건드리자 바로 반응했다.

"어머머. 그게 무슨 소리야? 어디서 그런 말 같지도 않은 소리를⋯⋯."

"그러니까. 하여간 못 배운 티를 내요. 변호사가 문제없다고 한 거를⋯⋯."

하지만 그 말을 들은 강미현은 오히려 코웃음 쳤다. 상대의 반응을 보니 뭔가 켕기는 게 있다는 티가 팍팍 났으니까.

"오호라. 진짜로 켕기는 게 있는 거구만."

강미현은 자신도 변호사에게 들었다면서 그 유언에는 문제가 있다고 이야기했다.

"아니, 이 여자가 미쳤나."

두 여자는 다른 사람들이 들을까 당황해서는 강미현에게 조용히 하라고 소리쳤다. 그리고 정 그렇게 자신이 있으면 한번 따져 보자고 말했다. 당연히 강미현도 좋다고 대꾸했고.

*　　　*　　　*

"걱정하지 않으셔도 됩니다."

변호사의 말에 딸과 큰며느리는 안도하는 표정을 지었지만, 그래도 아직 불안한지 다시 물었다.

"그렇죠? 아무런 문제 없는 거죠?"

"전속 변호사도 별문제 없다고 하지 않았습니까. 절차와 규정을 지켜서 진행했으니 별다른 문제가 있을 리가 없죠."

변호사는 걱정하지 말라는 이야기를 하고 병실로 들어섰다. 병실에는 이미 할머니의 전속 변호사와 강미현, 그리고 혁민이 도착해 있었다.

"아유, 죄송해요, 변호사님. 아니 이런 보나 마나 한 일로 사람 시간을 빼앗으면 어쩌자는 거예요? 안 그래도 바쁘신 분들인데."

큰며느리는 할머니의 전속 변호사에게 인사를 하면서 강미현을 타박했다. 아직은 전속 변호사에게는 잘 보일 필요가 있어서 그런 행동을 한 거였는데, 노구의 전속 변호사는 손을 들어서 괜찮다는 의사 표시를 했다.

"그런데 어떤 문제가 있다는 겁니까?"

전속 변호사의 말에 혁민이 앞으로 나섰다. 그는 천천히 안에 있는 사람들을 둘러보고는 이야기를 시작했다.

"유언의 형식에는 문제가 없어 보입니다. 들어가 있어야 할 내용이 다 있으니까요."

그 말에 전속 변호사가 고개를 끄덕였고, 딸과 큰며느리도 마찬가지 반응을 보였다. 큰며느리는 그런데 왜 문제가 있다고 이야기를 했느냐며 오히려 구시렁거리기까지 했다. 하지만 혁민은 아랑곳하지 않고 말을 이었다.

"그런데 의사의 증언은 없더군요."

"의사 증언이 왜 필요해요? 어머님은 멀쩡하셨는데."

큰며느리가 곧바로 반발했다. 하지만 혁민은 고개를 저었다.

"할머니에게 치매가 왔다는 건 누구나 아는 사실입니다. 그러니 유언을 했을 때 정상적인 상태였다는 걸 의사가 확인해 주어야 효력이 있는 유언이라고 할 수가 있죠."

전속 변호사도 일리가 있는 말이라고 이야기했다. 그러자 딸과 큰며느리는 자신들이 선임한 변호사를 쳐다보았는데, 그 변호사는 알았다는 듯 앞으로 나섰다.

"그랬으면 더 확실했겠지만, 의료 기록에 보면 대부분 제정신을 유지하고 계셨습니다. 그리고 유언을 지켜본 다른 사람들도 모두 할머니가 정상이라고 생각해서 굳이 의사의 증언까지는 필요가 없겠다고 생각한 겁니다."

혁민은 그렇다 하더라도 정상이 아닌 상황일 수도 있는 것이니 의사의 증언이 들어가 있지 않은 유언은 무효라고 주장했다. 상대방은 그렇지 않다고 이야기했고. 서로 자신의 주장이 옳다고 이야기하니 끝없는 평행선을 달릴 수밖에.

"변호사님은 어떻게 생각하세요?"

강미현이 보다 못해 할머니의 전속 변호사에게 물었다.

"글쎄요. 법적으로 좀 예민한 문제가 될 것 같군요. 여기서 제가 뭐라고 결론을 지을 내용이 아닌 것 같습니다."

전속 변호사가 그렇게 말하자 딸과 큰며느리는 정 의심스러우면 법원으로 가서 결판을 내자고 이야기했다. 법원으로 가면 자신들이 유리하다고 생각했는지 두 여자의 표정에는 자신감이 어려 있었다.

"그렇게 하시죠. 법원으로 가면 저야 좋죠."

혁민은 이 사건으로 재판한다면 이길 자신이 있었다. 전속 변호사가 왜 모호하게 대답을 했는지 모르겠지만, 치매에 걸린 노인의 유언을 인정한다? 있을 수 없는 일이었다.

"유언자의 심신이 회복되었다고 의사가 구술도 하지 않았는데 법원에서 인정해 줄 것 같습니까? 어림도 없는 소리죠."

혁민의 이야기에 큰며느리가 무언가 반박을 하려고 했다. 의료 기록이나 그런 걸 보면 정상이었다고 나온다는 거였다. 혁민은 아마도 무언가 손을 써놓고 그걸 믿는 것 같다는 생각이 들었다.

"그러니까 법원에 가서 따져 보자니까요. 아니, 치매가 몇 시 몇 분부터 시작된다고 알람이 울리고 시작되는 것도 아니고."

상대는 의료 기록상 건강한 상태였다고 주장할 수는 있겠지만, 아마도 받아들여지지 않을 것이다.

혁민의 당당한 태도에 상대방은 위축되었다. 상대는 다음에 보자면서 밖으로 나갔고 혁민은 강미현과 잠시 이야기를 나누었다.

"정말 문제가 있는 건가요?"

"당연하죠."

"그런데 왜 그런 걸 알면서도……."

"제가 보기에는 이런 문제를 제기할 줄 몰랐던 것 같습니다."

조금만 살펴보면 뻔한 이야기였다. 하지만 두 여자는 강미현이 법적으로 문제가 있다고 나올 줄 몰랐던 것 같았다.

"사실 제가 그쪽으로 좀 꺼리는 게 있거든요. 애 아빠가 죽었을 때……."

강미현은 남편이 죽었을 당시 소송을 하면서 크게 곤욕을 치른 적이 있다고 했다. 혁민은 두 여자가 그런 점을 알고 법적으로는 문제 삼지 않으리라 판단하고 그런 일을 벌였을 것이라고 생각했다.

그리고 좀 있는 사람들은 법적인 문제가 발생했을 때, 적당히 어르고 달래서 합의하면 된다는 생각을 가지고 있다. 강미현같이 살기 팍팍한 사람들은 소송을 몇 년 동안 계속 끌고 간다는 게 무척이나 힘든 일이니까. 그래서 무조건 소송으로 가면 자신들이 유리하다고 생각한 것이다.

"그런 사람들 많이 봤습니다. 그러니까 더 물러서면 안 되는 겁니다."

혁민은 강미현에게 이야기했다.

"제가 혹시 소송까지 가더라도 신경 안 쓰이게 해드리죠. 비용도 안 받겠습니다. 대신 나중에 승소하고 나면 성공 보수는 제대로 받겠습니다."

혁민의 말에 강미현이 웃었다.

"어머님 말씀대로 재미있는 분이시네요."

"뭐라고 하셨는데요?"

"그냥… 뭐 좀 특이한 사람이라고 하셨어요."

강미현은 들은 대로 말하지 않고 살짝 돌려 말했다. '싸가지는 좀 없는 것 같지만 아주 특이한 새끼가 있다'고 했다는 말을 할 수는 없었으니까.

그런데 혁민은 좀 이상하다고 생각했다. 할머니도 그렇고 전속 변호사라는 사람도 그렇고 무언가 석연치 않은 구석이 있었기 때문이었다. 하지만 혁민은 거기에는 더는 신경을 쓰지 못했다. 율희의 수술 날이 바로 코앞이었기 때문이었다.

*   *   *

"제발!!"

혁민은 수술실로 이동하는 율희를 보면서 손을 모았다. 드디어 율희가 수술을 받게 되었다. 혁민은 민주엽과 나란히 서서 가슴을 졸이고 있었고, 멀리서 윤태도 율희가 수술실로 들어가는 걸 보고 있었다.

"잘되겠지?"

민주엽도 불안한지 입술을 잘근잘근 깨물면서 그렇게 이야기했다. 병원과 의사는 실패할 확률도 높은 수술이라는 걸 계속 강조했다. 그만큼 난도가 높은 수술.

"그럼요. 이제 곧 건강하게 된 율희를 보실 수 있을 겁니다."

혁민은 주먹을 꽉 쥐면서 그렇게 말했다. 그리고 율희가 다시 건강해지기만 하면 정말 뭐든지 다 해주리라 다짐했다.

'제발. 제발…….'

혁민은 고개를 들어 수술실을 바라보았는데, 램프가 수술 중이라는 표시로 바뀌었다. 그리고 혁민의 심장은 평소보다 강하게 쿵쿵거리기 시작했다.

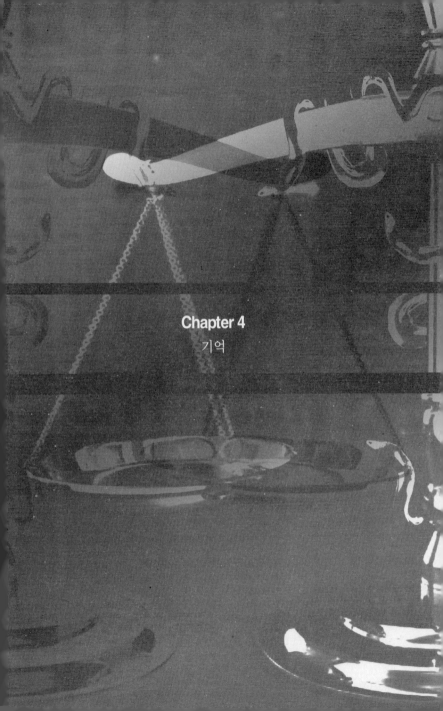

Chapter 4
기억

"닥터 데릭은 뇌동맥류 수술에 있어서 세계 최고의 권위자다. 눈 하나 깜빡이지 말고 정신 똑바로 차리고 봐!"

의사가 레지턴트들에게 이야기를 했지만, 참관실에서 그의 말에 신경을 쓸 사람은 별로 없었다. 평소에야 목에 힘을 줄 수 있을 만한 위치였겠지만, 오늘 참관실에는 병원 고위 관계자들이 득시글했으니까.

"닥터 데릭이 외국에 나와서 수술을 하는 경우는 이번이 처음 아닌가요?"

"제가 알기에는 그렇습니다."

병원장의 질문에 곁에 앉아 있던 부원장 중 한 명이 대답했다.

"언론에 알리지 못하는 것이 좀 아쉽군요. 만약 그럴 수 있었으면 훨씬 더 병원에 도움이 되었을 텐데 말입니다."

"어쩔 수 없는 것 아니겠습니까. 그쪽에서 언론에는 알리지 말아달라고 부탁을 했으니 말입니다."

"그건 그렇지만, 아쉽기는 하군요. 이런 기회는 다시 오지 않을 것 같은데……."

병원장이 입맛을 다시면서 아쉬워하자 다른 부원장이 입을 열었다.

"어떻게든 알릴 방법이 없을까 했는데, 위에서 워낙 신경을 쓰는 일이라서……."

"하기야 생각해 보면 그럴 만도 합니다. 이게 알려지면 오죽 말이 많이 나오겠어요. 그들이 굳이 이곳까지 와서 수술할 이유가 전혀 없지 않습니까. 케이스가 좀 특이하기는 하지만, 그것만 가지고는 설명이 되지 않으니까요."

그 말에 부원장 중 한 명이 입에 손을 대고는 나지막하게 속삭였다.

"수술팀에 엄청난 거금을 줬다는 소문이 있더군요. 게다가 병원에도 어마어마한 거금을 기부했다는 말도 돌고 있습니다."

"그런가요? 모든 결과에는 이유가 있는 법이지. 그래도 확실하지 않은 이야기는 조심하는 편이 좋아요."

병원장은 그냥 그렇게 이야기를 하고는 입을 닫았다. 이런 이야기는 입에 자주 오르내려서 좋을 게 없는 이야기다. 아는 것이 있었지만, 지금은 이야기하지 않는 편이 좋았다. 이곳에는 귀가 많았으니까.

그리고 윗선에서 신경을 많이 쓰는 일이다. 공연히 말이 돌아다니게 해서 윗선의 심기를 거스를 필요는 없다. 이곳에 있는 사람들도 그런 걸 잘 아는 사람들이니 이 정도만 이야기해도 입조심을 할 것이다.

"드디어 본격적으로 시작되는군요."

이곳에 있는 대부분 사람은 수술 경험이 있었다. 하지만 분야가 다를 경우 아무래도 세세한 부분까지 알기는 어려웠다. 그래서 뇌 수술을 전문으로 하는 과장의 이야기에 모두가 귀를 기울이고 있었다.

"모든 수술이 다 그렇겠지만, 동맥류 수술은 출혈에 신경을 많이 써야 합니다. 지혈이 쉽지가 않거든요. 그래서 근위부 혈관을 미리 확보해 놓는 겁니다. 유사시에 지혈을 할 수 있도록 말입니다."

과장은 중간중간 설명을 해서 지금 수술이 어떻게 진행되고 있는지를 알려주었다. 그런데 수술이 점점 진행될수록 그의 입은 자주 열리지 않았다. 수술 과정을 지켜보느라 집중해서 그런 거였다.

"빨라……."

닥터 데릭은 손은 빠르고 정확했다. 뇌는 무척이나 민감한 부분이다. 조금의 실수만 있어도 치명적일 수 있는 것이 바로 인간의 뇌. 그래서 무척이나 조심스럽게 손을 대야 한다. 그런데 닥터 데릭의 손은 무척이나 빨랐다.

하지만 빠르면서도 안정적이었다. 다른 사람은 몰라도 과장은 잘 알고 있었다. 그도 수많은 뇌 수술을 집도한 경험이 있었으니까. 지금 보고 있는데, 전혀 위험하다는 생각이 들지 않았다. 그만큼 닥터 데릭의 솜씨는 섬세했다.

"확실히 최고라고 불리는 이유가 있었군요."

"저건 타고난 것도 있겠지만, 그만큼 경험이 없으면 불가능한 일이지."

뇌 수술을 집도하는 의사들은 한쪽 귀퉁이에 모여서 그런 대화를 나누고 있었다. 차원이 다른 솜씨. 수술실이 내려다보이는 참관실에는 기묘한 긴장감 같은 게 흘렀다.

그리고 그런 분위기는 수술실 밖에서 기다리고 있는 사람들도 마찬가지였다. 민주엽은 가만히 있지를 못하고 주변을 서성거렸다. 가끔 크게 한숨을 내쉬면서.

혁민은 눈을 감은 채 앉아서 두 손을 모아 깍지를 끼고 있었다. 그 옆에는 보람이 와 있었는데, 핼쑥한 얼굴로 무언가를 중얼거리고 있었다. 자신이 믿는 신에게 기도를 하는 모양이었다.

혁민은 믿는 신은 없었지만, 만약 율희를 무사하게 나을 수 있게만 해준다면 어떤 신이라도 믿을 수 있을 것 같았다. 그리고 그들과는 조금 떨어진 곳에서 수술실을 계속 쳐다보는 사람도 있었다.

"잘될 거야. 반드시 나을 거야."

강윤태는 그렇게 이야기하면서 잠시도 가만히 있지 못하고 계속해서 수술실 쪽을 쳐다보았다. 하지만 수술은 이제 시작되었다. 수술이 마무리되려면 많은 시간이 필요할 터. 그걸 잘 알고 있었지만, 머리와 가슴은 다른 법이다.

머리로는 시간이 더 걸려야 한다는 걸 알고 있었지만, 가슴은 답답했다. 왜 이렇게 시간이 더디게 가는지 짜증만 났다. 심장이 두근거리고 한숨만 계속 나왔다.

"잘될 거야."

할 수 있는 거라곤 계속해서 서성거리는 것. 그리고 잘될 거라고 중얼거리는 것밖에는 없었다. 모두의 염원이 있어서 그런 것인지는 모르겠지만, 수술은 무난하게 진행되었다.

무척 난해하고 어려운 수술이었지만, 별다른 문제 없이 빠르게 진행되었다.

하지만 언제 무슨 일이 벌어질지 모르는 것이 수술이다. 한참의 시간이 흘렀을 때, 갑자기 닥터 데릭의 목소리가 수술실 안에 퍼졌다.

"Suction!"

갑자기 피가 고이기 시작하자 닥터 데릭이 황급하게 말을 했다. 그리고 수술팀의 손이 바빠지기 시작했다. 급박한 상황에 참관실이 술렁거렸다.

"출혈인가?"

"그런 것 같아. 그런데… 어디서 출혈이 일어났는지 찾지 못하는 것 같은데?"

위급한 상황. 그런데 문제는 출혈에서 끝나지 않았다. 무슨 문제가 있는 것인지 갑자기 심박수가 떨어지기 시작했다. 수술팀이 긴장하기 시작했고, 수술실 안의 다급한 분위기가 참관실에서도 고스란히 느껴졌다.

그리고 우연인지는 모르겠지만, 수술실 밖에 있던 혁민도 가슴에 통증을 느꼈다. 전에도 몇 번 느꼈던 그 느낌. 누군가가 가슴을 꽉 쥐는 것 같은 느낌이었다. 깍지를 낀 혁민의 손에 힘이 잔뜩 들어갔다. 손톱이 살 안으로 파고들 정도로.

하지만 다른 사람은 그 사실을 모르고 있었다. 모두들 다른 곳에 신경이 가 있었기 때문이었다. 혁민은 갑자기 누군가가 자신의 심장을 잡아 뜯는 것 같은 느낌에 몸을 뒤틀었다.

삐삐삐 소리가 나면서 수술팀의 손이 더욱 바빠졌다. 마스크로 가리고 있었지만, 드러나는 눈과 얼굴의 일부분만 보더라도 사람들이 긴장하고 있다는 걸 알 수 있었다. 심박수를 가리키는 기기의 수치는 계속해서 떨어졌고, 한순간 삑 하는 소리와 함께 심장이 멎었다.

참관실 안에도 긴장감이 감돌았다. 성공 확률이 낮은 위험한 수술이라는 걸 다들 알고는 있었지만, 그래도 윗선에서 직접 챙기는 수술이다. 실패하는 것보다는 성공하는 편이 자신들에게 훨씬 좋은 일. 다들 긴장해서 아무런 말 없이 수술실을 지켜보고 있었다.

'끄으으으으……'

혁민은 계속되는 통증이 이를 악물었다. 손은 너무 꽉 쥐어서 핏줄이 피부를 뚫고 나올 것처럼 튀어나와 있었다. 그런데 그 순간 혁민의 머리에 떠오른 것은 율희의 모습이었다.

'율희야! 율희야!'

왜 그녀가 그 순간에 떠올랐는지는 알 수 없었다. 그냥 떠올랐다. 그 이유를 논리적으로나 과학적으로는 설명할 수 없을 것 같았다. 하지만 분명히 그녀가 떠올랐고, 그녀의 이름을 머릿속으로 울부짖었다.

수술실 안은 전쟁터였다. 한 명이 밖으로 나가서 혈액을 가져왔고, 다들 멈춘 심장을 다시 뛰게 하기 위해서 움직였다. 하지만 멈춘 심장은 좀처럼 다시 뛰지 않았다. 그리고 수술실 밖에 있는 혁민의 고통도 줄어들 기미가 보이지 않았고.

'율희야!! 율희야!!!'

그런데 갑자기 혁민의 심장 부근에서 뜨거운 것이 용솟음쳤다. 뜨겁지만 포근하고, 아픈 듯했지만 시원한 느낌. 아주 기묘한 느낌이었다.

그리고 같은 시각, 율희는 환상 같은 걸 보고 있었다. 자신의 눈앞에 환한 빛이 보였다. 아주 눈부시고 밝은 빛. 그 빛이 몸에 닿으니 너무나도 포근하고 편안했다. 그리고 저 멀리서 누군가의 그림자 같은 게 보였다.

'엄마?'

자신이 어렸을 때 죽은 엄마의 모습이었다. 너무나도 보고 싶었던 모습. 율희는 엄마를 향해서 다가갔다. 한 발 두 발. 엄

마의 그림자로 다가갈수록 마음은 편안해지고 기분도 나른해
졌다. 그런데 그렇게 걸어가고 있는데 무슨 소리 같은 게 들렸
다.

　—율희야. 율희야.

　작은 모기가 앵앵거리는 것 같은 그런 소리였다. 그래서 그
냥 앞으로 걸어갔다. 엄마를 더 자세히 보기 위해서. 그리고
엄마의 품에 안기기 위해서. 그런데 이번에는 더 큰 소리가 귓
가를 때렸다.

　"율희야!! 율희야!!!"

　익숙한 목소리였다. 혁민의 목소리. 율희는 뒤를 돌아보았
다.

　"오빠?"

　그런데 율희가 뒤를 돌아보자 갑자기 모든 것이 어두워졌
다. 율희가 기억하는 건 거기까지였다.

　그 순간, 수술실 안에 변화가 있었다.

　삐익. 삐익. 삐익.

　"아! 다시 돌아왔네요."

　심장이 다시 뛰기 시작했다.

　안도의 한숨을 내쉬는 참관실 사람들. 수술실 안에 있는 사
람들도 마찬가지였다. 다들 한숨 돌렸다는 표정. 서로의 얼굴
을 보면서 사람들은 고개를 끄덕였다.

　그리고 수술실 밖에 있던 혁민도 통증이 순식간에 사라지는

걸 느꼈다. 정말 거짓말처럼 처음부터 그런 통증은 없었다는 듯이 사라졌다. 혁민은 다행이라고 생각하고는 고개를 들었다.

여전히 민주엽은 한숨을 내쉬면서 주변을 서성이고 있었다. 가끔 수술실의 램프를 쳐다보다가 땅바닥을 쳐다보면서 한숨을 내쉬는 걸 반복했다. 보람은 손을 모으고 계속해서 무언가를 중얼거리고 있었고.

변한 건 아무것도 없었다. 자신이 통증을 느낀 것이 마치 꿈인 것 같았다. 잠깐 졸다가 그런 꿈을 꾼 것 같은 느낌. 하지만 손에 손톱자국이 선명했다.

"위험한 고비는 넘긴 것 같습니다."

"그러면 수술은 성공한 건가요?"

"뭐, 아직 수술이 끝난 건 아니지만, 큰 문제는 없을 것 같습니다. 어려운 부분은 모두 끝났으니까 말입니다."

그리고 과장의 말대로 이후로는 크게 문제가 될 게 없었다. 그렇게 얼마간의 시간이 흐른 후, 수술 중이라는 램프가 꺼졌다.

*   *   *

"선생님, 어떻습니까?"

원래는 수술을 마치고 나오는 의사에게 물어봐야 정상이겠지만, 수술팀은 일반인과 접촉하기 싫어했다. 그래서 이야기를 듣지 못하다가 나중에야 의사를 잡고 율희의 상황을 물어볼 수 있었다.

"일단 수술은 성공적입니다."

"아~"

민주엽은 안도의 한숨을 내쉬었다. 그리고 혁민과 보람도 정말 다행이라는 생각을 하면서 자리에 주저앉았다. 다리의 힘이 갑자기 풀렸기 때문이었다.

"그런데⋯⋯."

의사의 말에 땅바닥으로 향해 있던 사람들의 고개가 휙 들렸다. 의사는 조금 난감한 표정으로 말을 이었다. 모든 수치가 정상이기는 하지만, 깨어나서 정밀 검사를 해봐야 확실한 걸 알 수 있다면서.

그러면서 수술 도중에 잠깐 심정지가 왔었다는 이야기도 해 주었다.

그리고 같은 이야기를 윤태도 듣고 있었다.

"심각한 문제가 있는 겁니까?"

"아닙니다. 심정지가 되었던 시간도 아주 짧았고, 바로 조치를 했기 때문에 특별한 문제는 없을 겁니다."

"그렇군요. 정말 다행입니다."

닥터 데릭은 무척 어려운 수술이었는데, 생각보다는 잘되었다면서 걱정하지 않아도 될 거라고 이야기했다.

"실패할 확률이 더 높은 수술이었습니다."

"감사합니다. 약속드린 건 제대로 이행이 될 겁니다."

윤태는 외국 사람도 이렇게 공치사를 하나 싶었다. 하지만 그런 건 이제 상관없었다. 율희가 살아나게 되었으니까. 머릿속에 있던 폭탄은 제거되었고, 앞으로는 아무런 문제가 없을 것이다. 그거면 된 거였다.

"된 거야. 그거면 된 거야."

윤태는 조금은 씁쓸하게 웃었다. 그러다가 닥터 데릭에게 물었다.

"그러면 환자는 언제쯤 깨어나게 될까요?"

"마취가 풀리면 정신이 들 테니 아마도 잠시 후면 정신을 차리지 않을까 합니다."

"아, 그렇습니까."

윤태는 감사하다고 하고는 자리에서 일어섰다. 율희가 정신을 차리는 걸 보기 위해서였다. 윤태가 회복실에 갔을 때, 율희 주변에는 민주엽과 혁민, 그리고 보람이 있었다. 윤태는 잠시 후에 다시 올까 하다가 그래도 율희가 깨어나는 걸 봐야겠다고 생각하고는 안으로 들어갔다.

"고맙네. 고마워."

민주엽이 윤태를 보더니 손을 덥석 잡으면서 말했다. 자세한 것까지는 모르지만 윤태가 손을 써서 율희가 수술을 받을 수 있었다는 걸 알고 있었기 때문이었다.

딸의 목숨을 구해준 거나 마찬가지 아닌가. 수술을 받지 못했으면 율희는 죽었을 테니 말이다. 딸 가진 아버지의 입장으로서 절이라도 하고 싶은 심정이었다. 하지만 혁민은 입장이 조금 묘했다.

고맙긴 했는데, 좀 불편했다. 하지만 지금이야 그런 것보다 율희의 수술이 성공적이었다는 게 중요했다. 모두가 율희가 깨어나기만을 기다리고 있는데, 드디어 율희의 눈꺼풀이 살짝 움직였다.

그리고 몸도 조금 움직였다. 민주엽이 율희의 곁으로 가서는 조심스럽게 물었다.

"정신이 드니?"

*　　　*　　　*

"아빠."

"그래. 그래! 일어났구나⋯⋯."

민주엽은 감격스러운 듯 율희의 손을 잡으면서 이야기했다. 율희가 일어나자 간호사가 들어와서 이런저런 체크를 했다. 율희는 아직 정신이 완전하게 돌아오지 않은 듯 몽롱한 표정이었다.

간호사가 나가자 다시 민주엽이 다가갔는데, 잠시 이야기를 하던 율희는 이제 정신이 좀 드는지 고개를 살짝 돌려 주변을 돌아보았다. 그리고 자신에게 다가오는 보람을 발견하고는 웃으면서 말을 걸었다.

"보람 언니!"

"율희야. 언니가 너 잘못되는 줄 알고 얼마나 걱정했는

데……."

보람은 울먹이면서 이야기했다. 율희는 그런 보람을 보면서 희미하게 웃었는데, 아직은 힘이 없는 듯 보였다.

"다행이다. 수술이 어렵다고 해서 어떻게 하나 싶었는데……. 그리고 수술도 잘됐대."

"그래요?"

율희는 계속 정신을 잃고 있어서 밖의 상황이 어떻게 돌아가는지 잘 모르고 있었다. 보람은 자신이 아는 이런저런 이야기를 전부 해주려고 했다. 그냥 두었다가는 오늘 온종일이라도 수다를 떨 기세.

"크흠……."

민주엽은 기침을 하면서 슬쩍 끼어들었다. 그러자 보람도 알아채고는 나중에 더 이야기하자고 말을 했고, 율희도 좋다면서 고개를 끄덕였다. 율희는 다시 고개를 돌려 누가 있나 보다가 윤태를 발견했다.

"윤태 오빠."

윤태는 웃으면서 살짝 손을 들었다. 그는 율희가 자신을 알아보고 이렇게 인사를 하는 것이 정말 꿈만 같다고 느꼈다. 얼마 전까지만 해도 이제는 다시 볼 수 없을지도 모르겠다는 생각에 잠을 설쳤는데 이제는 그런 생각은 더 이상 하지 않아도 된다. 그것만으로도 너무나도 기뻤다.

그런 윤태를 가리키면서 민주엽이 정말 고마운 사람이라고 이야기했다. 정말 수술을 하기 어려웠는데, 윤태가 도와줘서 수술할 수 있었다는 이야기를 덧붙였다.

침착했던 민주엽과는 확실히 달랐다. 상당히 들떠서 이야기했으니까. 하기야 죽을 뻔했던 딸이 살아 돌아왔으니 당연한 일 아니겠는가. 하지만 모두 기쁨에 취해 있어서 그런지 그런 점을 느끼지는 못하는 것 같았다. 율희는 이야기를 듣고는 윤태를 향해 미소 지었다.

"고마워요, 오빠. 맨날 신세만 지고."

"괜찮아. 너 건강해지면 그걸로 된 거지 뭐."

윤태도 마주 웃으면서 이야기했다. 그는 이렇게 율희와 대화하는 것만으로도 너무나 행복했다. 그래서 정말 많은 걸 내놓았지만, 그런 것이 하나도 아깝지 않다고 생각했다. 오히려 가지고 있던 지분을 모두 처분해서 수술팀을 불러오기를 잘했다는 생각이 들었다.

하지만 둘의 이야기는 이어지지 않았다. 갑자기 둘의 이야기가 멈추자 어색한 분위기가 되었는데, 혁민은 지금이 적절한 타이밍이라고 생각하고는 율희에게 다가가면서 이야기했다.

"정말 다행이야, 율희야."

혁민은 다정하게 율희를 부르면서 다가갔다. 고개를 돌려 혁민을 바라보는 율희. 율희의 눈동자는 살짝 떨리고 있었다. 그리고 혁민이 다가오자 그녀는 몸을 일으키려고 했다.

"괜찮아. 누워 있어."

혁민은 부드럽게 웃으면서 이야기했다. 율희는 그런 혁민을 바라보다가 갑자기 미간을 조금 찌푸렸다. 혁민은 혹시 무슨 통증이라도 느껴서 그런 것이 아닌가 싶어서 물어보려고 했는데, 율희는 혁민의 얼굴을 빤히 쳐다보다가 말했다.

"누구세요?"

*   *   *

율희는 혁민을 기억하지 못했다. 사람들은 모두가 갑작스러운 상황에 벙찐 표정이었다가 혹시라도 율희에게 무슨 문제가 있는 것이 아닌지 싶어서 의사를 불렀다.

"그러니까 다른 사람은 다 기억이 나는데 저분만 기억이 나지 않는 건가요?"

"글쎄요? 잘 모르겠어요."

의사는 민주엽이나 다른 사람의 도움을 받아서 간단한 테스트를 해보았다. 다른 사람들은 대부분 기억했다. 보람도 윤태도. 심지어는 회사에서 같이 일하던 사람들도. 그런데 기억을 못 하는 사람도 있었다.

의사는 자세한 건 조금 더 봐야겠지만, 단기 기억장애인 것 같다고 했다.

"그러면 어떻게 되는 건가요?"

"일단 검사를 해봐야겠습니다. 지금 상태로 봐서는 심각한 문제가 있는 건 아닌 것 같으니 크게 염려하지는 않으셔도 될 것 같습니다."

의사는 그렇게 말하면서 별다른 문제가 아니라면 자연스럽게 기억이 돌아오는 경우도 있다고 이야기했다. 의사는 잠시 후에 검사를 해보겠다고 하고는 밖으로 나갔는데, 그가 나가자마자 사람들이 모여들었다.

"그러면 집은 기억이 나니?"

민주엽의 질문에 율희는 기억난다고 대답했다. 주소와 뭐가 있는지까지 이야기를 했다.

"그러면 보람이 엄마는 기억이 나?"

"그럼요."

주로 민주엽과 보람이 질문을 했다. 평소와 같았다면 혁민도 질문했겠지만, 지금은 율희가 자신을 알아보지 못한다는 충격에서 헤어 나오지 못하고 있었다.

수술이 잘 끝났다고 해서 얼마나 좋아했던가. 이제는 아무런 걱정이 없을 것이라고 생각했다. 그런데 율희가 자신을 몰라본다. 물론 시간이 지나면서 자연스럽게 기억이 돌아올 수도 있는 일이다.

'하지만 기억이 돌아오지 않으면?'

전혀 생각지도 못했던 일이었기 때문에 혁민은 어떻게 해야 할지를 모른 채 그냥 멍하니 있었다. 그러는 사이 사람들은 계속해서 율희에게 질문했다.

"그러면 얼마 전에 나랑 영화 본 거 기억나? 써니 본 거."

"써니? 그건 잘 모르겠는데?"

보람의 질문에 율희는 기억이 안 난다고 했다. 혁민은 그 말에 조금 안심이 되었다. 자신에 대한 기억만 못 하는 게 아니라는 게 확실해질수록 그러면 안 되는데 정말 다행이라는 생각이 든 것이다.

'이걸 다행이라고 생각하면 안 되는 건데……'

율희가 기억에 문제가 있다는 게 좋을 리가 있겠는가. 하지만 자신에 대한 기억만 없는 게 아니니 마음이 좀 놓였다.

"주로 최근 기억 중에 일부가 없는 건가?"

"아무래도 그런 것 같아요. 아주 어렸을 때 기억은 잘하는데 최근에 생각이 안 나는 게 좀 있다는 걸 보면요."

혁민은 무언가 율희에게 이야기를 하려고 했지만, 입이 떨어지지 않았다. 자신을 기억하지 못하는 율희에게 친근하게 부르면서 말을 하는 것도 좀 이상했고, 그렇다고 서먹서먹하게 대하기도 뭐했고.

'미치겠네……'

율희는 민주엽과 보람, 윤태와는 정말 즐겁게 이야기를 나누었다. 평소에 굉장히 친밀한 사이였으니까 당연한 일이었다. 그런데 혁민을 보면서는 무언가 혼란스러운 표정이었다. 사람들이 모두 친했던 사이라고는 하는데 기억이 나지 않아서 그런 거였다.

잠시 후, 율희가 검사도 해야 하고 쉬기도 해야 해서 사람들은 밖으로 나왔다.

"너무 걱정하지 말게. 일시적인 문제일 거야."

민주엽은 혁민의 어깨를 툭툭 치면서 이야기했다. 설마하니 율회가 혁민을 못 알아보겠느냐면서. 혁민의 기억만 나지 않는 게 아니니 걱정하지 말라고 했다.

하지만 혁민 입장에서는 걱정을 안 할 수가 없었다. 괜찮겠거니 생각을 하다가도 계속 기억이 나지 않으면 큰일이라는 생각이 머릿속을 지배했다. 하지만 혁민이 할 수 있는 일은 없었다.

'자주 들러서 같이 있었던 이야기를 하다 보면 무언가 생각나는 게 있겠지? 아니면 몸이 좀 좋아지면 같이 갔던 장소나 그런 데를 데려가거나 해야겠다.'

그전에 기억이 완전히 돌아온다면야 문제가 없겠지만, 만약 그렇지 않는다면 그렇게 해서라도 기억이 나도록 해야겠다고 혁민은 생각했다. 혁민은 그렇게 생각하면서 어깨를 축 늘어뜨리고 병원 밖으로 나갔다. 지금은 병원에 더 있어봐야 속만 상할 것 같아서였다.

'내일 다시 와야지. 검사 결과가 어떤지도 좀 들어보고… 혹시 그사이에 기억이 약간이라도 돌아왔을 수도 있으니까.'

혁민은 병원을 쳐다보면서 그렇게 생각했다. 하지만 표정은 그리 밝지 못했다.

하지만 혁민보다 더 빨리 율회의 검사 결과를 들은 사람이 있었다.

잠시 후, 윤태는 의사로부터 지금 율회의 상태가 어떤지 이야기를 들었다.

"특별한 이상은 없다는 거죠?"

"예. 그렇습니다."

"그러면 기억은 어떻게 된 겁니까?"

"그게……."

의사는 뇌는 아직 현대 의학으로도 풀지 못한 부분이 많은 미지의 영역이라는 점을 이야기했다. 그래서 왜 그렇게 된 것인지, 앞으로 어떻게 될지 확실하지는 않다고 했다.

"하지만 특별한 문제가 있는 건 아닙니다. 조만간 기억이 돌아올 확률이 높습니다."

"그렇군요."

윤태는 조금 실망한 표정으로 이야기했다. 사실 기억이 계속 돌아오지 않아도 좋겠다는 생각을 했기 때문이었다. 그렇다면 자신에게도 기회가 생기는 것 아니겠는가.

"혹시 말입니다……."

의사는 윤태가 무슨 말을 하기를 기다렸는데, 윤태는 상당히 말을 아꼈다. 그는 계속 생각을 하면서 망설이다가 입을 열었다.

"기억이 돌아오지 않을 수도 있나요?"

"흐음… 글쎄요… 그건 제가 뭐라고 장담할 수는 없지만, 간혹 그런 경우도 있기는 합니다. 하지만 일반적으로는 기억이 돌아옵니다."

의사는 뇌에 검사로도 나타나지 않는 손상이 있거나 여러 변수가 있어서 장담할 수는 없지만, 그럴 가능성도 있기는 하다고 했다. 그동안의 사례를 봐서는 확률이 아주 낮기는 하지만.

'확률이 아예 없는 것보다는 다행이군.'

윤태가 그런 생각을 하는 동안 율희는 율희대로 고민을 하고 있었다.

"그러니까 그 남자분하고 저하고 아주 친한 사이였다는 거죠?"

"그렇지. 아주 친밀한 사이였지."

민주엽의 대답에 율희는 어떻게든 기억을 더듬어보려고 했지만, 정말 아무것도 기억이 나지 않았다. 정말 답답했다. 자신은 아무것도 생각나지 않는데 다른 사람들은 모두 그 남자가 자신과 가까운 사이였다고 하고 있으니 말이다.

"얼마나 가까운 사이였는데요?"

"음?"

율희의 질문에 민주엽이 조금 당황했다. 딸과 혁민이 가까운 사이라는 거야 알고 있었지만, 얼마나 가까운지야 어떻게 알겠는가.

"글쎄다? 자주 만나고 데이트를 하는 사이?"

민주엽이 이야기를 해줄 수 있는 건 그 정도였다. 진도가 어디까지 나갔는지, 둘이서 어떤 곳을 다녔는지 같은 건 전혀 모르고 있었으니까. 그런 건 알고 싶지도 않았고, 알려고 하지도 않았다.

그런 걸 시시콜콜 다 알려고 하는 아버지가 얼마나 되겠는

가. 아마 거의 없을 것이다. 어디서 데이트를 했는지 정도는 물어보고 아는 아버지야 있을 수 있겠지만, 진도가 어디까지 나갔는지 아는 아버지가 있을까?

"그래요? 자주 만나는 사이… 데이트……."

율희는 민주엽에게 물어서는 큰 도움이 되지 않는다는 걸 깨달았다. 그래서 옆에 있던 보람과 이야기를 나누었다. 아무래도 아버지보다야 친하게 지냈던 언니이니 조금이라도 더 알고 있을 것 같았기 때문이었다.

그리고 둘이 이런저런 이야기를 나누자 민주엽이 자리를 비켜주었다. 아무래도 자신이 있으면 이야기를 하기 불편할 것 같아서였다. 하지만 민주엽이 나갔어도 보람은 딱히 더 이야기할 것이 없었다.

"그냥 영화 보고 공원 걷고 그런 정도야. 니가 언제 그런 이야기 꼬치꼬치 하는 애니?"

"그래요? 내가 둘이 있었던 이야기 잘 안 했어요?"

"그래. 내가 무슨 일 있었느냐, 진도는 어디까지 나갔느냐 물어봐도 그냥 웃기만 했어."

보람은 평소 율희 성격이 워낙 조용하고 떠벌리는 거 싫어하는 성격이라 당연한 것으로 여겼다고 했다. 율희도 생각해보니 무슨 일이 있었어도 전부 이야기를 하지는 않았을 것 같았다. 그래서 더 혼란스러웠다.

정말 단순하게 만나는 사이인지, 아니면 상당히 깊은 사이인지 감이 오질 않았다. 무엇보다도 그 사람에 관한 기억이 하나도 없으니 그와의 관계가 현실이 아닌 것 같은 느낌이었다.

"그러면 그 사람은 어떤 사람이에요?"

"변호사님? 음… 좋은 사람이지……."

율희는 어떻게 좋은 사람이냐고 물었다. 보람은 눈을 껌뻑였다. 좋은 사람이라는 건 알고 있었지만, 갑자기 이렇게 물어 보니 대답하기가 쉽지 않아서였다.

"음… 그러니까……."

보람은 잠시 고민하다가 율희에게는 무척 지극정성이었다는 이야기를 해주었다.

"평소하고는 좀 다르다니까. 다른 사람한테 대하는 거하고 너한테 대하는 거하고는 완전히 달라. 그런데 이걸 얘기로 하자니까 좀 그러네……."

보람은 말을 쉽게 꺼내지 못하고 주저하다가 그냥 회사에서 있었던 지금까지의 일을 간략하게 이야기해 주었다. 그걸 일일이 자세하게 이야기했다가는 며칠 밤을 새워도 다 할 수 없을 것이니 아주 압축해서 이야기했다.

혁민이 얼마나 실력 있는 변호사이며, 변호할 때는 굉장히 열정적이고 능수능란하다는 점. 그리고 주변 사람들에게는 잘해주는데, 특히 율희에게는 아주 각별하다는 것.

"그래요? 그런 사람이라면 무척 좋은 사람 같네요. 저한테 한 거 아니더라도 말이에요."

"그럼. 다들 우리 변호사님 좋은 사람이라고 하지."

율희는 그렇게 잠시 보람과 이야기를 나누었다. 그리고 보람이 가고 난 후에는 다시 아버지인 민주엽과 대화를 했다.

"그렇지. 무척 능력 있고 괜찮은 친구야."

민주엽의 대답은 아주 짧았다. 아버지 스타일이 원래 그런 건 알았었지만, 지금 같은 상황에서는 조금 아쉬웠다. 뭔가 더 자세하게 이야기를 해주면 좋겠다는 생각이 들었다. 하지만 문제는 기억이었다. 기억이 전혀 나지 않으니 이야기를 들어도 그냥 소설이나 영화를 보는 것 같은 기분이었다.

*   *   *

"안녕?"

"예… 안녕하세요."

다음 날, 혁민은 율희를 찾아왔는데, 무척 어색했다. 마치 미팅에서 처음 만난 사이 같은 분위기. 뭐라고 이야기를 시작해야 할지도 모른 채 혁민은 난감해했다. 하지만 그런 식으로 언제까지 있을 수도 없는 일.

혁민은 가만히 생각하다가 간신히 입을 열었다.

"혹시 그 사이에 기억난 거 있어… 요?"

말하는 것부터 어려웠다. 예전처럼 편하게 이야기를 하는 것도 좀 이상했다. 대화는 상대가 받아주어야 자연스럽게 이어진다. 그런데 율희가 기억이 없어서 자신에게 어색한 존대를 하고 있는데, 혼자만 말을 막 놓을 수는 없는 일이다.

"아뇨. 아직……."

율희도 어색하기는 마찬가지였다. 처음 보는 사람과 대화를 나누는 게 어렵지 않은 사람도 있겠지만, 율희는 아니었다. 낯을 가리는 것까지는 아니었지만, 그렇다고 아무나하고 거리낌 없이 이야기하는 스타일도 아니었으니까.

그렇게 한차례의 질문과 대답이 흐르고는 침묵이 흘렀다. 서로 공통된 기억이나 무언가가 있어야 이야기가 잘 흘러가는데 그런 게 없으니 뭘 어떻게 이야기해야 할지도 모르는 상황이었다.

"혹시… 같이 봤던 영화 있는데 기억나는 거 있어요?"

혁민은 둘이서 같이 봤던 영화를 하나하나 이야기했다. 하지만 율희는 하나도 기억하지 못했다. 개중에 간혹 본 기억이 있는 영화도 있었는데, 그건 이전에 보았던 기억이었다.

"러브 스토리는 기억나는데, 예전에 봤던 기억이……."

"아… 그렇구나……."

어색함이 점점 더 쌓이기만 했다. 그리고 갈수록 할 말은 줄어들었다. 혁민은 이런 식으로 같이 있었던 일을 계속 이야기하면 무언가 도움이 되리라 생각해서 계속 이야기를 하기는 했는데, 이것도 참 못할 짓이라는 생각이 들었다.

전에는 잘 몰랐는데, 생각했던 것과 상대의 반응이 다르면 기운이 빠졌다. 그리고 그런 일을 계속하다 보면 정말 지치게 되었다. 그래도 멈출 수는 없었다. 무언가 자그마한 건수라도 걸리길 바라면서 계속 이런저런 이야기를 했다.

"혹시 회사에 다닌 일은 기억이 나요? 태경에 다녔던 일."

"아… 그건 좀 기억이 나요."

그것도 전부 기억이 나는 건 아니었다. 하지만 태경에서 일했던 기억은 띄엄띄엄이나마 있었다. 혁민은 잠시 이야기를 하다가 밖으로 나왔다. 너무 답답해서였다. 율희와 이야기를 하는 게 이렇게 답답할 줄은 상상도 하지 못했었다.

항상 대화도 잘 통하고 혁민의 이야기도 잘 받아주던 율희였다. 너무나도 사랑스럽고 이야기를 하는 것만으로 즐거웠는데, 지금은 정말 힘들었다.

혁민은 의사를 찾아가서 지금 그녀의 상태가 어떤지, 어떻게 해야 기억을 되살리는 데 도움이 되는지를 물었다.

"뇌에 특별한 문제가 있는 건 아니니 조만간 돌아오지 않을까 합니다."

"그런가요? 정말 다행이네요. 그럼 언제쯤이면 기억이 모두 돌아올까요?"

"글쎄요. 그건 뭐라고 확실하게 이야기를 해드리기 어렵네요."

의사는 대부분 자연스럽게 기억이 돌아오지만 시기는 사람이나 케이스마다 전부 다르다고 말했다. 드물지만 기억이 돌아오지 않는 경우도 있고. 혁민은 그 말을 듣고 무척 걱정했는데, 아주 드문 케이스라는 말에 그럴 리는 없을 것이라고 애써 위안했다.

"그러면 기억을 되살리려면 어떻게 하는 게 좋을까요?"

"음… 인상적이었거나 강렬했던 경험이 아무래도 도움이 될 겁니다. 그만큼 떠올리기도 좋을 테니까요. 그런 걸 이야기해 주거나 아니면 비슷한 느낌을 받게 해주는 방법이 좋을 것 같네요."

혁민은 그럴듯한 방법이라고 생각되었다. 강렬한 기억이라는 건 아무래도 뇌리에 강하게 각인되었던 것이니까 그만큼 다시 떠올리기도 좋을 것이라는 생각이 든 거였다.

'가만있어 보자. 인상적이었거나 강렬한 기억이 어떤 게 있으려나?

혁민은 자신과 있었던 일이나 같이 갔던 장소 같은 걸 쭉 정리해서 그중에서 도움이 될 만한 걸 추려봐야겠다고 생각했다. 그렇게 율희와 같이 있었던 일을 생각하면서 복도를 걷던 혁민은 갑자기 누군가가 자신의 소매를 붙잡는 걸 느끼고는 정신을 차렸다.

"어? 할머니."

강미현의 시어머니. 율희와 잠깐 같은 방을 썼던 할머니였다. 정신을 차리지 못하고 있다고 들었는데 어느새 정신이 든 모양이었다.

"율희 처자는 수술이 잘되었다면서?"

"예! … 그런데 기억이…….."

혁민은 환하게 웃으면서 대답하다가 갑자기 풀 죽은 목소리로 이야기했다. 율희가 자신을 기억하지 못한다는 말을 하자 할머니도 무척이나 안타까워했다. 어쩌다가 그렇게 되었느냐면서.

할머니는 자신도 치매에 걸려 율희의 일이 남 일 같지 않은 모양이었다. 다른 증상이기는 했지만 뇌에 어떤 문제가 생겨서 기억과 관련된 말썽이 생긴 거였으니까.

"그래도 나았으니 다행 아닌가. 그러면 된 거야."

"그렇죠. 그것만 해도 다행이라고 생각해야죠."

할머니는 건강해지면 기억도 자연히 돌아올 것이라고 했다.

"뭐, 기억이 곧 돌아오겠죠. 그런데 할머니는 이제 괜찮으신 거죠?"

"아니, 별로 괜찮지가 않아."

할머니는 쓸쓸하게 웃으면서 대답했다. 혁민은 공연히 그런 질문을 한 것 같아서 죄송스러워졌다. 그래서 조심스럽게 물었다.

"어디 편찮으신 데라도 있으신 거예요?"

"다른 데는 괜찮아. 정신이 좀 오락가락하는데 그거야 전부터도 그랬으니까."

할머니는 치매가 전보다 좀 심해진 것 빼고는 괜찮다고 했다. 하지만 치매 같은 건 별게 아니고 그것보다는 다른 게 문제라는 거였다.

"자네, 마침 잘 만났네. 이리 좀 와봐."

할머니는 혁민을 끌고 구석으로 가서는 이야기를 시작했다. 할머니는 딸과 며느리가 유언장을 몰래 꺼내서 본 사실을 알고 있었다.

"금고에 장치를 해놨었거든. 거기에 중요한 게 워낙 많아서 말이야. 그런데 제정신이 들고 나서 보니까 변호사에게서 연락이 왔더라고. 알람이 들어와 있다고 하는 거야."

할머니야 계속 병원에 있었으니 할머니 말고 다른 사람이 금고에 손을 댔다는 이야기. 그래서 알아보니 딸과 며느리가 유언장을 몰래 꺼내서 본 거였다. 그래서 부랴부랴 유언장을 공증받겠다고 한 거였다.

"그런데 그렇게 해도 이게 문제가 끝나지 않을 것 같다는 생각이 들더라고."

하기야 돈이 한두 푼 걸린 일도 아니고 수백억 원이 오가는 일이다. 그걸 차지하기 위해서 어떤 짓을 한다고 해도 이상하지 않은 상황 아닌가. 그런 이야기를 하는 할머니는 무척이나 괴로워 보였다.

"다 내가 자식새끼들을 잘못 가르친 탓이지."

한숨을 푹 내쉰 할머니를 보던 혁민은 전부터 궁금하게 생각했던 걸 물었다.

"그런데 왜 작은며느님한테 재산을 많이 물려주려고 하셨어요?"

"그게 그나마 나을 것 같아서… 애들은 지들이 잘나서 지금까지 일이 잘 풀린 줄 안다고. 자기가 어떤지는 파악도 못 하고 겉멋만 잔뜩 들어 있단 말이야. 그런 정신머리 가지고 사업했다가는 말아먹기 딱 좋지."

혁민은 할머니의 자식들이 어떤지는 잘 몰랐지만, 할머니의 말이 맞는다면 사업을 하면 안 되는 스타일이라고 생각했다. 사업이나 다른 일이나 다 마찬가지다.

윗자리에 앉으면 가장 위험한 스타일은 어떤 스타일일까? 사람에 따라서 의견이 다를 수도 있지만, 혁민은 어설프게 알면서 다른 사람의 말을 잘 듣지 않는 스타일이 가장 위험하다고 생각했다.

잘못된 방향으로 사업을 이끌기 쉬우면서 그걸 고치려고 하지는 않을 것이기 때문이었다. 그리고 그런 사람들을 많이 보았다. 하나같이 사업을 말아먹었다. 그래도 끝까지 자신의 잘못이 아니라고 생각했다.

"저도 그런 경우 꽤 봤죠. 게다가 그런 사람들은 끝까지 자기는 옳은 줄 알더라고요."

"그래. 그래서 문제야. 항상 잘못은 자기 자신에게 있는 법이지."

할머니는 자식들의 자만은 쉽게 고칠 수 없는 거라고 했다. 크게 실패를 해도 곧바로 재기할 수 있는 재산도 있고, 할머니가 뒤를 봐줘서 어떻게든 성공하게 했으니까. 하지만 그게 오히려 독이었다.

제대로 실패를 하고 밑바닥까지 떨어져 보지를 않았으니 그런 자만심이 생긴 것이다. 그리고 자신이 하면 다 잘될 것이라는 생각을 하게 된 것이고.

"자신감이 있는 것과 교만한 것과는 완전히 다른 이야기죠."

"그러니까. 나는 자네가 항상 자신감 있는 것도 그만큼 바닥에서 굴러봐서 그런 거라고 생각해. 실패도 해보고 이런저런 사람도 겪어보고 말이야."

"제가 뭐 할머니보다야 더 겪었으려고요."

말은 그렇게 했지만, 확실히 지금 이렇게 자신감이 넘치는 건 자신이 어떤 위치인지 정확하게 알기 때문이라고 혁민은 생각했다. 내가 어떤 상태인지, 지금 상황이 어떻게 돌아가는지를 모르면 불안한 게 맞는 일이다.

그런데 그런 상황에서도 확신을 가지고 덤벼든다? 그건 무식하고 거만한 거다. 실패할 게 뻔한 상황. 혁민은 강미현은 그래도 고생도 하고 사람도 많이 겪어봐서 재산을 그녀에게 물려주려고 하는가 보다 생각했다.

"그럼 작은며느님은 그런 쪽으로 좀 괜찮으신가 보죠? 경영 쪽에 재능이 좀 있으신가요?"

"걔가? 걔도 별로 나을 거 없어. 경영 쪽으로는 완전히 젬병이고."

혁민은 뜻밖의 대답에 의아하다는 표정을 지었다. 그럼 왜 유산을 많이 남겨준 것인지 이상했기 때문이었다. 할머니는 피식 웃으면서 대답했다.

"걔야 뭘 해봤어야지. 해본 게 없는데 뭘 알겠어. 바닥에서 구른 경험이야 더 많긴 하겠지. 하지만 그런 경험만 많으면 경영을 잘할 것 같은가?"

"뭐… 그런 건 아니죠. 다른 능력도 있어야 하니까요."

혁민은 그런데 왜 유언장은 그렇게 작성하셨느냐고 물었다. 그렇다면 대부분의 유산을 강미현에게 주겠다는 이유가 없지 않으냐면서.

"걔는 그래도 시키는 대로는 하거든. 그러니까 사람 보는 눈 하고 사람 쓰는 방법만 알려주면 된다고. 그런 걸 알려줄 사람을 붙여줘도 되고."

할머니는 그러니까 자기 사업체나 재산을 제대로 끌어갈 사람은 그래도 강미현이라고 했다.

"걔는 그냥 사람만 관리하면 되는 거지. 일하는 거에서는 손 떼고. 사실 걔는 사업 같은 거 하라고 해도 못 할 년이야. 그런 쪽으로는 영 재능이 없으니까. 오히려 귀찮다고 하고 도망갈 걸?"

할머니는 작은 체구에 어울리지 않는 호탕한 웃음을 터뜨렸다. 그리고 아들이나 딸에게 많이 주었다가는 얼마 가지도 않아서 다 날려먹을 것이라고 했다.

"돈 생기면 허파에 바람 잔뜩 들어가서 사업 키우다가 얼마 가지도 못할 거야. 잘 가야 이삼 년? 돈 버는 건 어렵지만 날리는 건 순식간이지."

"그건 그렇죠. 정말 버는 건 어렵지만, 없어지는 건 순식간 이더라고요."

"그래. 그래서 작은애한테 주려고 한 거야. 작은애가 무식하고 거칠긴 해도 마음이 독하지는 못해. 그러니까 나중에 애들이 어려워져도 도와줄 거라고."

할머니는 반대의 경우라면 애들은 강미현을 쳐다보지도 않을 것이라고 이야기했다. 그래서 강미현에게 재산을 물려주고 어떻게 할지 잘 일러주는 게 최선이라고 생각했다는 거였다.

"그래서 그렇게 준비를 하고 있었는데, 나도 내가 이렇게 갑자기 몸에 이상이 생길 줄은 몰랐지. 그리고 그 녀석들이 그렇게까지 나올 것이라는 것도 몰랐고."

할머니는 설마설마 했는데, 그런 방법까지 써가면서 재산을 뺏으려고는 생각지 못했다고 했다. 욕심이 많은 건 알고 있었지만, 그래도 자식 아닌가. 믿고 싶었을 것이다. 그렇지만 믿음의 대가는 참혹했다.

"그래서 병원장하고 이야기했지. 사정 이야기를 하니까 알겠다고 하더군."

혁민은 그제야 뭐가 어떻게 된 것인지 알 수 있었다. 처음에 수술하고 문제가 생긴 건 진짜였지만, 그다음에 문제가 생겼다고 한 건 페이크였다. 자식들이 어떻게 나오는지 보기 위해서 함정을 판 거였다.

"내가 정신이 오락가락하잖아. 그래서 불안하더라고. 정신만 멀쩡했더라도 그러지는 않았을 텐데… 그래도 이렇게 되지 않았으면 했지……."

하지만 할머니가 생각했던 것보다 훨씬 좋지 않은 상황이 벌어졌다. 할머니가 정신이 없을 때, 가짜 유언을 녹음하게 하고는 그걸로 기존 유언장을 무효로 만들려고 시도했다.

"그래서 말인데……."

할머니는 혁민에게 부탁할 것이 있다고 했다. 사실 이렇게 유산이 많을 경우 별별 일이 다 생긴다. 유언장이 없어지기도 하고 없던 유언장이 만들어지기도 한다.

"큰일은 아니고 좀 도와줬으면 해서……."

"어떤 일인데요?"

할머니는 혁민의 귀에다 대고 무언가를 이야기했다.

*　　*　　*

율희는 기억나지 않는 사람이 몇 있었다. 하지만 혁민을 제외하고는 그다지 중요한 사람이 아니었다. 앞으로 볼 일도 없거나 있더라도 이야기를 나눌 일도 없는 사람이었으니까. 하지만 혁민은 다르다.

"기억이 왜 나지 않는 거지?"

연인 관계라고 하는데 왜 기억이 나지 않는지 정말 답답했다. 그렇게 중요하고 소중한 사람이라고 하면 기억이 나지 않을 수가 없을 것 같은데 말이다.

그런데 혁민을 봤을 때 어떤 감정 같은 게 느껴지지도 않았다. 그런 사이였다면 가슴이 두근거린다거나 어떤 느낌이 있을 것 같은데, 그런 게 전혀 없었다. 그래서 더 헷갈리고 속상했다.

시간이 지나면 기억이 날 수도 있다고는 하지만, 조금이라도 빨리 기억을 되찾고 싶었다. 그걸 해결하지 않고서는 건강해진다고 해도 소용없을 것 같았다. 그렇게 중요한 사람의 기억이 없는데 어떻게 정상적인 생활을 할 수 있겠는가.

그래서 율희는 혁민에 관해서 확실하게 알아봐야겠다고 생각했다.

*　　*　　*

"회복세가 무척 빠릅니다."

담당 의사의 말에 혁민은 밝은 표정이 되었다. 하지만 이내 얼굴에 그늘이 내려앉았다. 건강은 빠른 속도로 좋아지고 있었지만, 기억은 여전히 돌아오고 있지 않았으니까. 하지만 의사는 그런 걸 보지 못하고 차트를 보면서 이야기를 계속했다.

"수술 경과도 좋고, 특별한 문제도 없으니 조만간 퇴원할 수도 있을 겁니다."

"그런데 기억은 왜 돌아오지 않는 건가요?"

"아… 그건……."

기억 이야기를 꺼내자 의사도 조금 난처한 표정이 되었다. 그리고 아주 일반적인 대답을 했다. 언제 기억이 돌아올지는 누구도 알 수 없는 일이라는 이야기를. 그렇지만 회복이 빠른 것으로 보아서 조만간 좋은 소식이 있지 않을까 한다고 긍정적인 말을 했다.

하기야 수술이 잘되어서 회복이 잘되고 있는 것만으로도 감사해야 할 일이다. 얼마 전까지만 해도 율희가 죽을 수도 있다는 생각을 하고 있었으니 말이다. 하지만 인간의 욕심이란 건 끝이 없는 모양이었다.

'그래. 일단 건강을 되찾은 것에 만족하자. 계속 곁에 있다 보면 기억이 돌아오겠지.'

혁민은 너무 조급하게 생각하지 말자고 다짐했다. 잘될지는 모르겠지만.

그는 의사와 헤어져서 할머니의 병실 쪽으로 향했다. 전에 할머니가 도와달라고 하면서 자신이 생각한 걸 말했다. 혁민은 할머니의 이야기를 듣고는 약간의 조언을 했다.

할머니가 이야기한 것은 법률적으로는 문제가 없는 방법이었지만, 그것보다는 약간 다른 방법을 사용하는 게 더 좋아 보였기 때문이었다. 그리고 오늘 가족들을 모두 모아놓고 그 이야기를 한다고 했다.

그래서 어떻게 이야기가 진행되는지 보려고 할머니의 병실로 향하고 있는 거였다.

혁민은 병실 근처에 도착했는데, 벌써 이야기를 하고 있는지 무언가 웅성거리는 소리가 들렸다.

"조용히 해라."

"엄마!!"

"조용히 하래도?"

혁민은 병실에 들어가지는 않고 밖에서 듣기만 했는데, 보지 않아도 대충 어떤 상황인지 그림이 그려졌다.

"그래요, 어머니. 수술도 잘돼서 나아가시는 중인데 굳이 지금 유언장을 바꾸고 그럴 필요가 어디 있습니까. 퇴원이라도 하시고 기력도 찾으시면 그때 하세요."

처음 듣는 남자의 목소리였다. 아마도 할머니의 아들인 모양이었다. 그리고 뒤이어 큰며느리의 말소리가 들렸다.

"그래요, 어머님. 나중에 하신다고 누가 뭐라고 하겠어요. 그러니까 지금은 편안하게 건강 회복하시는 데만 신경 쓰세요."

하지만 할머니는 피식 웃었다. 큰며느리의 간드러진 목소리도, 아들과 딸의 만류도 소용없었다. 이미 굳은 결심을 한 뒤였기 때문이었다. 자식과 며느리가 무슨 생각을 하고 있고, 어떤 짓을 했는지 뻔히 아는데 가만히 있을 수가 있겠는가.

"잔말들 말아라. 그리고 유언장은 이미 새로 만들었다."

"네? 아니, 왜 그러셨어요?"

딸이 화들짝 놀라서 이야기하다가 할머니가 째려보자 입을 다물었다.

"내가 죽으면 재산의 상당 부분은 기부할 거다."

할머니는 어느 정도 기부를 할 것인지 이야기를 했는데, 아들과 딸, 큰며느리는 모두 불만이 가득한 표정이었다. 마치 자신의 재산을 빼앗긴 것 같은 기분이 들어서 그런 거였는데, 그런 표정을 보고서 할머니는 혀를 쯧쯧 하고 찼다.

"왜? 뭐 잘못된 거라도 있냐?"

"예? 아닙니다. 뭐, 기부하는 건 좋은 일이죠."

아들은 재빨리 대답했다. 하지만 얼굴에 아쉬운 기색이 남아 있는 건 지우지 못했다. 할머니의 전속 변호사는 그런 모습을 보면서 한숨을 내쉬었다.

저런 감정 정도는 감추어야 정상 아니겠는가. 아들의 나이가 거의 오십에 가까웠다. 사회 경험을 할 만큼 한 사람인데도 저렇다는 건 그동안 아쉬운 것 없이 살아왔다는 뜻이다. 나이만 먹었지 철부지라는 이야기.

전속 변호사는 할머니가 왜 이런 결정을 내렸는지 이해가 되었다. 그동안 할머니와 일과 관련된 것만 알았지 가족과는 별로 마주한 적이 없었다. 그런데 지금 보니 정말 엉망도 이런 엉망이 없었다.

'자식 농사만큼 어려운 게 없다고 하더니…… . 돈으로는 남부러울 게 없는 할머니지만, 행복해진다는 건 어려운 일이구만.'

딸은 계속해서 할머니에게 칭얼댔다. 할머니에게 다시 생각해 보라고 하면서. 하지만 할머니는 오히려 역정을 냈고, 분위기가 심상치 않다는 걸 눈치챈 아들이 그녀를 데리고 밖으로 나갔다. 잠깐 머리나 식히자고 하면서.

"야. 어머니 성격이 어떤지 몰라서 지금 그러는 거야?"

"아니, 그럼 오빠는 그 많은 재산을 기부하겠다는데 괜찮아요?"

"어허. 듣는 사람도 많은 데 그런 얘기를…… ."

아들은 주변을 둘러보면서 입조심하라고 이야기했다. 그러자 딸은 자신이 너무 흥분했다는 걸 알았는지 곧바로 입을 다

물었다.

혁민은 사람들이 나오자 조금 떨어진 곳에서 창밖을 보고 있었는데, 밖으로 나온 사람들은 이야기하느라 혁민에게는 눈길조차 주지 않았다.

"이게 유류분이라는 게 있단 말이야. 그러니까 기부를 해도 반환소송 같은 걸 해서 되찾아올 수가 있다니까."

"그래요? 그러면 다행이기는 한데……."

아들은 이대로 재산이 넘어가는 걸 보지는 않겠다는 이야기를 했는데, 무척 작은 소리로 말했다. 하지만 대충 어떤 이야기를 할지 아는 혁민은 단어 몇 개만 들려도 대충 대화 내용을 짐작할 수 있었다.

'아직도 정신을 차리지 못했구만. 하지만 당신들 생각대로는 되지 않을 거야. 그럴 것 같아서 내가 조언을 좀 했으니까.'

혁민은 창밖을 보면서 쩝쩝 입맛을 다셨다. 유류분이란 게 있다. 유언장이 있다고 하더라도 유언장대로 모두 집행되는 게 아니다. 상속받을 사람에게 법률이 어느 정도까지는 무조건 받을 수 있게끔 정해놓은 게 유류분이다.

그러니까 어떤 사람이 죽으면서 가장 예뻐한 아들에게만 전재산을 물려주고 싶다고 해서 유언장을 그렇게 작성했어도 소용없는 일이다. 다른 자식들이 유류분을 달라고 소송을 걸면 그가 받을 만큼의 재산을 찾아올 수가 있으니까.

그래서 어떤 사람이 거액을 기부했는데, 그 후에 사망한 경우 자식들이 반환소송을 해서 문제가 되는 경우가 있다.

"그러니까 가만히 좀 있어. 어머니 성격 건드리지 말고, 이 모자란 것아."

"오빠는 여태껏 한 것도 없으면서 왜 자꾸 그래?"

오누이의 사이는 친한 것 같기도 하면서 친하지 않은 것 같기도 하고 그랬다.

'돈으로 얽힌 사이라서 그렇겠지.'

혁민은 저 오누이는 아마도 돈 관계가 틀어지면 무섭게 싸울지도 모르겠다고 생각했다. 혁민은 시선은 돌리지 않고 계속 속닥거리는 소리만 듣고 있었는데, 밖에 나왔던 사람들은 곧 안으로 들어갔다. 그러자 혁민은 다시 병실 근처로 움직여서 안에서 들리는 소리를 들었다.

"너희들이 무슨 생각을 하는지야 뻔하지. 하지만 가지고 있어봐야 오히려 독만 되는 거니까 건드릴 생각 하지 마라."

할머니는 엄한 목소리로 이야기했다. 그 소리에 아무도 대답하지 않았는데, 다들 불만이 가득한 표정이었다. 할머니는 자식들이 전혀 자기 잘못이나 능력을 알지 못하고 있다고 생각했다.

'못난 것들. 니들이 정말 그 돈을 가지면 뭔가 할 수 있을 것 같으냐.'

할머니는 고개를 절레절레 흔들다가 말을 이었다.

"그리고 일단 지금 있는 재산 중에서 일부를 나눠주마."

"정말요?"

딸이 가장 먼저 반색을 하면서 반겼다. 그리고 아들과 큰며느리도 표정이 밝아졌고. 아까 기부를 하겠다고 하던 때와는 완전히 딴판이었다.

할머니는 아들과 딸에게 나누어 줄 재산을 이야기했다. 아들과 딸은 그다지 큰 건 아니었지만, 일단 자신들에게 준다고 하니 무척이나 좋아했다. 강미현에게는 어떤 재산을 주겠다는 이야기도 없었는데, 강미현은 별다른 표정 변화가 없었다.

나누어 줄 재산을 이야기한 할머니는 희희낙락하고 있는 아들과 딸을 보면서 차갑게 내뱉었다.

"자, 이게 너희에게 줄 재산 전부다."

갑작스러운 할머니의 말에 병실 안이 얼어붙었다. 아들과 딸은 무슨 소리인지 모른 채 그냥 눈만 껌뻑였다. 할머니가 지금 한 말이 무엇을 의미하는지 알았지만, 설마하니 그런 의미일까 생각하면서 그냥 멍한 표정을 하고 있었다.

이게 줄 재산의 전부다. 다시 말하면 이것 말고는 더는 재산을 주지 않겠다는 것 아닌가. 하지만 아들과 딸은 그렇게 믿고 싶지 않았다. 아들은 더듬거리면서 말했다.

"어… 어머니. 그러니까 이번에 주실… 이번에 주실 게 이것뿐이라는 거죠?"

정말 별것 아닌 재산이었다. 물론 그렇다고 적은 금액은 아니었다. 적어도 10억 원 정도는 할 테니까. 하지만 할머니의 재산 규모에 비하면 정말 새 발의 피 아닌가. 그래서 이번에 나누어 줄 재산이 이것뿐이냐고 물은 거였다.

하지만 할머니는 고개를 저었다. 그리고 매서운 눈빛을 하고는 대답했다.

"아니. 이게 내가 너희에게 줄 재산 전부다. 앞으로는 어떤 것도 나한테 기대하지 말거라."

그 대답이 떨어지자마자 딸과 큰며느리의 비명에 가까운 소리가 들렸다.

"엄마!!"

"어머님!!"

하지만 할머니는 얼굴색 하나 변하지 않고 두 여자를 쳐다보면서 이야기했다.

"내가 왜 이러는지 모르지는 않겠지?"

서슬 퍼런 할머니의 목소리에 두 여자는 움츠러들면서 눈빛을 피했다. 그 소리를 들은 혁민은 할머니가 자신의 조언을 잘 참고해서 일을 진행하고 있다고 생각했다.

전에 할머니가 도움을 청했을 때는 유류분 정도만 주고 모든 걸 끝낼 생각이라고 했다. 그러면서 그 금액을 줄일 방법이 뭐 없느냐, 그리고 자식들이 괘씸한데 그래도 자식이니까 처벌을 받는 건 원하지 않는다. 하지만 무언가 벌을 줄 방법은 없느냐, 그런 걸 물었다.

전속 변호사에게 물었지만, 법률적인 이야기만 한다면서 말이다. 혁민은 자신이 아는 한도 내에서 가장 좋은 방법을 알려주었다. 법적인 부분을 고려하는 것. 좋은 일이다. 하지만 세상일이란 참 복잡한 것이어서 법대로만 하면 오히려 이상해지는 경우가 있다.

'그래서 그냥 재산을 주지 말라고 했지. 만약에 재산을 노리는 어떤 움직임이라도 보이면, 그들이 한 범법 행위의 증거들을 모두 검찰에 넘길 것이라고 말하라고 했고.'

하지만 할머니는 그래도 자식인데 재산을 아예 주지 않을 수는 없었던 모양이었다. 그래서 특별히 사고만 치지 않으면 충분히 먹고살 정도의 재산을 챙겨주었다. 하지만 그것보다 수십 배의 재산을 차지할 생각을 하고 있던 아들과 딸에게 그 금액이 눈에 들어오겠는가.

"어머니!! 그게 무슨 말씀이세요. 어떻게 저희한테 그러실 수가 있으세요? 혹시 제수씨가 무슨 얘기를 한 거예요?"

"그래요, 엄마. 쟤 말은 믿지 마세요. 우리가 엄마 잘 보살필 거라니까요. 엄마가 지금 아파서 제대로 판단을 못 해서 그런 거예요."

할머니는 못마땅하다는 표정으로 매섭게 아들과 딸을 노려보다가 입을 열었다.

"자알한다. 이제는 지 동생 부인을 죽일 년으로 만들고, 애미도 완전 바보 취급을 하는구나."

아들과 딸은 절대로 그런 게 아니라면 황급히 손을 내저었지만, 소용없었다.

"유류분이나 이런 거 소용없을 거다. 내가 얼마 전에 정말로 수술을 한 건 줄 아느냐."

할머니는 자식들이 어떻게 나올지를 보려고 일부러 의사와 이야기하고 쇼를 한 거라고 이야기했다. 수술을 하지도 않았

고, 의식이 없는 것도 아니었다. 옆에서 자식들이 하는 소리를
모두 듣고 있었다.

"내가 억장이 무너졌다, 억장이…… 이것들아, 니들이 그러
고도 자식이라고 할 수가 있냐."

할머니는 처음에는 화를 내면서 말했지만, 점점 목소리가
작아졌다. 목이 메어서 그런 거였다. 얼마나 황당하겠는가. 그
나마 자식이라고 있는 것들이 재산에만 신경을 쓰고 그걸 차
지하기 위해서 자신을 집에다가 가둘 생각마저 했으니 말이
다.

할머니는 어깨를 들썩이면서 크게 한숨을 내쉬었다. 돈이
아무리 많으면 무엇한단 말인가. 자식들이 이 모양인데. 할머
니는 다시 감정을 추스르고는 감정이 모두 말라붙은 것 같은
목소리로 말했다.

"그러니 그거 가지고 살아라. 내 집에는 올 생각도 하지 말
고."

아들과 딸은 당황해서 무슨 말을 하려고 했는데, 할머니가
손을 들었다. 워낙 할머니의 기세가 날카로워서 아들과 딸은
아무런 말도 하지 못했다.

"그리고 무슨 일도 꾸미지 마라. 혹시라도 무슨 짓이라도 하
면 바로 변호사가 가지고 있는 증거를 검찰에다가 제출할 거
니까."

사람들의 얼굴이 동시에 전속 변호사를 향해 돌아갔다. 그
런데 할머니의 말은 거기서 끝나지 않았다.

"혹시 몰라서 다른 변호사들한테도 같은 이야기를 해놓았으니까 쓸데없는 생각은 버려. 이제 너희들과는 끝이다."

할머니는 그렇게 이야기는 했지만, 혹시라도 무슨 문제가 생기면 손주들은 어떻게든 챙겨야겠다고 생각하고 있었다. 이러니저러니 해도 자식 아닌가. 할머니는 천장을 보면서 한숨을 내쉬었다. 하늘이 자신에게 돈을 많이 벌게 해주는 대신 이런 더러운 일을 겪게 하는구나 하고 한탄하면서.

혁민도 씁쓸한 표정으로 병실에서 조금 떨어졌다. 그리고 율희의 병실을 향해 걷기 시작했다. 혁민은 차라리 할머니가 모든 기억을 하지 못하고 예전 정말 좋았던 기억만 가진 채 살아가면 어떨까 하는 생각을 했다.

'차라리 그게 더 행복한 일 아닐까?'

하지만 이내 고개를 저었다. 율희가 기억을 되찾기를 바라면서 다른 사람이 기억을 잃기를 바란다니. 그런 생각을 하는 것만으로도 죄를 짓는 것 같은 느낌이 들었기 때문이었다.

혁민은 울적한 표정으로 한숨을 내쉬었다. 세상일이란 참 복잡하고 알 수 없는 거라는 생각이 들었다. 혁민은 유난히 씁쓸한 표정을 하고는 복도를 걸었다.

혁민의 발소리가 복도에 외롭게 울려 퍼졌다.

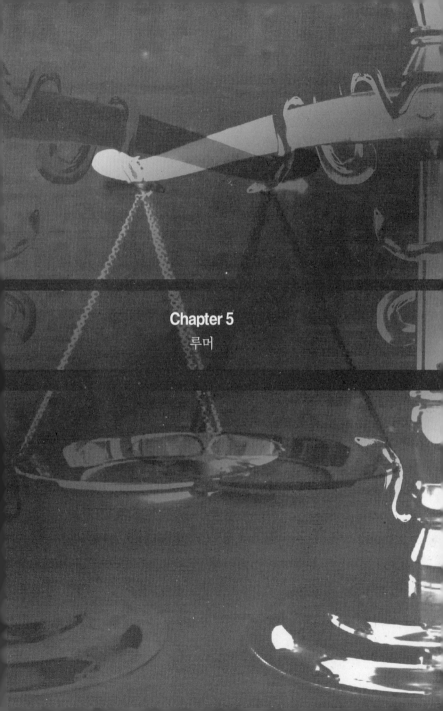

Chapter 5
루머

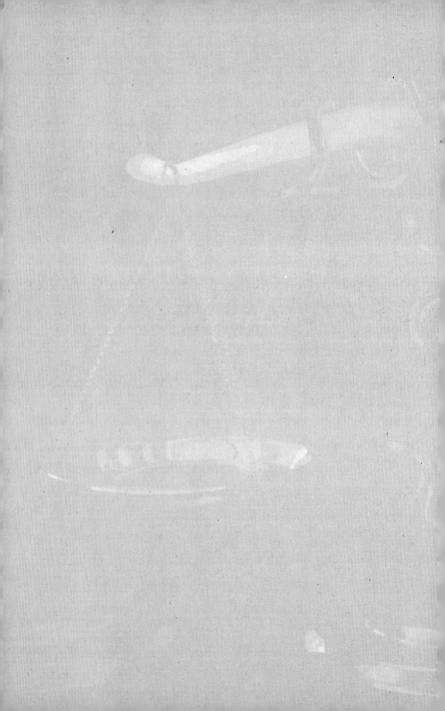

"수고하셨습니다."

"수고하셨습니다."

노래를 마친 걸그룹 '루프리'의 멤버들은 밝게 웃으면서 인사했다. 무조건 인사하는 게 그녀들의 일상이었다. 방송국이든 행사장이든 일단 인사부터 하고 보았다.

처음에는 조금 어색했지만 지금은 꽤 자연스러워졌다. 이렇게 노래를 할 수 있는 자리를 만들어주는 것만으로도 감사했다. 아직은 신인 그룹이라 알아보는 사람도 많지 않았고 호응도 크지 않았지만, 그래도 이렇게 무대에 설 수 있다는 것 자체가 너무 즐거웠다.

"어? 저기 그 아저씨다."

"어디, 어디."

멤버들은 익숙한 얼굴을 발견하고는 고개를 숙이고는 손을 흔들어주었다. 이제는 자신들의 공연에서 자주 보는 얼굴도 생겼다. 일정마다 따라다니는 사생팬까지는 아니었지만, 얼굴을 자주 보이는 사람들이 있었다.

지금 자신들을 좋아해 주는 몇 명의 팬은 잊을 수가 없을 것 같았다. 자신들의 최초 팬들이라고 할 수 있는 사람들 아닌가. 최초! 최초라는 건 특별한 의미가 있다.

양복을 입은 30대 남자도 있고 점퍼를 입은 40대 남자도 있었다. 10대와 20대로 보이는 여자도 있었다. 특히나 10대로 보이는 아이는 자신들보다도 어려 보였다. 신기했다. 이렇게 다양한 사람들이 자신을 좋아해 준다는 게 말이다.

"수고했어."

오혜나는 무대에서 내려오는 아이들의 등을 다독였다. 모두가 환한 얼굴이었다.

혜나와 아이들은 소속사로 돌아가기 위해서 차에 올랐다.

"조만간 확 치고 올라갈 거야. 내가 많이 봐와서 잘 알잖니. 틀림없다니까."

오혜나는 아이들과 대화를 하다가 그렇게 이야기했다. 이제 서서히 인기를 얻어가고 있는 게 눈에 보였다. 이런 식으로 반응이 계속 올라온다면 자기 생각보다 빠르게 차트에서 치고 올라갈 것 같았다.

"정말요?"

"우와. 쎤난당~"

아이들은 마냥 좋은 듯 서로 장난을 치면서 웃고 떠들었다. 오혜나는 그런 모습을 보면서 생각에 잠겼다.

'프로모션 생각했던 걸 좀 당겨야겠어.'

혜나의 기획사는 아주 작은 기획사다. 거대 기획사들이야 데뷔와 동시에 엄청난 물량 공세를 하지만, 작은 기획사로서는 그러기는 어렵다.

그래서 데뷔를 할 때 집중적으로 알리고 일단 반응을 본다. 집중적이라고 해봐야 거대 기획사에 비하면 정말 별거 아닌 홍보였지만 말이다. 하지만 혜나는 믿고 있었다. 이 아이들이라면, 그리고 이 곡이라면 충분히 통할 거라고.

물론 모든 기획자나 사장은 모두 이번에는 대박을 칠 거라는 생각을 한다. 충분히 시장에 먹힐 거라는 생각을 하고 시장에 선보인다. 하지만 성공을 하는 경우는 그리 많지 않다.

'분명히 반응이 올라오고 있어. 그리고 관계자들 이야기도 괜찮고.'

혼자만의 생각이 아니었다. 특히나 관계자들의 평이 좋았다. 곡도 잘 빠졌고, 애들도 괜찮다는 거였다. 그래도 이 판에서 계속 굴러먹는 사람들이다. 이 판에서 계속 활동한다는 건 아직 감이 살아 있다는 걸 의미한다.

이 바닥이 설렁설렁한 것 같아도 절대로 만만한 동네가 아니다. 감 떨어지면 바로 끝장이다. 경험이나 인맥도 중요하기는 하다. 하지만 어떤 노래가 뜰 것이고, 어떤 그룹이 잘될 것인지를 모른다면 살아남을 수 있겠는가.

그래서 감 떨어지면 바로 이 바닥에서는 사라진다. 그런데 그런 판에서 활동하고 있는 전문가들이 고개를 끄덕이고 있었다. 그렇다는 건 자기 생각이 맞았다는 뜻이다.

'지금이야 저러고 있지만, 조금만 바빠지면 차 안에서는 다들 자겠지?'

지금은 일정이 별로 없었다. 매일 있는 것도 아니고 하니 다들 생기가 넘쳤다. 지수, 현주, 예라, 미리, 제인. 아이들의 이름이었다. 다들 실력 있고 에너지가 넘치는 아이들.

"바쁘더라도 무대가 더 많았으면 좋겠다. 그치?"

"응. 무대도 아주 컸으면 좋겠어. 사람들도 어엄청 많고."

혜나는 아이들의 이야기를 듣고는 혼자 미소 지었다. 인기를 얻게 되면 무지막지한 일정에 시달려야 한다. 하루에도 지방과 서울을 오가는 몇 개의 일정을 소화해야 할 때도 있다. 아이들은 바쁘더라도 그렇게 되었으면 좋겠다고 이야기했지만, 정작 그런 상황이 되면 생각이 조금은 바뀔 것이다.

그렇게 되는 게 좋기는 할 것이다. 하지만 그것이 정말 가혹한 일정이라는 걸 오혜나는 잘 알고 있었다. 잠도 제대로 자지 못하는 그런 생활이 될 테니까.

"사장님, 무슨 생각을 그렇게 하세요?"

옆에 있던 코디네이터 강지희가 물었다. 혜나는 웃으면서 아무것도 아니라고 했다.

"요즘은 어려운 거 없어?"

"전혀요. 다들 잘해주시잖아요."

강지희는 가볍게 웃으면서 말했다. 오혜나는 직원으로 채용하는 기준이 상당히 높았다. 작은 회사이니 그만큼 실력 있는 사람을 써야 성공 가능성이 있다는 생각에서였다. 하지만 실력 있는 사람들이야 대부분 큰 회사로 가려고 하지 않겠는가.

그래서 혜나의 회사에는 무언가 흠이 있는 사람들이 많았다. 강지희만 해도 사정이 있기는 했지만, 한때 꽃뱀이지 않았던가. 하지만 오혜나는 상관하지 않았다. 지금 아니면 된다는 거였다.

누구나 실수도 하고 잘못도 할 수 있다. 그런 일에 대해서는 비난받아 마땅하고, 속죄도 해야 한다. 하지만 그걸 만회할 수 있는 기회조차 주지 않는 건 불합리하다는 것이 오혜나의 생각이었다.

그래서 강지희의 감각을 믿고 그녀를 받아들였다. 그래서 오히려 지금은 아이들의 코디네이터이자 든든한 언니 같은 존재가 되었다.

"내일은 일정 없으니까 연습하고 모레 있을 공연 준비하면 된다. 알았지?"

"네!!"

혜나의 말에 아이들이 입을 맞추어 힘찬 대답을 했다.

＊　　　＊　　　＊

어두운 방. 얇고 가녀린 손가락이 키보드 위를 움직이고 있었다.

"아니야. 너무 약해."

그녀는 자신이 쓴 글을 읽다가 무엇이 마음에 들지 않았는지 손톱을 깨물면서 생각에 잠겼다. 그러다가 무언가 떠오른 듯 키보드를 두들기기 시작했다. 타다닥 하는 소리와 함께 모니터에는 글자들이 새겨지기 시작했다.

하지만 이내 소리가 멈추었다. 여자는 또다시 손톱을 깨물었다. 그러다가 영 생각이 떠오르지 않는지 마우스를 잡고는 몇 번 딸깍거리는 소리를 냈다. 그랬더니 화면에는 여러 장의 사진이 나타났다.

오혜나의 회사에 소속된 그룹 '루프리'의 사진. 그런데 사진에는 모두 한 멤버의 얼굴만 지워져 있거나 칠이 되어 있었다.

"예라!!"

그녀는 손톱으로 책상 위를 긁었다. 칠판을 못으로 긁어대는 것 같은 소름 끼치는 소리는 아니었지만, 까드득 소리가 나면서 무척이나 신경을 거슬렀다. 하지만 그녀는 그런 소리를 오히려 즐기고 있는 듯한 표정이었다.

그리고 마우스를 움직였다. 그랬더니 이번에는 사람들이 같이 찍은 사진들이 보였다. 단체 사진도 있었고, 남자와 여자가 둘이서 찍은 사진, 서넛이 찍은 사진도 있었다. 그런데 그 사진도 마찬가지였다. 한 여자의 얼굴만 찢어져 있거나 지워져 있었다.

"다 니 잘못이야. 니가 그렇게 하고 다녀서 그런 거야."

여자는 그렇게 말하고는 다시 키보드를 두들기기 시작했다. 그리고 글에다가 사진을 적당한 위치에 올렸다. 그런데 그 사진은 여자의 얼굴이 지워지지 않은 원본이었다. 밝게 웃고 있는 '루프리'의 멤버 예라의 얼굴이 그대로 드러난 사진.

여자는 잠시 자신의 글을 읽어보았다. 남자, 관계, 난잡과 같은 단어들이 얼핏 보였다. 여자는 히죽 웃었다. 자신이 쓴 글이 마음에 들었던 것이다.

여자는 마우스를 클릭했다. 글을 올린 것이다. 그리고 히죽 웃었다. 어둠 속에서 하얀 이만 아주 요사스럽게 빛났다.

그리고 다음 날.

"사장님! 사장님!!"

"왜? 무슨 일이야?"

오혜나는 다급하게 자신을 부르는 소리에 무슨 일이냐며 물었다. 하지만 매니저는 평소와는 다른 표정을 하고는 혜나에게 다가왔다.

"인터넷 좀 보세요. 지금 난리 났어요."

"인터넷? 뭐가?"

평소에도 조금 촐싹대는 매니저였지만, 이렇게 허둥대지는 않았다. 그런 매니저가 이렇게 나오는 걸 보면 보통 문제는 아닌 것 같다고 생각하면서 오혜나는 재빨리 컴퓨터를 켰다. 오늘따라 부팅이 되는 게 왜 이렇게 느린지 굼벵이가 기어가도 이것보다는 빠르겠다는 생각을 하면서.

컴퓨터가 켜지자 매니저가 참지 못하고 자신이 마우스와 키보드를 움직여서 갑자기 퍼진 이야기를 보여주었다.

오혜나는 심각한 표정으로 내용을 하나씩 읽어나갔다.

"최근에 데뷔한 걸그룹의 멤버… 남자관계가 난잡했다??"

하루에도 어마어마한 양의 이야기가 쏟아지는 곳이 인터넷이다. 개중에는 사람들의 이목을 자극하기 위해서 자극적인 내용으로 각색되어서 퍼지는 이야기들도 많다. 지금 혜나가 보고 있는 내용도 무척 자극적이었다.

걸그룹 멤버의 실체가 사실은 아주 막돼먹은 아이라는 거였으니까. 남자관계도 복잡했고 폭력적이었다, 겉으로는 모범생인 척했지만 사실은 뒤로는 별짓 다 하고 다녔다, 그런 내용이었다.

혜나도 자주는 아니었지만, 가끔 이런 종류의 글을 본 적이 있었다. 연예인이나 유명인의 숨겨진 과거라는 식으로 올라오는 글들. 평소라면 그냥 피식 웃고 말았을 것이다. 하지만 자신이 데리고 있는 아이라면 이야기가 달라진다.

"이거 예라 사진이잖아."

증거 사진이라면서 몇 장의 사진이 있었는데, 누가 봐도 예라인 줄 알 수 있었다. 사진은 남자들과 아주 다정한 표정으로 찍은 사진이었다. 그런데 사진이 조금 묘한 분위기였다.

얼굴도 좀 상기되었고, 포즈도 아주 다정했다. 복장도 좀 흐트러져 있는 것 같았고.

혜나는 의자에 기대어 이마를 부여잡았다. 머릿속이 복잡했다. 갓 데뷔한 걸그룹 멤버가 이런 일에 휩싸이면 어떻게 될 것이라는 건 뻔했으니까.

"예라는 뭐래?"

"절대로 그런 게 아니라고 하죠. 그리고 대표님도 잘 아시잖아요. 예라가 어떤 앤지."

혜나는 고개를 끄덕였다. 공부도 상위권이었지만, 춤을 추는 게 좋아서 이쪽 길을 선택한 아이였다. 그리고 뭐든지 열심히 하는 아이였고. 남자관계? 혜나가 알기에 아직 정식으로 사귄 남자는 없었다.

"예라 지금 어디 있어?"

"지금 연습실에들 있어요."

혜나는 곧바로 일어나서 연습실로 향했다. 연습실 분위기는 무척이나 어수선했다. 아이들이 한곳에 모여 있었는데, 예라는 강지희의 품에서 울고 있었다. 강지희는 괜찮다면서 예라를 다독이고 있었고.

그리고 아이들은 다들 어두운 표정이었다. 갑작스럽게 터진 일에 마냥 불안한 것 같은 얼굴이었다.

"왜들 이래? 설마 예라가 정말 그랬을 거라고 생각하는 거니?"

오혜나의 말에 아이들이 고개를 저었다. 하루 종일 붙어 있는 게 벌써 3년 정도 되었다. 예라가 어떤 아이라는 건 같이 생활한 아이들이 더 잘 알고 있었으니까. 혜나는 당당하게 어깨를 펴고 아이들 사이로 걸어갔다.

이런 상황에서 대표가 흔들리는 모습을 보여주어서는 안 된다. 그렇게 되면 모두가 흔들려 버린다. 그래서 오혜나는 의연한 표정과 자세로 걸어가서는 예라에게 손을 내밀었다.

"너 지금 뭐하는 거야? 누가 보면 진짜 니가 그런 줄 알 거 아냐. 그러니까 울지 말고 나하고 얘기 좀 하자. 그래야 무슨 대책을 세워도 세우지."

오혜나의 말에 강지희가 예라를 일으켜 세웠다. 그리고 사장실로 같이 걸어갔다. 예라는 울음은 그쳤지만, 누군가가 조금이라도 건드리면 곧바로 다시 울음을 쏟아낼 것 같은 그런 표정이었다.

"예라는 차 어떤 거 좋아하니?"

사장실에는 네 명이 들어왔다. 혜나와 예라, 그리고 매니저와 강지희였다. 혜나는 일단 사건과 관련된 이야기부터 시작하는 건 좋지 않겠다고 생각하고는 차 이야기부터 했다. 분위기를 좀 가라앉히기 위해서였다.

다들 차를 한 잔씩 앞에 놓고 차 맛이나 날씨 이야기를 했다. 강지희도 분위기를 눈치채고는 혜나의 말을 잘 받아주었다.

"이제 봄이 거의 없잖아요. 그래서 조금만 지나면 더워질 것 같아요."

"그렇지? 봄하고 가을이 길어야 하는데. 여름이나 겨울보다는 가을하고 봄이 그래도 뭔가 느낌이 좋지 않아?"

"맞아요, 사장님. 예라는 계절 중에서 뭘 가장 좋아해?"

혜나는 역시나 강지희가 차분하고 상황 대처 능력이 좋다고 생각했다. 옆에 있는 매니저는 멀뚱멀뚱 있는데 강지희는 자신의 말에 맞장구를 치면서 분위기를 만들고 예라를 자연스럽게 진정시키고 있었으니까.

"저는 봄이요."

예라는 망설이면서 입을 열었다. 그렇게 조금 이야기를 하다 보니 분위기가 조금 진정되었다. 그러자 혜나가 바로 물어보았다.

"어차피 거기 나온 내용이야 누군가 소설을 쓴 것일 테고, 사진은 언제 찍은 거니?"

"사진이요?"

예라는 조금 망설이다가 대답했다.

"그거 시기가 조금 다른데 대부분 춤 연습하고 나서이거나 공연하고 나서 찍은 거예요."

예라는 합성은 아니고 진짜 사진은 맞는데 댓글이 달린 것처럼 이상한 사진은 아니고 그냥 다른 사람들도 있는 데서 찍은 사진이라고 했다.

"중학교 때 찍은 사진도 있고, 거의 최근에 찍은 사진도 있고요."

"최근에?"

"예. 댄스 팀에서 공연한 적 있거든요. 그때 찍은 사진도 있고……."

혜나는 고개를 끄덕였다. 허락해 준 기억이 났기 때문이었다. 그런 이야기를 듣고 보니 또 별 사진이 아니었다. 하지만 본문에 있는 남자관계가 복잡하다거나 난잡한 여자라는 말을 듣고 나서 사진을 보면 좀 야릇하게 보였다.

"누가 이런 거지? 이런 사진까지 있는 걸 보니 그래도 니 주변에 있는 사람일 것 같은데."

하지만 예라는 잘 모르겠다고 했다. 하기야 평소에 성격도 좋고 활발해서 누구한테 미움받고 그럴 아이가 아니었다. 그리고 그런 것보다 더 큰 문제는 이 사건을 어떤 식으로 대처해야 하는 것이냐. 바로 그거였다.

"이거 골치 아프네. 이런 문제는 터지면 무조건 손해인데……."

오혜나는 침중한 표정이 되었다.

*   *   *

"우우~"

"야, 집어치워라~"

공연하는 도중에 야유를 받은 루프리의 멤버들은 엄청난 충격을 받았다. 처음이었다. 이런 식으로 노골적인 비웃음을 받은 적은. 멤버들은 자신도 모르게 노래를 부르던 도중에 갑자기 눈물이 나려고 했다.

특히나 당사자인 예라는 더욱 충격이 컸고, 당장 눈물이 쏟아질 것 같았다. 하지만 무대에서 그런 모습을 보이는 건 정말 싫었다.

"잘 참았어."

강지희가 노래를 무사히 마치고 내려오는 아이들을 다독였다. 그러자 갑자기 참았던 눈물이 쏟아지기 시작했다. 자신들이 뭘 어쨌다고 저러는지 알 수 없었다. 하지만 항변을 할 수도 없었다.

그저 돌을 던지면 그 돌을 맞고만 있어야 했다. 그게 더 슬펐다. 하지 않았다고, 그게 아니라고, 잘못된 이야기가 퍼진 거라고 이야기했지만 아무도 그 말을 믿지 않았다.

"괜찮아. 괜찮아……."

강지희는 아이들을 데리고 차로 이동했다. 평소라면 혜나가 있었겠지만, 지금은 정신없이 바빴다. 혜나는 일정을 취소하겠다는 사람들을 설득하고 사건을 어떻게든 수습하려고 동분서주하고 있었다.

루프리 멤버와 강지희는 매니저와 함께 차량으로 급하게 걸어갔다. 그런데 그들에게로 몇 명의 사람이 다가왔다. 매니저가 흠칫 놀라서 그들을 막으려고 했는데, 그들은 하나같이 걱정스러운 표정을 하고 있었다.

"괜찮아요?"

"힘내요. 우리는 믿고 있어요."

"화이팅~!!"

익숙한 얼굴들이었다. 평소 친하게 지내는 팬들이었으니까.

그런데 그 사람들이 자신들을 위해서 걱정을 해주고 있었다. 그동안 이유 없는 비난에 시달리기만 했던 루프리 멤버들은 눈물이 다시 왈칵 쏟아졌다.

"감사합니다."

40대 자영업을 하는 박근식은 아이들이 감사하다고 하면서 눈물을 쏟아내는 걸 보니 갑자기 자신도 눈물이 쏟아지려고 했다. 정말 이를 악물고 참았다. 철이 들고 나서는 운 적이 거의 없었는데, 길거리에서 걸그룹을 보고 눈물을 흘릴 뻔하다니.

절대로 그런 모습을 보일 수는 없다고 감정을 억눌러서 간신히 눈물을 참을 수 있었다. 하지만 애들이 너무 안쓰럽다는 감정은 더욱 커졌다.

처음에 이 그룹을 알게 된 건 정말 우연이었다. TV를 돌리다가 우연히 노래를 듣게 되었을 것이다. 그런데 노래가 좋았다. 듣고 있으면 편안해지고 행복해지는 그런 기분이 들었다. 그래서 어떤 그룹인가 알아보게 되었고, 점차 열성 팬이 되었다.

그런데 애들이 정말 실력도 좋은 것 같았고 무엇보다 착했다. 실력 좋은 거야 자신이 뭘 알겠는가. 그저 같은 팬들이 이런저런 이야기를 해주어서 알 수 있었다. 그런데 팬들을 알아보고 꼬박꼬박 인사도 하고, 음료수나 손수 만든 선물 같은 것도 주고 그랬다.

큰돈이 들어가는 건 아니었다. 하지만 뜨개질을 한 것이나 손수 적은 편지 같은 걸 받을 때는 정말 값비싼 무언가를 받았을 때보다도 훨씬 감동적이었다.

"아니, 어떤 놈들이… 제대로 알지도 못하면서 말이야."

박근식은 차를 타고 떠나는 루프리 멤버들을 보면서 가만히 있을 수 없다고 생각했다. 아이들의 표정을 보았을 때 가슴이 미어지는 것 같은 그런 느낌을 잊을 수가 없었기 때문이었다.

"어디. 어떤 것들이 뭐라고 하는지 좀 봐야겠어."

이미 소문이 돈 지는 일주일가량 되었다. 박근식은 평소에 인터넷을 그리 자주 하는 편은 아니었다. 그래서 이런 일이 있다는 것도 다른 사람보다 늦게 알았다. 게다가 부랴부랴 찾아봤는데, 내용과 댓글을 보니 정말 눈 뜨고는 보기 어려운 글들이 있었다.

"내가 보기에도 이럴 정도인데 애들이야 오죽하려고……."

박근식은 열심히 마우스와 키보드를 사용해서 문제의 내용을 찾았다. 독수리 타법이라 시간이 조금 걸렸지만, 이내 검색을 통해 해당 내용을 찾을 수 있었다. 이미 많이 퍼진 뒤라서 그런지 엄청나게 많은 양의 글이 나왔다.

"어디 보자……."

박근식은 개중에서 가장 댓글이 많이 달린 글을 클릭했다. 댓글이 많이 달렸다는 건 그만큼 많은 사람이 그 글을 본다는 뜻이기도 했으니까.

"허… 이야… 정말……."

차마 말이 나오지 않았다. 욕은 애교였다. 성적으로 비하하

거나 모욕하는 내용이 넘쳐 났다. 가끔 확인되지도 않는 내용
인데 너무 심하다는 댓글도 있었지만, 곧바로 테러를 당했다.

―본인이 여기서 이러시면 곤란합니다.
―쯧쯧. 기획사에서 알바 풀었네. 이런 거 하나 달면 얼마 받냐?

보는 박근식이 화가 치밀 정도였다. 그는 자판을 보면서 댓
글을 달았다. 독수리 타법이라서 속도가 느렸지만, 생각한 걸
잘 정리해서 적었다. 아직 확인되지 않은 내용이니 신중해야
한다는 내용이었다.
자신이 보기에 꽤 객관적이고 논리적인 글이었다. 그리고
누가 봐도 이 정도면 고개를 끄덕일 거라고 생각했다.
하지만 인터넷은 그가 아는 세상과는 달랐다. 시간이 얼마
지나지 않아서 댓글에 주르륵 대댓글이 달렸다.

―애쓴다, 애써.
―길어서 패스.
―알바질 하니까 좋냐?

이 정도면 그나마 볼만한 정도였다. 박근식은 자신도 모르
게 걸그룹 루프리의 소속사 관계자도 되었다가 예라의 친척도
되었다. 그리고 동물이나 성기로도 불렸다가 세상에 다시없을

악당이 되기도 했다.

박근식은 처음에는 울화가 치밀었다. 얼굴이 보이지 않는다고 너무 막말을 한다는 생각이 들어서였다. 게다가 글에 논리나 이성적인 건 조금도 들어 있지 않았다. 그저 감정을 토해내고 내뱉을 뿐이었다.

그래서 그걸 반박하는 글을 다시 달았다. 독수리 타법으로. 하지만 그 글에도 조롱하는 글들이 주르륵 달렸다. 자신이 읽기에도 버거울 정도로 빠르게, 그리고 보고만 있어도 역겹다는 생각이 들 정도로 쓰레기 같은 글들이.

"아니, 도대체 뭐하는 인간들이야?"

박근식은 이렇게 막말을 하는데도 가만히 두는 소속사 사장이 이해가 되지 않았다.

하지만 소속사 사장인 혜나라고 그러고 싶겠는가. 그녀도 이 문제로 골머리를 앓고 있었다.

"그러니까 조금 더 적극적으로 대응할 수는 없나? 이건 너무 심하잖아."

"사장님도 잘 아시잖아요. 이런 거 잘못 건드리면 헬 게이트가 열립니다."

실장은 절대로 민감하게 대응하면 안 된다고 말렸다. 무조건 손해는 기획사와 걸그룹이 본다면서. 그러면서 지극히 형식적으로 대응할 수밖에 없다고 이야기했다.

"수사 의뢰하고 엄중하게 처벌하겠다는 식으로 대응하는

방법밖에는 없습니다. 다른 데서도 문제 터지면 다 그렇게 합니다."

실장은 다른 큰 곳이 돈이 없거나 인맥이나 영향력이 없어서 그러는 줄 아느냐고 물었다.

"그게 아닙니다. 건드리면 끝장나는 거예요. 그래서 더럽고 억울해도 참는 겁니다. 건드려 봐야 더 큰 문제만 생기니까."

혜나라고 그런 걸 모르겠는가. 그래도 지금까지 이쪽 바닥에서 꽤 긴 시간 동안 사업체를 운영했다. 그러니 그런 걸 모를 수가 없다. 하지만 직접 당한 건 처음이었다. 당해보니 어떤 건지 알 수 있었다.

너무 억울했다. 정말 잠이 오지 않을 정도였다. 그런데 할 수 있는 게 없었다. 수사 의뢰하고 처벌하겠다고 해봐야 어떤 댓글이 달릴지는 뻔했다. 쇼한다는 내용, 어디 해보라고 조롱하는 게 달릴 것이다.

"아우. 진짜 어떤 것들인지 보기만 하면 가만히 두지 않을 텐데……."

오혜나는 책상 위에 있는 물건을 집어서 던지려다가 그만두었다. 예전에는 드라마에 이런 장면이 나오면 너무 작위적이고 이상하다고 생각했었는데, 직접 당해보니 진짜 뭐라도 집어 던지고 싶었다.

"사장님, 참으세요. 그것밖에 방법이 없습니다."

"알아요. 그래서 화가 나는 겁니다. 참을 수밖에 없으니까."

오혜나는 숨소리를 거칠게 내면서 숨을 내쉬었다. 그리고 실장이 이야기한 대로 대응했다. 하지만 비난은 더욱 더 거세지기만 하고 수그러들 기미가 보이지 않았다.

간혹 루프리를 옹호하는 글도 보였다. 고등학교 친구인데 그런 애가 아니라는 사람도 있었고, 잘 아는 사람인데 그런 게 아니라는 글도 보였다. 하지만 아무런 소용도 없었다. 그런 사람들은 전부 거짓말쟁이에다가 돈 받고 일하는 인간, 양심을 판 쓰레기 같은 인간으로 매도당했다.

그래서 인터넷에서 댓글을 달다가 울분에 치를 떤 직장인 오형남은 아는 친구에게서 들은 변호사 사무실을 찾았다. 정말 최고라는 변호사였다.

"사무실은 그냥 그런데?"

생각했던 것보다 삐까뻔쩍한 그런 사무실은 아니었다. 하지만 그런 게 더 마음에 들기는 했다. 겉으로 화려하고 속으로는 실속이 없는 것보다야 보기에는 화려하지 않아도 속이 꽉 찬 게 더 좋은 것 아니겠는가.

"저기……."

오형남은 사무실 안으로 들어가서는 조심스럽게 말문을 열었다.

"어떻게 오셨어요?"

환한 표정의 젊은 아가씨가 일어서면서 물었고 오형남은 머뭇거리면서 대답했다.

"저기… 정혁민 변호사님 계시면 상담을 좀 하려고 하는

데……."

"아, 그러세요? 이쪽에 잠깐 앉아계세요."

보람은 소파를 가리키면서 잠시만 기다리라고 이야기했다. 그리고 혁민의 사무실로 들어갔다. 사무실에는 혁민이 서류를 들여다보고 있었다. 혁민은 최근에 다시 업무를 재개했는데, 아직은 업무가 그리 많지 않았다.

"찾아온 손님이 계신데요?"

"그래? 안으로 모셔요."

혁민은 율희의 기억이 아직 돌아오지 않는 것 때문에 이런저런 생각을 하다가 손님이라는 말에 자리에서 일어섰다.

"앉으시죠."

손님에게 자리를 권한 혁민은 맞은편에 앉았다.

"무슨 일 때문에 오셨는지……."

"저기. 명예훼손이나 모욕죄로 고소를 하려고 하는데요……."

오형남은 본인이 아니어도 그런 죄목으로 고소하는 게 가능한지 물었다.

"고소는 당사자가 해야 하는 겁니다. 제3자가 할 수 있는 건 고발이죠."

혁민은 본인이 아니면 고소는 할 수 없다고 이야기했다. 그러자 오형남은 머뭇거리다가 다시 물었다.

"인터넷에 악플이 달리고 유언비어가 퍼진 거는 어떻게 해야 하는 건가요?"

"아, 누가 선생님에 대한 유언비어를 퍼뜨리고 악플을 달았나 보죠?"

"예? 아니요, 그런 건 아닌데……."

"아, 그러면 가족이나 지인 중에 그런 분이 계신가 보군요."

오형남은 대답하지 못했다. 자신이 좋아하는 걸그룹 멤버가 그런 일을 당해서 이곳에서 찾아와서 상담을 하는 거라고 말하기가 좀 그래서였다. 그래서 우물쭈물하자 혁민은 무언가 다른 이유가 있는가 보다 생각하고는 말문을 먼저 열었다. 어색한 분위기를 전환하기 위해서였다.

"일단 명예훼손죄는 행위자가 타인의 명예를 훼손하려는 목적으로 사실 또는 허위 사실을 공중에 전파하는 걸 말합니다. 사실을 이야기하면 명예훼손죄가 안 되는 것으로 잘못 알고 계신 분들이 많은데 그렇지 않습니다. 사실이라도 명예훼손죄가 됩니다."

오형남은 어색하게 고개를 끄덕였다. 혁민은 그런 오형남을 보면서 계속해서 말을 이었다.

"모욕죄는 구체적인 사실이 아닌 타인에 대한 경멸적 표현을 하는 걸 말합니다. 욕을 하고 그러는 거 생각하시면 쉽죠."

혁민은 이어서 명예훼손죄는 그 성립 여부를 판단함에 있어서 사실이냐 의견이냐의 구분이 핵심이라고 덧붙였다.

"의견 표현은 가치판단이나 평가를 내용으로 하는 것이고 사실 적시는 구체적인 과거 또는 현재의 사실에 대한 진술을 의미하는 겁니다."

하지만 혁민의 이야기를 들은 오형남은 눈만 껌뻑이고 있었다. 무슨 말인지 잘 이해가 되지 않았기 때문이었다.

혁민은 웃으면서 다시 설명했다.

"그러니까 사실 적시는 '누가 이런 걸 했다' 이런 식으로 표현하는 겁니다. 그리고 의사 표현은 '누가 이런 걸 했다고 하던데, 내가 생각하기에는 어떻더라' 이런 걸 말하는 거죠."

"아, 그렇군요."

오형남은 그렇게 쉬운 말을 왜 그렇게 어려운 단어를 붙여서 설명하는지 잘 이해가 되지 않았다. 하지만 의문이 생겨서 그것부터 물어보았다.

"그러면 사실을 말한 거면 명예훼손이 되고 의견을 말한 거면 명예훼손이 되지 않는 건가요? 이야기하신 걸 들어보면 그런데요."

"예. 일반적으로는 그렇습니다. 그래서 명예훼손으로 고소 고발을 당한 사람들은 상당수 자신의 의견을 말한 거라고 주장합니다."

하지만 의견이라고 해서 무조건 죄가 안 되는 건 아니라고 말했다.

"의견에 아무런 근거가 없는 경우나 범주를 벗어난 경우 모욕죄나 명예훼손이 됩니다. 그렇지 않으면 별별 말을 다 해놓고 의견이라고 피해 갈 것 아닙니까. 그러니까 무조건 안 되는 건 아니죠."

오형남은 그 말을 듣고는 쉽게 이해가 되었다. 그리고 궁금했던 것을 몇 가지 더 물어보고는 혹시 이런 경우는 어떻게 해야 하는 거냐면서 이야기를 꺼냈다.

"걸그룹 루프리요? 이 그룹 잘 아세요?"

혁민은 깜짝 놀라서 물었다.

"예… 그러니까……."

오형남은 주저주저하면서 말을 쉽게 하지 못했다. 팬인데 안타까워서 무슨 방법이 없을까 하고 왔다고 말하려니 차마 입이 떨어지지 않았던 것이다. 그런데 변호사도 이 그룹을 잘 알고 있었다.

"저도 얘들 본 적도 있는데……."

"아, 그러세요?"

오형남은 같은 팬을 만났다고 생각했다. 그래서 잘 부탁하면 무언가 좋은 방법을 알려주지 않을까 기대했다.

"그 회사 대표하고 좀 친하거든요."

"아, 저는 또……."

오형남은 혹시 팬이냐고 괜히 물었다고 자책했다. 회사 대표와 친한 사이인데 아이돌 걸그룹 팬이냐고 물었으니 자신을 어떻게 생각할까. 그러면서 역시 변호사님이라서 그런지 노는 물이 다르다고 생각했다.

"그러면 어떻게 할 방법이 없을까요?"

"글쎄요. 지금 뭐라고 답변을 드리기가 좀 그러네요. 아주 원칙적인 답변은 이미 드렸고, 사정이 어떤지 몰라서……."

오형남은 할 수 있다면 자신이 비용을 대서라도 돕고 싶다고 말했지만, 특별히 할 수 있는 건 없었다. 그는 그렇게 상담만 하고 나갔다.

혁민은 상담을 받고 간 팬이 정말 대단하다는 생각을 했다. 누군가를 위해서 이렇게 상담까지 하는 게 어디 쉬운 일이던가.

"그나저나 골치 아프겠는데?"

혁민은 오혜나에게 전화라도 걸어볼까 하다가 그만두었다. 가뜩이나 정신없을 텐데, 자신까지 정신 사납게 하는 것 같아서였다.

그 시각 오혜나는 사람들과 대책을 논의 중이었다.

"이거 오히려 더 소문이 커지고 있잖아?"

오혜나는 짜증 섞인 목소리로 이야기했다. 유언비어는 점점 더 좋지 않은 방향으로 확대되었다. 나중에는 애까지 가졌다가 중절했다는 소문까지 돌았다. 하지만 다들 여기서 자극하면 더 힘들어진다고 말했다.

"사장님, 참으세요. 곧 다른 사건 터질 겁니다. 그러면 금방 묻혀요. 아시잖습니까. 우리나라가 얼마나 스펙터클한지. 큼직한 사건 조만간 나올 테니까 기다리세요."

다들 고개를 끄덕였다. 그런 사건 하나만 터지면 바로 묻힐 거라고. 그러니 조금만 조용히 하고 있으면 수그러들 거라고. 하지만 오혜나는 이번에는 좀 분위기가 다른 것 같다고 느끼고 있었다.

"아니야. 가만히 있었는데, 오히려 악화만 되고 있어. 다른 건하고는 뭔가가 달라도 다른 것 같아."

오혜나는 한곳에 있지를 못하고 계속해서 이리저리 어슬렁
거렸다. 그러다가 아무래도 도움을 좀 받아야겠다고 이야기했
다.

"누구 이런 쪽으로 잘 아는 사람 있어? 경찰이나 검찰이나
뭐 그런 쪽으로."

오혜나는 이야기를 하면서 이채민을 생각했다. 이채민이 판
사이기는 했지만, 검찰 쪽으로도 아는 사람이 많이 있었다. 그
래서 회의가 끝나면 바로 이채민에게 연락을 해야겠다고 생각
했다. 그런데 강지희가 뜻밖의 이야기를 했다.

"사장님, 친구분한테 이야기하시면 되잖아요. 저 같으면 이
런 일 생겼을 때 그분한테 가장 먼저 상의했을 것 같은데요."

강지희는 눈을 반짝이면서 이야기했다. 오혜나는 처음에는
이채민을 이야기하는 줄 알고 있다가 강지희의 표정을 보고
다른 사람이 떠올랐다.

"아! 혁민이?"

"예. 이런 문제는 그분하고 상의하는 게 가장 좋지 않겠어
요?"

"그래, 혁민이. 혁민이가 이런 건 적임이기는 해."

법조계에 있으면서도 법적이지 않은 부분도 잘 활용하는 사
람이 바로 정혁민이다. 그러니 이렇게 곤란한 문제를 상의하
기에는 가장 적당한 것 같았다.

"오케이. 내가 바로 연락하지. 맞아, 진작 연락을 할 걸 그

랬네."

오혜나는 사람들에게 나가보라고 하고는 바로 혁민에게 전화를 걸었다. 그리고 만날 약속을 정했다. 혁민이 아직 일을 다시 시작한 지 얼마 되지 않아 시간이 많아 곧바로 만날 수 있었다.

"이거 재미있네. 이 사건 가지고 하루에 두 번이나 상담을 해주고 말이야."

"두 번? 나 말고 또 이거 가지고 온 사람이 있어?"

오혜나는 이상하다는 듯 혁민에게 물었다. 혹시나 강지희가 이야기를 했나 싶었는데 혁민은 전혀 엉뚱한 대답을 했다.

"어. 아까 팬이라는 사람이 와서 이 사건 좀 어떻게 할 수 없냐고 묻더라고."

"팬이? 우와, 그거 대박이네."

오혜나는 지금 상황이 좋지는 않았지만, 팬이 그렇게 움직였다는 자체는 기분이 좋았다. 자신이 키운 걸그룹에 그런 열성 팬이 있다는 게 기분 나쁠 일이 있겠는가.

"일단 어떻게 진행하고 있는데?"

"뭐, 다른 데 다 하는 대로 진행하고 있지. 수사 의뢰하고 악플 심한 거는 추려서 고소할 예정이고. 그리고 언론에도 그대로 내보내고."

혁민은 무난한 진행이라고 이야기하면서 머리를 아래위로 가볍게 흔들었다.

"그런데 어떻게 좀 잘 처리할 수가 없을까?"

"음… 일단 이런 거는 문제가 되는 게 역풍이거든."

이런 경우 악플러에 대해서 공세를 취하는 것 같으면 상황이 급변한다. 그렇게 되면 보통은 다른 의혹을 제기하면서 상대를 악의 축으로 몰고 간다. 그리고 마치 전체 네티즌을 적으로 돌리고 있다는 식으로 분위기를 끌고 간다.

그렇게 되면 흥분한 네티즌이 벌떼처럼 몰려든다. 진실 같은 건 상관없다. 물어뜯을 거리가 필요할 뿐. 거기에 동참하는 사람들의 특징은 그런 행동을 하면서도 철저하게 자신은 정의의 편이라고 믿고 있다는 점이다.

그래서 조금 과한 표현을 하고 심하게 해도 괜찮다고 여긴다. 왜냐하면, 자신은 정의를 지키는 것이니까. 그래서 거리낌없이 행동한다. 그리고 그런 상황이 되면 어떤 확실한 증거를 들이밀어도 소용없다. 어떤 이야기를 해도 듣지 않는다. 자신들은 항상 정의의 편에서 정의를 수호하는 사람들이어야 하니까.

"그래서 대책 없이 나서면 끝이야."

"알기야 하지. 그래도 이대로 있는 건 너무 억울해서 그래. 그리고 좀 이상하단 말이야. 보통은 이 정도면 어느 정도 진정이 되어야 하는데 이상할 정도로 계속 얘기가 커지고 있어."

"그래? 좀 더 자세히 말해봐."

혁민은 오혜나의 이야기를 듣다가 조금 걸리는 게 있어서 자세한 이야기를 들었다. 오혜나는 이 사건을 처음부터 예의

주시하고 있었기 때문에 누구보다도 사건이 어떻게 진행되었는지 잘 알고 있었다.

그런데 확실히 좀 이상한 부분이 있기는 했다. 이렇게까지 커질 사건인가 싶었는데 이상하게 사건 자체가 자꾸만 커지고 있었다. 물론 인터넷에서는 전혀 그럴 것 같지 않았는데 유행하는 것도 있다.

하지만 그렇게 유명한 사람이 있는 것도 아니었고, 사건 자체도 그렇게까지 충격적인 건 아니었다. 오히려 가면서 점점 이야기가 더해지고 더해져서 강해지고 있었다.

"확실히 일반적이지는 않은 것 같은데?"

"그렇지? 그러니까 이럴 때는 어떻게 하는 게 좋을 것 같아?"

"일단은 좀 알아봐야겠어."

혁민은 여기저기 통해서 좀 알아볼 테니까 일단 문제 키우지 말고 기다리고 있으라고 했다.

"그래. 부탁 좀 할게. 지금 애들이 말이 아니야."

"알았어. 내가 빨리 알아보고 연락 줄게."

혁민은 오혜나를 보내고 나서 여기저기 전화를 걸었다.

*　　　*　　　*

"많이 좋아지셨네요. 어디 불편한 데는 없으세요?"

"예, 딱히 그런 건 없는데……."

율희는 의사에게 아직도 기억이 잘 나지 않는 게 있다고 이야기하려다가 말았다. 계속해서 같은 답변을 들을 것이니 또 이야기해 봐야 소용없다고 생각했기 때문이었다.

의사는 조금만 더 상태가 좋아지면 퇴원해도 되겠다고 이야기를 해주었다. 민주엽이 의사에게 거듭 감사하다는 이야기를 했다. 의사는 덩치가 곰 같은 사람이 부담스러울 정도로 인사를 하는 게 영 불편한 듯했다.

마지못해서 인사를 받기는 했지만, 그런 인사조차 약간은 위협적으로 느끼는 듯했다.

율희는 의사의 표정으로 보고는 소리 내지 않고 웃었다. 의사가 황급히 밖으로 나가자 민주엽은 딸을 돌아다보았다.

"답답하지? 밖에 나가지 않을래?"

"조금 이따가 윤태 오빠 오기로 해서요. 오면 같이 나갔다가 오려구요."

"아, 그래?"

민주엽은 사실 약간은 즐거웠다. 딸이 혁민에 대해 기억하지 못하니 자신과 딸 사이가 조금 더 가까워졌다는 생각이 들어서였다. 하지만 혁민이 없어도 상황은 그렇게 많이 달라진 것 같지 않다는 생각을 하면서 입맛을 다셨다.

그리고 잠시 후 윤태가 오자 민주엽은 일하러 가겠다고 하고는 밖으로 나왔다. 율희는 밝은 얼굴로 윤태를 맞이했고, 둘은 따스한 봄 햇볕이 내리쬐는 밖으로 나갔다.

"날씨 참 좋네요. 어디 놀러 가면 좋겠다."

"그렇지? 그런데 좀 아쉽긴 해. 요즘은 봄이 짧아서 이런 날씨도 얼마 가지 않을 거야."

"그러면 빨리 나아야겠네요. 이런 날씨에 어디 가려면."

"그래. 어서 퇴원해야지. 퇴원만 하면 내가 원하는 데가 어디든 데려가 줄게."

윤태는 자신만 믿으라고 하면서 가슴을 탕탕 쳤다.

율희는 말만이라도 고맙다는 이야기를 했고.

"말만이라니. 그게 무슨 섭섭한 말이야. 정말이라니까."

"됐어요. 그런데 뭐 물어볼 게 있는데……."

윤태는 뭐든 물어보라고 했다. 자신이 아는 건 다 알려주겠다면서.

"저기, 혁민 오빠 이야긴데요… 혁민 오빠는 어떤 사람이에요?"

"혁민 씨?"

윤태는 어떤 식으로 대답해야 할지 몰라 잠시 당황했다.

'뭐라고 대답을 해야 하지? 좋은 사람? 아니면…….'

윤태는 지금이 좋았다. 율희와 이렇게 가깝게 웃으면서 농담도 하고 지내는 게 행복했다. 하지만 율희에게 혁민에 대한 기억이 돌아오면 그런 행복도 끝날 것이다. 그래서 영원히 기억이 돌아오지 않았으면 좋겠다는 생각도 했다.

하지만 그런 건 자신의 뜻대로 할 수 없는 일. 그리고 상태가 좋아지는 것으로 보아 기억도 곧 돌아오리라 생각했었다. 하지만 생각 외로 기억은 쉽게 돌아오지 않았다. 그래서 혹시 계속해서 이런 상태가 유지되지는 않을까 하는 생각도 했다.

'그래. 어떻게 될지는 모르겠지만, 이 상태가 계속 유지될 수도 있는 거잖아.'

윤태는 자신에게 가장 유리한 답변을 하기로 했다. 그렇다고 거짓말을 할 수는 없었다. 율희도 그런 건 기가 막히게 잘 알아챘으니까. 그래서 적당히 가공된 이야기를 해주기로 마음먹었다. 자신에게 유리하게 포장된 이야기를.

"사람들이 그런 이야기를 많이 해. 능력 있는 변호사라고."

그렇게 말하면서 윤태는 율희의 표정을 살폈다. 그녀는 고개를 천천히 끄덕였다. 그 이야기는 다른 사람으로부터도 많이 들었던 이야기였기 때문이었다.

"그리고… 금전적인 걸 좀 많이 챙긴다는 말도 있지."

율희는 고개를 들고 윤태를 쳐다보았다. 아마도 이 이야기는 처음 듣는 모양이었다.

"금전적인 거를요?"

"응. 그런 이야기가 있더라고. 확실한 건 잘 모르지. 나도 사람들한테 들은 거니까. 하지만 그런 게 나쁜 건 아니잖아. 그만큼 실력 있으면 합당한 금액을 받는 게 맞지."

"뭐, 그건 그렇죠……."

하지만 윤태는 율희의 표정이 살짝 변하는 걸 보았다. 그는 다시 말을 이었다.

"그리고 괴짜라는 이야기도 많이들 하지. 아주 독특하고 특별한 방식으로 사건을 해결하니까. 그리고 상대를 대할 때도 그렇고."

"맞아요. 괴짜라는 이야기 많이들 하더라고요. 그런데 어떤 식으로 변호를 하는데요?"

율희는 궁금한 듯 물었다. 그래도 자신이 가장 믿는 사람을 손으로 꼽으라고 한다면 세 손가락 안에 들어가는 게 윤태다. 지금까지는 아버지인 민주엽과 장보람에게만 혁민에 관해서 물어봤는데 아무리 물어도 도무지 그림이 그려지지 않았다.

퇴원해서 밖에 나갈 수 있다면 다른 사람에게도 물어보고 그럴 텐데 그럴 수가 없어서 윤태에게도 질문한 거였다. 그리고 두 사람과는 조금 다른 이야기를 듣게 되어서 궁금한 게 아주 많이 생겼다.

"보통은 강하게 상대를 압박하지. 무척 강하게 푸시를 해서 다시는 쳐다보지도 못할 정도로 만든다고 할까?"

"그래요? 보기하고는 많이 다르네요?"

율희는 무척 다정다감하다고 생각했었는데, 일할 때는 조금 다른가 보다 하고 생각했다.

"누구나 다른 면이 있잖아. 음… 어떤 사람들은 싸가지가 없고 독종이라는 말도 하고 그래."

"그래요?"

윤태는 자신이 들었던 이야기를 약간 각색해서 들려주었다. 그랬더니 율희가 눈살을 찌푸렸다. 어찌 보면 듣기 좀 거북한 말이었기 때문이었다.

"그래도 자기보다 나이가 많은 분인데. 조금 심했다."

"아니야. 의뢰인을 이기게 하려면 어쩔 수 없는 경우도 있지. 변호사라면 누구나 다 그럴 거야. 이런 거 저런 거 다 봐주고 그러면 어떻게 이기겠어."

윤태의 이야기에도 율희의 표정은 나아지지 않았다. 율희가 어떤 여자인지 윤태는 잘 안다. 그래서 가능하면 그녀가 싫어할 만한 방향으로 이야기하는 거였다.

그렇다고 거짓말을 하는 건 아니었다. 분명히 혁민이 한 일이고 자신이 보거나 들었던 일이었다. 물론 거기에 약간 덧붙여지거나 덜어진 게 있기는 했지만.

"그리고요. 그리고 다른 건 없어요?"

"음… 다른 거라… 뭐 당장 생각나는 건 그런 정도인 것 같은데? 아! 변호사 생활한 지 오래되지는 않았지만, 돈은 상당히 많이 번 것 같더라. 이번에 사무실도 큰 곳으로 옮긴다고 하더라고."

윤태는 덤덤하게 이야기하다가 다른 이야기도 좀 하자고 화제를 바꾸었다.

"요즘은 글은 안 써?"

그렇게 이야기하다가 갑자기 떠오른 생각이 있었다. 율희가 일기를 썼다면 큰일이라는 생각이었다.

"아뇨. 이상하게 글을 쓰게 잘 안되더라고요."

"그럼 일기 같은 건?"

"그것도 고등학교 졸업하기 전까지만 썼죠. 졸업하고 나서는 이상하게 안 쓰게 되더라고요."

윤태는 남몰래 한숨을 내쉬었다. 천만다행이라는 생각이 들어서였다.

"그리고 누가 요즘 일기를 써요. 그냥 블로그에 남겨놓지."

"어? 그래? 너도 블로그에 많이 일상 같은 거 쓰니?"

윤태는 바짝 긴장하면서 물었다.

*　　*　　*

"많이 일상이요? 그게 무슨 말이에요."

율희는 재미있는 말을 한다면서 웃었다. 윤태는 긴장해서 말이 헛나왔다는 사실을 알고는 겸연쩍었지만, 그냥 실수라고 이야기하고는 율희가 어떤 대답을 하는지 기다렸다.

"아뇨. 저는 그런 데다가 미주알고주알 쓰는 거 좀 그렇더라고요."

"하기에 니가 그런 거 다른 사람들이 다 볼 수 있게 하고 그러는 성격은 아니지……."

윤태는 그렇게 대꾸하면서 가슴을 쓸어내렸다. 어떻게 될지는 모르겠지만, 일단 지금 분위기는 좋았다. 그는 퇴원하면 같이 식사라도 하자고 슬쩍 제안했다.

"너 기력 회복하게 기운 나는 거 좀 챙겨 먹자."

"뭐, 그래요."

친하게 지내는 오빠이고, 자신의 수술을 도와준 사람이다. 그런 정도야 못 할 이유가 없었다. 만약에 혁민에 대한 기억이 있었더라면 상황은 조금 달라졌겠지만, 지금은 혁민에 대한 기억이 전혀 없었기 때문에 그러겠다고 대답을 한 거였다.

"그럼 잠깐 나가서 산책이나 하자. 오늘 날씨가 무척 좋더라."

"그래요. 안 그래도 밖에 나가자고 하려고 했어요. 계속 병원 안에만 있었더니 기분도 좀 그렇고 해서……."

율희는 혼자서 걸어 다녀도 아무런 이상이 없을 정도로 회복되었다. 윤태는 율희의 그런 모습을 보자 저절로 입가에 미소가 매달렸다. 이렇게 건강한 모습을 보니 정말 즐겁고 흐뭇했다.

*　　　*　　　*

혁민은 오랜만에 김 사장을 찾았다. 특허 사건으로 알게 된 이후로 서로 보자고는 하면서도 만나기는 쉽지 않았다.

"아이구. 변호사님. 이게 얼마 만입니까."

"그러게요. 사장님도 잘 지내셨죠?"

김 사장은 활짝 웃으면서 혁민의 손을 꽉 잡았다. 혁민이 아니었다면 완전히 망해서 지금쯤 노숙자가 되어 있을 수도 있었다. 그런 혁민을 보게 되니 예전에 소송을 할 때가 새록새록 떠올랐다.

"아. 정말 제가 한번 연락드리고 찾아갔어야 하는 건데요."

"사장님 바쁘신 거야 다 아는데 뭐 어떻습니까. 괜찮습니다."

혁민은 의자에 앉아서 요즘은 사업이 좀 어떠냐고 물었다.

"여전하죠. 그 인간들이 어디 고분고분하게 나올 작자들입니까?"

김 사장은 콧김을 거칠게 내뿜으면서 대답했다. 여전히 훼방을 놓고 괴롭힌다는 거였다. 판로를 막으려는 것은 물론이고 자금줄이나 다른 식으로 장난을 쳐서 위태로웠던 적도 있었다고 했다.

"질기네요. 그래도 대기업이면 좀 대승적으로 생각할 줄도 알아야 하는데……."

"왜 아니겠습니까. 가만히 보니까 우리를 가만히 두면 또 자기들한테 덤벼드는 회사가 생길까 봐 더 그러는 것 같더군요. 우리한테 덤비면 어떻게 된다는 걸 보라는 거죠."

소송만 걸어봐라. 아주 끝까지 물고 늘어져서 망하게 만들겠다, 이런 의지를 보여주는 것이다. 소송에서 이기면 다 잘될 줄 아느냐. 소송에서 이기든 지든 너희는 망할 수밖에 없다. 그러니 우리에게 덤벼들 생각조차 하지 마라.

"그런 걸 아예 공표하는 거죠. 겉으로야 중소기업과 같이 살아가고 어쩌구 하지만 결국은 자기들 이익을 위해서 후려치고 짜내고 그러는 거 아닙니까."

"그런 거는 좀 바뀌어야 하는데 말이죠. 참 문제네요."

"그런 게 바뀌겠습니까. 아마 그런 습성은 영원히 바뀌지 않을 겁니다."

김 사장은 이제는 그런 식으로 좋게 바뀌는 건 포기했다고 했다. 그리고 약점 잡히지 않기 위해서 여러모로 신경을 쓰고 있다고 했다.

"그런데 그것도 만만치 않습니다. 이게 대기업은 국회까지 선이 연결되어 있지 않습니까. 그래서 제품에 하자가 있다는 식으로 시비를 거는 것도 가능하고, 자기들 방식이 표준이 되도록 하는 것도 가능해요. 그래서 중소기업이 힘듭니다."

그런 문제가 있어서 대기업과 손을 잡지 않을 수가 없다고 했다.

"그러면 지금은 어떻게 하시고 계세요?"

"지금이야 명현그룹하고 손을 잡았죠. 혼자서는 불가능합니다. 특허나 기술력이 잘 보호받고 제대로 평가받을 수 있는 국가라면 가능하겠지만, 대한민국이 그런 나라는 아니잖아요."

김 사장은 이 나라에서 사업하려면 어쩔 수 없다고 이야기했다. 그렇다고 적을 진 회사에 굽히고 들어가는 건 싫어서 경쟁사와 손을 잡았다는 거였다.

"그러니까 조금 나아지더라고요. 그런데 무슨 일 있으신 겁니까? 갑자기 연락을 다 주시고."

"아. 뭐 좀 알아볼 게 있어서요."

겸사겸사 온 거였다. 연락만 가끔 하고 보지는 못한 지 오래 되어서 한번 만나야겠다는 의도도 있었고, 혜나의 회사 일 때문에 좀 알아볼 것도 있어서 온 거였다. 그래서 사건을 간략하게 이야기하고는 의견을 물었다.

"그런 거 정보를 알아보려면 아무래도 IT 쪽에 있는 분들이 잘 아실 것 같아서요. 사이버수사대에서도 조사하기는 하겠지만, 아무래도 속도가……."

"하기야 거기서 처리하는 게 사건 하나가 아닐 테니까 아무래도 시간이 좀 걸리겠죠. 뭐 해킹이나 그런 쪽으로야 아는 사람 많습니다. 잘 찾아오신 것 같네요."

김 사장은 껄껄 웃으면서 이야기했다. 마침 직원 중에도 아주 대단한 친구가 있다면서 밖에다가 이야기해서 그 사람을 불렀다.

"그런데 변호사님이 그런 식으로 일하셔도 되는 건가요? 법을 준수하셔야 하는 거 아닙니까?"

김 사장은 뭐가 그렇게 즐거운지 계속해서 만면에 미소를 지으면서 이야기했다.

"다 아시면서 왜 이러십니까. 법대로 해서 할 수 있는 게 어디 있습니까. 사장님 사건 진행할 때도 보셨으면서 그런 얘기를……."

"하하하. 알고 있습니다. 제가 그래서 변호사님을 좋아하는 거 아닙니까. 융통성도 있으시고 무엇보다도 하고자 하는 바가 제가 아주 좋아하는 스타일이거든요."

김 사장은 정말로 그런 편법을 사용하지 않아도 될 때가 오면 좋겠지만, 지금은 어쩔 수 없다고 했다. 그런데 그렇게 일하다 보면 자꾸만 다른 방향으로 빠지는 경우가 많다고 했다.

"그런 식으로 일해보니까 편하고 좋거든요. 그러니까 자꾸만 선을 넘어버리는 거죠. 그런데 변호사님은 그 선은 잘 지키시더라고요."

  죄를 처벌하기 위해서. 그리고 편법을 사용한다고 하더라도 선을 넘지 않는 한도 내에서. 김 사장은 혁민이 그런 변호사였기 때문에 자신이 소송에서 승리할 수 있었다고 생각했다. 하지만 만약 온갖 협잡을 다 하면서 승리했더라면 좋기는 했겠지만, 변호사와 인간적으로까지 친하게 지내고 싶다는 생각은 들지 않았을 것이다.

  그런 변호사라면 언제든 소송이 있으면 맡기기는 할 것이다. 하지만 누가 가깝게 지내고 싶어 하겠는가. 대부분 그냥 웃으면서 같이 술이나 마시다가 필요할 때 써먹는 사람이라고 생각할 것이다.

  하지만 혁민은 그렇지 않았다. 그나마 가끔이라도 연락하고 종종 만나고 싶다는 생각이 떠오르는 건 다 그런 이유에서였다.

"아이고, 변호사님. 잘 지내셨습니까?"

  문소리가 나면서 혁민을 반기는 목소리가 들렸다. 고개를 돌려보니 윤 부장이 반갑다는 표정을 하고서는 혁민에게 다가오고 있었다.

"이야, 정말 오랜만이네요. 전에보다 더 건강해지신 것 같습니다."

"아이구, 살이 쪄서 그런 겁니다. 건강은요. 무슨……."

윤 부장은 확실히 좋아 보였다. 일단 얼굴에 있던 그늘이 보이지 않아서 인상 자체가 좋아 보였다. 그는 이곳에서도 부장으로 일하고 있다고 했다.

"저기 인사드려. 사장님이 가끔 얘기하신 그 변호사님이야."

윤 부장의 말에 뒤에 있던 남자가 고개를 꾸벅 숙였다. 살집이 좀 있는 남자였는데 나이는 그리 많아 보이지 않았다. 이십 대 후반으로 혁민보다는 조금 어려 보이는 정도로 보였다.

"이 친구가 아주 유명한 친굽니다. 한때는 나사하고 미국 국방성도 들락날락했던 친구니까요."

"그게… 끝까지 들어간 거는 아니고……."

남자는 이 자리가 불편한지 계속해서 눈치를 보았다. 그리고 말도 조금 더듬었다.

"일단 앉아서 이야기하죠. 제가 좀 부탁을 할 게 있는 게 시간이 어느 정도 걸리는지 좀 알고 싶어서요."

혁민은 사건 이야기를 했다. 장중범과 계속 연락이 되었더라면 그쪽에 이야기하면 되는 일인데, 이제는 그럴 수가 없으니 직접 정보를 구할 방법을 찾아야 했다. 그래서 이곳에 온 것이었고, 아주 간략하게 사건 개요만 이야기했다.

누군가가 유언비어를 퍼뜨리고 있는데, 몇 가지를 알아내고 싶다고 했다. 누가 최초 유포자인지와 같은 거였다.

"언제? 이런 거 허 대리라면 별로 어렵지 않은 거 아닌가?"

"그런데 어떤 사이트이고 어떤 걸 찾아야 하는지 조금 더 정확하게 이야기를 해주셔야……."

허 대리라고 불린 남자는 조금 더 자세한 정보를 요구했다. 직접 작업에 들어가려면 필요한 거라고 하면서. 그래서 필요한 내용을 조금 더 자세히 이야기했다. 루프리라는 걸그룹과 관련된 사건이고 어떤 식으로 진행되고 있는지에 관해서.

그런데 루프리라는 이야기가 나오자 허 대리의 표정이 조금 변했다.

"루프리 말입니까? 걸그룹 루프리요?"

"그렇습니다만… 그건 왜??"

허 대리는 갑자기 테이블에 손을 척 올리더니 혁민을 뜨거운 눈으로 바라보았다.

"이거… 제가 꼭 맡겠습니다."

허 대리는 루프리의 팬이었다. 그렇지 않아도 자신이 알아볼까 생각 중이었는데, 최근에 회사 일이 워낙 바빠서 그러지 못하고 있었다고 했다.

"일이 바쁜데 제가 공연히 폐를 끼치는 건 아닌가 싶은데요?"

혁민은 일하는 것에 무리가 가는 거라면 굳이 하지 않아도 된다고 했는데, 허 대리가 손을 휘저으면서 급히 대답했다.

"아뇨. 일 거의 마무리했습니다. 이거만 끝나면 시간

이……."

"어? 허 대리. 아직 완성하려면 시간이 좀 걸린다고 하지 않았던가?"

허 대리의 대답에 윤 부장이 눈을 날카롭게 하고는 질문했다. 그러자 허 대리는 당황하면서 횡설수설했다.

"예? 아니, 그게… 그러니까……."

결국, 허 대리는 최근에 집에 가서도 계속 일에 매달려서 거의 마무리가 된 상황이라고 털어놓았다. 일을 빨리 끝내고 다른 곳 해킹이나 루프리 관련해서 좀 알아볼 생각이었다는 거였다.

그런데 일을 끝낸 건 알게 되면 다른 일을 시킬까 봐 아직많이 남았다고 이야기한 거라고 말하고는 허 대리는 김 사장과 윤 부장의 눈치를 살폈다.

혁민은 약간 세상물정 모르는 순수한 사람의 느낌을 받았다. 조금만 융통성이 있는 사람이라면 그냥 열심히 해서 빨리 끝내겠다는 말이라고 둘러댔을 텐데 말이다.

"근무 외 시간에도 일해서 일정을 앞당겼다면야 누가 뭐라고 하겠나."

김 사장은 원래 일정보다 앞당겼으니 남는 시간 동안은 혁민의 일을 도와도 좋다고 했다.

"대신 프로그램이 제대로 돌아가는지는 확인을 하고 나서야. 급하게 하다 보면 문제가 되는 곳이 나오기 쉬운 거 아닌가."

"그건 걱정하지 않으셔도 됩니다……. 그러니까… 제가 미리 다 돌려보고……."

허 대리는 자신이 이미 자체 테스트까지 마쳤다고 이야기했다. 김 사장과 윤 부장은 그래도 일단은 확실하게 테스트한 이후에 이야기를 해주겠다고 말했다. 하지만 허 대리는 여유 만만이었다. 자신의 프로그램에 문제가 없다는 걸 확신하는 모양이었다.

김 사장과 윤 부장은 회사 일로 잠깐 이야기를 했는데, 그사이에 허 대리는 혁민에게 바짝 붙어서 어떤 걸 찾으면 되는 거냐고 물었다.

"혹시… 루프리를 직접 볼 수도 있을까요?"

허 대리는 주저하다가 혁민의 눈치를 살피면서 이야기했다.

"필요하다면야 만나는 것 정도야 뭐 어렵겠습니까. 그런데 굳이 봐야 할 필요가 있나요?"

"예? 어… 그러니까… 그게 이런저런 걸 좀 들어봐야 찾는 데도 도움이 되고……."

혁민은 계속해서 허 대리를 놀릴까 하다가 그냥 한번 자리를 마련하겠다고 이야기했다. 만나는 거야 어려운 일도 아니었으니까.

그리고 바로 다음 날, 혁민은 허 대리를 데리고 혜나의 회사로 찾아갔다. 그리고 걸그룹 루프리 멤버들을 만났다. 허 대리는 처음에는 굉장히 들떠 있었는데, 멤버들이 굉장히 의기소침해 있는 걸 보더니 나와서 분통을 터뜨렸다.

"아니, 어떤 씨바랄라 새뀌들이. 확 그냥… 어… 저기… 그러니까……."

허 대리는 욕을 하다가 혁민을 보고는 갑자기 말을 더듬었다.

"괜찮아요. 그나저나 찾을 수는 있을 것 같습니까? 시간은 어느 정도 걸릴까요?"

"찾을 수 있습니다. 제가 장담하죠. 인터넷도 반드시 흔적이 남게 되어 있거든요. 오히려 현실에서 수사를 하는 것보다 어떻게 보면 더 쉽죠."

허 대리는 자신만만하게 대답했다. 틀림없이 찾을 수 있다고.

"시간은 음… 이건 확실하게 말씀드리기가 좀 그런데… 아마 며칠이면 될 겁니다.."

"며칠이요? 굉장히 빠르네요?"

"뭐… 우리나라 사이트들 보안이 개판이거든요. 정보 빼내려고만 하면 얼마든지 빼낼 수 있어요. 그러니 조사하는 것도 어렵지 않죠."

허 대리는 지금 당장 가서 작업을 시작하겠다고 했다.

"이런 게 가장 악질이거든요. 뒤에 숨어서 사람 등에 칼 꽂는 거하고 똑같아요. 이런 건 가만히 두면 안 됩니다. 절대로요."

허 대리는 무언가 비장한 표정으로 이야기했다. 표정을 봐서는 무언가 사연이 있는 것 같았는데, 민감한 이야기일 것 같아서 바로 물어보지는 못했다.

"며칠 내로 제가 싹 털어서 알려 드리겠습니다. 어떤 것들이 이딴 짓을 했는지……."

Chapter 6
찍히면 죽는다

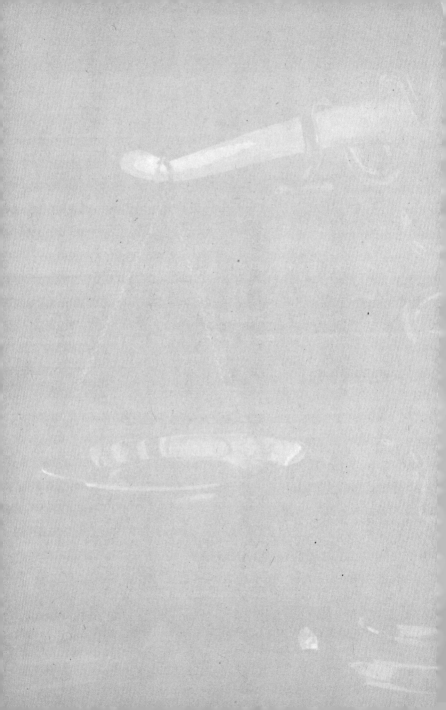

"이야, 정말 눈 뜨고 볼 수가 없네."

아무래도 화제가 되다 보니 기사도 올라왔다. 유명한 그룹은 아니라서 그다지 많이 다루어지지는 않았는데, 거기에 댓글 달린 걸 보면 정말 난리도 아니었다. 인기가 없으니 노이즈 마케팅을 한다는 소리는 정말 양반 중의 양반이었다.

"이건 정말 어떻게 해야 하는 거 아닌가요? 저도 심하다는 이야기는 들었는데, 이 정도일 줄은⋯⋯."

위지원 변호사도 댓글을 보다가 고개를 절레절레 저었다. 도저히 계속해서 볼 수가 없었던 것이다. 보고 있자니 울화통이 터지고 짜증이 치밀어 올랐다. 정말 당사자가 앞에 있다면 멱살을 잡고 뺨을 후려갈길 것 같았다.

제삼자가 보기에도 이런 정도인데 당사자야 어떤 심정이겠는가. 위지원 변호사는 가만히 참고 있는 아이들이 오히려 신기하게 보였다.

　"그런데 이거 헛소문이라고 다 발표하지 않았어요?"

　"했지. 그리고 경찰에서 조사 중이고 정도가 심한 악플은 법적으로 대처하겠다고도 했지."

　"그런데 왜 그러는 거예요?"

　위지원 변호사는 이해가 되지 않는다는 듯 물었다. 분명히 아니라고 발표도 했고, 증거도 제시했다. 동창이나 지인들이 사실이 아니라는 이야기도 했고. 하지만 소용없었다.

　인터넷에 떠도는 이야기만 보면, 소문의 당사자인 예라는 학교에서는 일진이었고, 중고등학교 때부터 술과 담배를 했으며, 남자관계가 문란한 아이였다.

　혁민은 소문이 사람 하나를 어떻게 망가뜨릴 수 있는지 똑똑히 보았다.

　"자신들은 무조건 옳다는 전제로 시작해서 그렇지 않을까? 그러니까 판단을 하는 게 아니라 자기 말만 하는 거지."

　혁민은 정보를 종합해서 판단하는 것이 아니라 답이 이미 정해져 있어서 그럴 거라고 했다.

　"저 아이는 문란하고 쓰레기 같은 여자. 이미 머리에는 그렇게 박혀 있는 거야. 그러니까 어떤 소리를 해도 그건 전부 조작된 정보고 그렇게 말하는 사람은 전부 다 알바인 거지."

　"이상하지 않아요? 그냥 상식적으로 조금만 생각해도 그게 아니라는 거 알 수 있을 것 같은데… 도대체 무슨 생각을 하면 그렇게 될 수 있을까요?"

자신의 상식으로는 이해할 수 없다며 위지원 변호사는 한숨을 내쉬었다. 그건 혁민도 마찬가지였다.

"문제는 그러면서도 자신들은 정의를 외치고 있다고 생각한다는 거겠지. 자신들은 잘못이 없다고 생각하니까 반복해서 그런 일이 일어나는 걸 거야."

"정의요? 아니 나이도 어린 애들 뒤에서 험담하는 게 무슨 정의예요? 정말 웃겨."

위치원 변호사는 코를 찡그리면서 샐쭉거렸다. 그런 게 정의라고 말하는 사람들이 정말 마음에 들지 않는다는 듯이.

"잘은 모르겠지만, 사회에 정의가 너무 없어서 그럴지도 모르지. 우리라도 정의를 외쳐야 한다, 뭐 그런 심리가 사람들 사이에 있어서 그런 거 아닐까?"

"그러면 제대로 된 정의를 이야기해야죠. 대상이 잘못되었잖아요. 정말 부패하고 추악한 사람이나 사건에 나서야지 이런 건 아니죠."

다른 때와는 달리 위지원 변호사의 말에 힘이 잔뜩 실려 있었다. 그만큼 분개하고 있다는 증거였다.

"이런 거 하는 사람들은 정의가 뭔지도 모르는 사람들이에요. 그저 정의의 용사 놀이를 하고 싶은 사람들이지. 아마 정말 나서야 할 때는 나서지도 못할 걸요? 어떻게 이렇게 어린애들한테… 그것도 잘 알아보지도 않고……."

위지원 변호사는 루프리의 예라와 다른 멤버들이 불쌍하다면서 안쓰러워했다. 그러면서 다 잡아다가 처벌해야 한다고 이야기했는데, 사실 아무리 악플을 달아도 법적으로 처벌하기란 쉽지 않았다.

초범이고 뉘우치면 실형까지는 받지 않는 게 대부분인 데다가 유명인은 그런 식의 악플은 어느 정도 감내해야 한다는 분위기가 있었다. 대중적인 인기로 먹고사니 그런 식의 부작용을 어느 정도는 감수해야 한다는 거였다.

"저도 알기는 하지만, 그래도……."

아직 미성년자이거나 성인이라고 해봐야 갓 스물이 된 아이들이었다. 아직 세상의 험한 여파를 정면으로 마주하기에는 어린 나이. 위지원 변호사는 그래서 더 걱정된다고 했다.

"어? 허 대리가 뭔가 보냈다는데?"

혁민은 문자를 확인하고는 바로 메일을 열었다. 위지원 변호사도 궁금했는지 혁민을 따라와서 어떤 내용인지 같이 보았다.

"어디 보자. 일단 최초 유포자는 조금만 있으면 찾을 것 같다고 하고……."

추적이 어렵지 않아서 곧 최초 유포가 어디서 누구에 의해 진행되었는지 찾을 것 같다고 이야기했다. 그러면서 지금까지 조사한 내용을 간략하게 정리한 것도 보내왔다.

"집중적으로 공격하는 곳은 세 곳이라고 하는데?"

"공격이요?"

"어. 그러니까 악플을 지속적으로 달고 그러는 거. 그런데 너 인터넷 너무 모르는 거 아냐?"

혁민은 위지원 변호사에게 너무 모르는 거 아니냐고 말하면서 고개를 들어 그녀를 쳐다보았다. 그러자 위지원 변호사는 멋쩍은 듯 웃으면서 뺨을 긁적이다가 귀엽게 항변했다.

"저는 선배님 같은 천재가 아니라구요. 사법시험 합격도 겨우겨우 했구요, 연수원에서는 따라가기도 힘들었다구요. 인터넷 같은 거 할 시간이 어딨어요. 책하고 자료 보기도 바쁜데……"

혁민은 고개를 끄덕였다. 사실 사법시험 공부하고 연수원 나오려면 다른 걸 할 시간이 거의 없었다. 자신이야 이런저런 이유로 다른 세상일에 대해서도 많이 알고 있었지만, 이제 연수원을 나온 지 얼마 안 되는 위지원 변호사야 그런 걸 모를 수도 있겠다는 생각이 들었다.

"하긴 그렇긴 하다. 아무튼, 세 군데가 집중적으로 공격을 한대."

"그게 어딘데요?"

혁민은 자료를 확인하기 위해서 보내온 첨부 파일을 열었다.

"음… 하나는 팬클럽이래. 같이 사진을 찍은 남자 중에서 지금 데뷔를 한 사람이 있는 모양이야. 그 남자애도 그렇게까지 유명해지는 않지만."

그 남자애의 팬클럽에서 나선 것이다. 이해는 되었다. 자신이 좋아하는 아이돌. 그런데 예전에 다른 여자와 관계가 있었다? 그것도 문란한 아이와 말이다. 인정하고 싶지 않을 것이다. 그리고 모든 문제는 그 여자 때문이라는 생각도 할 것이고.

"그래도 여기는 숫자가 많지 않아서 그렇게까지 화력이 좋지는 않다고 하네. 소수가 아주 격렬하게 활동을 하지만 말이야……."

"거기는 그래도 이해가 되기는 하네요. 그럼 다른 두 군데는요?"

혁민은 다른 두 군데가 어디인지 살폈다. 허 대리는 혁민이 인터넷 문화에 관해서 잘 모를지도 모른다고 생각해서인지 아주 자세한 설명을 덧붙였다. 루프리 멤버를 직접 보게 해준 답례일지도 모르고.

"한 곳은 주로 남자들 모인 곳인데? 주로 여성 비하하고 그러는 곳이래."

주로 성적인 댓글을 많이 다는 곳이었다. 그런 식으로 데뷔까지 한 것이 아니냐는 식의 댓글이나, 성적으로 자신과도 어떻게 하자는 식으로 비아냥거리는 댓글을 주로 많이 달았다.

"와! 정말 세상에는 쓰레기가 넘쳐 나네요. 뭐 이런 것들이 다 있지?"

간추린 몇 개의 댓글을 보고도 위지원 변호사는 화를 참지 못했다. 남자인 혁민이 보기에도 민망할 지경이었으니 여자인 위지원 변호사야 어떻겠는가.

"크흠… 그리고 마지막 하나는……."

혁민은 재빨리 화제를 바꾸었다. 그러면서 자료 내용을 쓱 보았는데, 조금 놀라웠다. 정말 이상한 사람들만 모인 곳이라고 생각했는데, 생각 외로 인원수가 많았기 때문이었다. 활동도 무척 활발했고. 혁민은 정말 세상은 알 수 없는 거라는 생각이 들었다.

'이런 게 원래 있었나?'

혁민은 기억을 더듬어봤는데 딱히 떠오르는 건 없었다. 예전에는 이 시기에 너무나도 바빠서 이런 일에는 신경 쓸 틈이 없었기 때문이었다.

"마지막은요?"

위지원 변호사는 날카로운 목소리를 냈다. 혁민은 생각하던 걸 멈추고 재빨리 다음을 훑어보았다.

"이번에는 주로 여자들이 모인 사이트인데?"

"여자들이요?"

위지원 변호사는 이해가 안 된다는 듯 이야기했다. 아니, 이런 일이 있으면 여자들이 더 분노해서 결백을 외쳐야 할 것 같은데 오히려 헐뜯고 있었으니 말이다.

"여기도 무척 재미있는 곳이네……."

다른 곳도 모두 제정신은 아니었지만, 이곳도 만만치 않았다. 허 대리는 원래는 그런 곳이 아니었는데 이상하게 변질된 곳이라고 했다.

"여기에 찍히면 무차별적인 공격이 쏟아진다는데? 내부에서 여론 몰이를 해서 목표를 정하면 아주 체계적으로 움직이는 모양이야."

"무슨 전쟁이라도 하는 것 같네요?"

"그런데 처음에는 그렇지 않았는데 이제는 수가 많아지다 보니까 엄청난 권력을 휘두른다는 거야. 그리고 운영진도 독단적으로 변했고."

위지원 변호사는 부패하지 않는 권력은 없는 것 같다면서 혀를 끌끌 찼다.

"맞는 말이야. 견제할 방법이 없는 권력은 부패할 수밖에 없지."

"그러니까요. 그런 건 정치권이나 동호회 같은 작은 조직이나 다 마찬가지인가 봐요."

"인간의 본성인가 보지."

혁민은 이렇게 세 곳에서 거세게 밀어붙이고 있어서 좀처럼 잠잠해지지 않고 있다고 했다. 그런데 조금 이상한 점은 계속해서 무언가 소스가 나온다는 거였다.

"지어낸 것도 있긴 한데, 사진이나 예전 이야기 같은 게 계속 나오는 거 보면 누군가가 계속해서 소스를 제공하는 것 같다는데?"

하지만 조만간 잡을 수 있을 것 같다고 했다.

"도대체 누가 그랬는지 진짜 궁금하네……."

"그것도 그거지만 애들은 좀 어때요?"

"뭐, 그냥 그렇지… 좋을 리가 있겠어? 그냥 견딜 수밖에……."

"하기야… 견뎌내는 것밖에는 없으니까……."

위지원 변호사의 목소리가 너무 서글픈 것 같아서 위로의 말을 전하려고 했는데, 갑자기 울리는 전화 소리가 그의 행동을 방해했다. 액정에는 혁민이 잘 아는 동기 변호사의 이름이 찍혀 있었다. 지방에 내려갔을 때 혁민이 찾아간 변호사 중 한 명이었다.

"웬일이냐? 전화를 다 하고?"

—야. 너 때문에 아주 죽겠다.

"그건 또 무슨 소리야?"

동기 변호사는 어떤 사람이 찾아와서는 사건을 의뢰했는데 자꾸만 증거를 왜 찾지 않느냐고 다그쳤다는 거였다.

—그래서 내가 얘기했지. 변호사는 탐정이 아니라고.

"아아~ 하기야 그렇게 오해하는 사람들이 많기는 하지."

변호사에게 사건을 맡기면 증거도 찾고 여기저기 조사도 하면서 다닐 것이라는 생각을 가졌다면 버리는 게 좋다. 변호사는 법리적인 문제를 해결해 주는 사람이다.

간혹 미드에 보면 로펌에 조사원이 있어서 활약하는 경우가 있다. 그걸 보고 자신도 변호사에게 사건을 맡기면 그렇게 하리라는 생각을 하는 사람도 있다. 물론 그렇게 할 수도 있다. 그만큼 돈과 시간을 더 준다면 말이다.

—그랬더니 자기가 아는 변호사는 그런 것도 다 해줬다고 떼를 쓰는 거야. 그래서 내가 그런 변호사가 어디 있느냐고

했지.

그 뒤는 듣지 않아도 알 수 있었다. 그 사람은 혁민의 이야기를 하면서 왜 그렇게 해주지 않느냐고 했다. 그 말을 들은 변호사는 난감할 따름이고.

—야. 니가 그렇게 하니까 그 사람은 다 그러는 줄 알잖아. 그리고 돈도 거의 받지 않았다면서? 아주 성자 나셨어요.

"가끔 프로보노같이 해주는 경우가 있기는 한데……."

혁민은 그래도 사건은 가려서 한다고 했다. 다른 곳에 가도 해결할 수 있을 것 같은 사건은 맡지 않고 까다롭거나 흥미로운 사건만 맡아서 했으니까.

—아무튼, 니 덕에 아주 죽겠다, 죽겠어.

"엄살은. 그래도 요즘 같은 때 사건 잘 들어오는 것만 해도 다행이지."

—그런가? 하기야 요즘은 변호사들도 영업 다니고 그러더라.

변호사가 워낙 많아지다 보니 자기 일거리는 자기가 챙겨야 했다. 그래서 평소에는 잘 다니지 않던 종교 시설에 나가거나 모임에 참가하기도 했다. 그렇게 해서라도 안면을 터놔야 뭐가 생겨도 생기니까.

—야간 대학원 나가는 친구도 있더라.

"대학원에?"

—그래. 경영 대학원 있잖아. 인맥 다지러 가는 데.

혁민은 누군지 몰라도 상당히 머리를 잘 썼다는 생각을 했다. 거기에 오는 사람들은 그래도 어느 정도 자리를 잡은 사람들이다. 대기업에 다니거나 자신이 직접 회사를 운영하는 사람도 있다.

그러니 그중에서 한두 명만 고객으로 잡을 수 있어도 큰 도움이 될 것이다. 기업의 소송을 맡게 되면 단가가 달라지니까.

―그건 그렇고 넌 결혼 안 하냐? 저번에는 조만간 할 것처럼 이야기를 하더니…….

"어, 그게…….."

혁민은 사정이 있어서 시간이 좀 걸릴 것 같다고 이야기했다. 자세한 이야기야 하기 좀 그래서 대충 둘러댄 거였다. 그 이야기를 한 혁민의 표정이 급격하게 어두워졌다. 율희의 기억이 좀처럼 돌아오지 않아서 답답했기 때문이었다.

동기 변호사는 얼마 후에 서울에 갈 일이 있으니까 그때 한번 보자고 이야기했다. 원래 이야기하고자 한 거는 이 이야기인 듯했다.

"그래. 올라오면 연락해."

혁민은 그렇게 대답하고는 전화를 끊었다. 그러고는 딱딱하게 굳은 표정으로 율희 생각에 잠겼다.

그 시각 율희는 노트에 무언가를 끄적이고 있었다.

"돈 밝히고, 싸가지 없고, 독종에다가 괴짜. 음… 내가 이 사람을 좋아한 게 맞는 건가?"

율희는 고개를 살짝 기울이면서 이상하다고 중얼거렸다.

*　　　*　　　*

　허 대리는 바로 다음 날 최초 유포자를 찾았다면서 혁민을 찾아왔다.

　"뭔가가 있기는 한 것 같던데요?"

　허 대리는 최초 유포자가 사진과 글을 올리고 얼마 지나지 않아서 삭제했는데, 퍼간 사람들과 다른 흔적을 찾아서 누가 가장 먼저 올린 것인지를 알아냈다고 했다. 그는 자세한 방식을 이야기하려고 했는데 혁민이 가로막았다. 어차피 이야기해도 혁민은 잘 모르는 일이니까.

　"이 아이디의 주인이라 이거지요?"

　"예. 그리고 음……."

　허 대리는 이건 비밀로 해달라고 하면서 유포자의 정체까지도 알려주었다. 혁민은 허 대리를 쳐다보았다. 그건 어떻게 알았느냐는 것을 묻는 표정으로. 허 대리는 머리를 긁적이면서 대답했다.

　"알아내는 방법이 다 있죠. 우리나라 사이트 보안이야 뭐……."

　"아니, 그런 걸 그렇게 손쉽게 알 수 있는 거예요?"

　혁민의 말에 허 대리는 손을 휘저었다.

　"아니, 그게 무슨 말씀이세요. 손쉽다니요. 이게 얼마나 복잡하고 정교한 작업인데요. 이게 어떻게 되는 거냐 이야기를 하면요……."

허 대리는 흥분해서 결코 쉬운 작업이 아니며, 무척이나 공이 드는 작업이라고 이야기했다. 그리고 상당한 솜씨가 아니면 어렵다면서 침을 튀겨가면서 작업 내용을 이야기했다.

"그러니까 실력도 좋아야 하고, 시간도 좀 걸리는 작업이라는 거네요?"

"그럼요. 이게 다 제가 미리미리 다 작업을 해놔서 그런……."

허 대리는 이야기를 하다가 말을 멈추었다. 해킹을 위해서 평소에도 이런저런 작업을 하고 있다는 말을 무심코 뱉었기 때문이었다.

"그러니까… 하하하……."

"괜찮습니다. 못 들은 걸로 하죠."

혁민은 특별한 범죄만 저지르지 않는다면 관여치 않겠다고 이야기를 했고, 허 대리는 멋쩍게 웃었다. 절대로 그럴 일은 없을 거라면서. 단지 자신의 실력을 테스트하고 재미 삼아 하는 거라면서.

"음… 공소윤이라……."

나이 어린 여자아이였다. 그런데 허 대리는 공소윤이라는 여자아이가 글을 올리고 나서도 계속해서 활발하게 활동했다고 이야기했다.

"여기 보시면 아시겠지만, 다른 아이디로 들어가서는 댓글도 달고 별짓을 다 했더라고요."

허 대리는 거의 온종일 붙어서 작업을 했다고 이야기했다. 그리고 같은 아이피로 작업을 한 걸 정리한 서류를 보여주었다.

"흐음… 이 정도면 뭔가 사연이 있는 것 같은데… 원한 같은 건가?"

보아하니 예라를 잘 아는 것 같았다. 그런 사진 같은 건 모르는 사람이 구하기 어려운 것이었으니까. 그러고 보니 공소윤은 예라와 나이가 같았다.

"경찰에 찔러주는 게 좋을까? 아니면 검찰에다가 바로 이야기를 할까……."

혁민은 잠깐 생각하다가 검찰에 바로 이야기를 하는 게 더 나을 것 같다고 판단했다. 그리고 한 사람이 생각났다.

"가만. 차 검사 관할이잖아?"

혁민은 차동출 검사를 만나야겠다고 생각했다. 그러면 빠르고 확실하게 처리해 줄 것이다. 비록 지금은 공판 검사를 하고 있어서 수사 지휘는 하지 않지만, 누구에게 맡기면 가장 좋을지 잘 알고 있을 것이다.

"그러면 곧바로 처리되나요?"

"뭐, 수사도 해야 하고 그렇긴 하지만 거의 바로 처리가 되긴 할 겁니다. 인터넷에서 이야기가 도는 거야 어쩔 수 없겠지만……."

"아… 그래서 제가 또 좀 모아본 게 있는데……."

허 대리는 슬그머니 다른 자료를 보여주었다. 악플 중에서도 정도가 심한 것들을 지속적으로 달아온 아이디 목록이었다. 비전문가인 혁민이 보기에도 알아보기 쉽게 정리가 깔끔하게 되어 있었다.

"우와~ 이거면 경찰들 일할 거가 확 줄겠는데요?"

"빨리 해결되어서 다시 활동 활발하게 했으면 해서요……."

허 대리는 그렇게 말하고는 딴청을 피웠다. 쑥스러웠던 모양이었다. 혁민은 허 대리가 정말로 루프리의 열성 팬이라는 걸 알 수 있었다. 그리고 그가 해킹에 상당한 실력자라는 것도.

"그런데 말씀하신 그거는 완전 좋던데요? 어떻게 그런 생각을 하실 수 있어요?"

"뭐… 조금만 생각하면 되는 거죠."

허 대리는 혁민에게 정말 감탄했다면서 탄성을 내뱉으며 엄지를 척 올렸다. 그는 정말로 감탄하고 있었다. 혁민의 방법이 아직은 큰 효과를 보지 못하고 있었지만, 조만간 분위기가 확 변하리라 생각되었으니까.

허 대리가 좀 움직이기는 했지만, 혁민의 아이디어가 없었다면 절대로 그런 생각을 하지 못했을 것이다. 알고 나면 아주 간단한 것인데 쉽게 생각나지는 않는 그런 것. 콜럼버스의 달걀 같은 거였다.

허 대리가 계속해서 눈을 빛내면서 자신을 쳐다보자 부담스러워진 혁민은 얼른 화제를 돌렸다.

"그런데 회사는 좀 어때요?"

"사실 좀 어려운 것 같아요. 어차피 대기업이 다 거기서 거기잖아요."

독자적인 기술력이 있지만, 사용해 주지 않으면 그만이다. 그리고 그런 기술력을 가지고 있다고 해도, 대기업이 금방 따라 할 수도 있다.

"제가 잘은 모르는데, 거현의 조 이사가 아주 이를 갈고 있다고 하더라고요."

조 이사는 교도소에 들어갔다가 얼마 지나지 않아서 특사로 풀려났다. 원래 다 그런 것 아니겠는가. 그리고 나와서는 전과는 비교도 할 수 없을 정도로 독하게 굴었다고 했다.

보이는 곳에서야 어떻게 하기 어려우니까 온갖 방법을 동원해서 괴롭혔는데, 그래도 어찌어찌 버티고 있다고 했다.

"하기야 작정하고 망하게 하려고 덤비면 버티기 어렵긴 한데……."

"그러니까요. 그러니까 기술 개발 누가 하려고 하겠어요? 다 지들이 공짜로 빼먹으려고 하는데… 중국이 기술 카피한다고 뭐라고 할 게 아니라니까요."

허 대리는 개발자 출신이어서 그런지 기술 개발과 관련해서 관심이 많았다. 그는 기술 개발과 관련해서 불만을 성토했는데, 환경도 좋지 않고 보호도 못 받는다면서 열변을 토했다.

"점점 더 기술이나 아이디어가 중요한데……."

예전에야 값싼 고급 노동력이 중요했다. 기반도 취약하고 모든 것이 부족했으니까. 게다가 자원이라고 할 것도 없지 않은가. 그런데 이제는 상황이 다르다. 앞으로는 창의력과 기술력이 점점 더 중요한 시대가 된다.

미래가 어떻게 흘러간다는 걸 알고 있는 혁민은 그런 게 더욱 안타까웠다. 지금이나 미래나 별 차이가 없었다. 기술 개발을 해도 그걸 가지고 기업을 세워서 뭔가를 한다는 건 어려웠다.

그걸 빼먹으려는 손이 사방에서 덤벼들었기 때문이었다. 아이디어도 마찬가지였다. 돈줄 막고 판로 막아버리면 작은 회사는 금방 말라 죽는다. 그렇게 하고 핵심적인 것만 쏙 빼먹는 행태가 미래에도 계속된다.

"아무튼, 수고했습니다. 제가 이거 가지고 확실하게 처리하도록 하죠."

"예. 제발 좀 빨리 처리해 주세요. 그리고… 저기… 회사에 갈 일은 없나요? 가실 일 있으면 저도 같이……."

허 대리는 다시 회사에 가서 루프리 멤버들을 만나고 싶은 모양이었다. 혁민은 그렇지 않아도 내일 갈 예정인데 같이 가자고 이야기했다. 허 대리는 감사하다면서 혁민의 손을 꼭 잡았다. 그러고는 밖으로 나갈 때까지 계속해서 히죽거리면서 웃었다.

*   *   *

여전히 인터넷은 진흙탕이었다. 루프리를 공격하는 글로 넘쳐 났는데, 그 와중에 약간의 변화가 나타나기 시작했다. 루프리를 옹호하는 글들이 조금씩 늘어나기 시작한 거였다.

"참 재미있다니까?"

"뭐가요?"

위지원 변호사는 재미있는 거 있으면 같이 알자고 하면서 혁민에게 다가왔다.

"이거 좀 봐. 이제는 루프리 옹호하는 글도 제법 된다니까?"

"그래요? 어디요?"

혁민은 모니터를 돌려 위지원 변호사에게 보여주었다. 거기에는 루프리에 대한 글이 주르륵 달려 있었는데, 제법 팽팽하게 맞서고 있는 것처럼 보였다.

"어머. 얼마 전하고는 완전히 분위기가 달라졌네요?"

"다행이야. 생각한 대로 잘 흘러가서."

위지원 변호사는 어떻게 했길래 이렇게 분위기가 바뀔 수 있느냐고 물었다. 혁민은 잠깐 뜸을 들여서 애를 태웠다.

"선배니임~ 후배한테 좀 알려주세요. 그래야 저도 보고 배우죠."

"변호사가 이런 걸 알아서 뭐하게. 그냥 법리 공부나 더 하는 게 좋지."

"에이, 저는 이런 게 더 재미있단 말이에요. 알려주세요, 녱?"

위지원 변호사가 졸라대자 혁민은 웃으면서 어떻게 된 일인지 말해주었다.

"그냥은 이게 진정이 될 것 같지 않더라고. 그리고 어떤 증거를 들이밀어도 상대는 받아들이지 않을 것이고."

"그렇죠. 답이 이미 정해져 있는 사람들이니까요."

"그렇다고 고소를 하겠다는 둥 하면 오히려 역효과야. 반발만 심해질 테니까."

위지원 변호사는 고개를 끄덕였다. 그래서 대응하는 게 쉽지 않은 거 아니겠는가. 위지원 변호사도 거기까지는 잘 알았다. 그래서 더욱 갑자기 루프리를 옹호하는 사람들이 왜 이렇게 많이 늘었는지가 궁금했다.

루프리를 옹호하면 완전히 매장당하는 분위기여서 팬들도 쉽사리 나서지 못하고 있는 분위기였다. 그녀는 도저히 방법을 모르겠다는 표정으로 혁민을 빤히 쳐다보았다. 이 천재적인 머리를 가진 선배가 어떤 신기한 수를 부렸는지 궁금해하면서.

혁민은 슬며시 웃으면서 자신이 어떤 일을 했는지 이야기해 주었다.

"인터넷에 보면 서로 사이가 좋지 않은 그런 사이트가 있거든. 혹은 악연이 있다거나 말이야. 그런 데 중에서 화력이 좋은 데를 좀 알아봤지."

혁민은 화력이라 함은 인원수도 많고 일이 터지면 적극적으로 행동하는 그런 의미로 알면 된다고 말하고는 이야기를 이어나갔다.

"알아보니까 그런 데가 제법 많더라고. 그리고 전에 악연이 있는 곳도 있었고 말이야. 그래서 거기다가 슬쩍 흘렸지."

"뭘요? 뭘 흘려요?"

루프리를 공격하는 데가 지금 마녀사냥을 하는 것 같다. 증거가 명백한데도 한 사람을 완전히 나락으로 떨어뜨리고 있다. 이런 식으로 글을 올렸다.

그랬더니 즉각 반응이 있었다. 원래 사이가 좋지 않던 곳이면 뭘 해도 미워 보이는 법이다. 게다가 상대가 하는 짓거리를 보니 완전히 추잡한 짓이었다. 알아보니까 루프리 멤버인 예라가 그러지 않았다는 증거도 많았고.

"그래서 몇 군데서 참전했지. 화력이 좋은 데가 움직이니까 편하긴 하더라."

혁민은 호쾌하게 웃었다. 인원수가 많다 보니 아주 편했다. 알아서 증거를 찾아서 들이밀면서 공격하는 것에 대응했다. 팬들이야 수가 워낙 적어서 일방적으로 밀렸지만, 새로 참전한 곳들은 그렇지 않았다.

"아직까지는 조금 밀리는 것 같은데 곧 전세가 역전될걸?"

"우와… 그러니까 루프리를 공격하는 적을 어떻게 하는 게 아니라, 도와줄 아군을 만든 거군요. 이야, 역시 선배님이라니까."

위지원 변호사는 정말 좋은 방법이라고 이야기했다.

정말 좋은 방법이었다. 아군이 생기자 팬들이나 그동안 억울하지만, 가만히 있었던 사람들도 적극적으로 나서기 시작했다. 그렇게 분위기가 바뀌자 루프리가 어떤 그룹인지 찾아보는 사람도 생겼고.

"상대도 좀 당황하는 것 같더라고. 원래는 자기들이 이렇게 움직이면 다 자기들 뜻대로 되어야 하는데 분위기가 점점 이상해지고 있으니까."

하지만 이제부터가 시작이라고 혁민은 이야기했다. 그렇게 이야기를 하고 있을 때 허 대리가 고개를 빼꼼히 내밀며 혁민에게 인사했다.

"안녕하세요. 저기……."

말을 하지 않았지만, 혁민은 허 대리가 무슨 말을 하려고 하는지 알 수 있었다. 루프리를 보러 언제 가는지가 궁금한 것이다. 이야기하느라고 그가 사무실에 온 걸 듣지 못한 모양이었다.

"슬슬 갑시다. 위 변호사는 오늘 법원 가야지?"

"예, 저는 시간이 조금 남았으니까 일 좀 더 하다가 갈게요."

"그래. 같은 방향이면 좋았을 건데 방향이 다르니까……."

혁민은 허 대리와 함께 오혜나의 회사로 향했다. 허 대리의 소원대로 루프리 멤버와 만났는데, 혁민은 허 대리만 남겨놓고 오혜나와 함께 빠져나왔다.

혁민이 나가려고 하자 허 대리는 당황해서 허둥거렸는데, 혁민은 평소에 좋아하던 루프리 멤버들하고 이야기나 좀 하고 있으라고 이야기했다. 허 대리는 좋긴 좋은데 어찌할 바를 모르겠다는 아주 기묘한 표정을 하고서 안절부절못했다.

혁민은 사장실로 가면서 슬쩍 뒤돌아 허 대리가 어떻게 하는
지 보았는데, 그는 아무런 말도 못 하고 있었다. 오히려 루프리
멤버들이 먼저 다가와서 이야기를 걸자 깜짝 놀라기도 했다.

"참 재미있는 사람이야."

"그런데 요즘 분위기 바뀐 게 니가 한 거라고?"

오혜나는 옹호하는 글이 많아져서 애들도 힘을 좀 되찾았다
면서 정말 고마워했다.

"야, 그런데 넌 정말 잔머리는 대박이다. 어떻게 그런 생각
을 했어?"

"잔머리라니. 엄연히 병법이라고, 병법."

"그래. 어쨌거나 정말 한숨 돌렸다. 이제는 인터넷에 들어
가서 봐도 전처럼 그렇게 울화통 터지진 않더라."

오혜나는 이제야 좀 살 것 같다면서 혁민의 어깨를 팡팡 두
들겼다. 혁민은 오혜나가 내색은 하지 않았지만, 그동안 마음
고생이 무척 심했었다는 걸 알 수 있었다.

"이제 시작이야. 앞으로가 더 볼만할 거다."

"나야 그것보다 얼른 정리돼서 애들 활동할 수 있으면 좋겠
다. 얼마 뒤에 큰 공연이 있거든. 거기 애들 내보내려고 하는
데 갑자기 이런 일이 터져서……."

혁민은 조만간 일은 정리가 될 거라고 이야기했다.

"걱정하지 마. 그룹 이름도 루프리텔캄에서 따왔다면서. 모
든 게 다 이루어지는 주문이라고 했지? 그러니까 다 잘될 거다."

　　　　*　　　*　　　*

　혁민은 일이 잘 해결되리라 생각했지만, 일은 생각대로만 흘러가지는 않았다. 출근하는 길에 인터넷을 검색하고 있었는데, 점점 더 격해지고 추잡한 양상으로 흘러갔다.

　"이제는 아예 발악을 하는데?"

　공방이 치열해지자 점점 더 자극적인 내용이 인터넷에 퍼졌다. 그 진원지에는 최초 유포자가 있었다. 어떤 원한이 있는 것인지는 모르겠지만, 계속해서 예라에 대한 유언비어를 퍼뜨렸다. 그것도 점점 더 수위가 높은 이야기로.

　방학 때 낙태를 했고, 동시에 여러 남자하고 어울렸다는 등의 정말 눈 뜨고 보지 못할 정도의 이야기들이 퍼졌다. 물론 그렇지 않다는 증거도 나왔지만, 서로 자기 이야기가 옳다고 하면서 상대의 이야기는 듣지도 않았다.

　"그래, 신나게 떠들어라. 조만간 생각이 바뀔 테니까. 수사도 거의 끝났을 테니까 조만간 연락이 갈 거다."

　경찰이나 검찰에서 조사받으러 나오라는 연락이 오면 죄가 없는 사람도 겁이 더럭 난다. 그런데 이렇게 지은 죄가 있는 사람은 오죽하겠는가.

　그리고 유포자에 동조해서 날뛰는 인간들도 가만히 두지는 않을 것이다. 악플이 정도가 넘은 사람들은 당연히 고소할 것이지만, 그런 분위기 자체에 일침을 가하는 게 필요하다고 혁민은 생각했다.

"좋은 아침."

혁민이 사무실에 들어가면서 인사를 하자 보람이 일어서면서 혁민에게 이야기했다.

"변호사님, 어제 변호사님 찾는 연락이 왔었는데요."

"그래? 누군데?"

"강순자 님이라고 하시던데요."

"강순자?"

혁민은 강순자가 누구인지 한참을 생각했다. 그리고 이내 누군지 알 수 있었다.

"아, 맞다. 이혼 사건 할 때 그분이구나."

혁민은 자신의 방에 와서 일을 시작하려고 서류를 정리하다가 강순자가 누구인지 떠올랐다. 그런데 왜 연락을 했는지 궁금해서 바로 연락했다. 다행스럽게도 아직 강순자의 핸드폰 번호가 남아 있었다.

"예, 저 정혁민 변호삽니다. 어제 연락하셨다면서요."

─아이고, 변호사님. 잘 지내셨죠?

강순자는 자신이 핸드폰을 잊어버리는 바람에 연락처를 몰라서 사무실로 전화했다고 이야기했다. 그러면서 별건 아니고 식사라도 대접하고 싶어서 연락한 거라고 이야기했다.

"식사요? 굳이 그러실 것 없는데……."

─아유, 꼭 와요. 내가 고마워서 그냥은 지나갈 수가 없더라고.

강순자는 그동안 홍대 쪽에 가지고 있는 건물 가격이 많이 올랐고, 가게들도 다 잘된다면서 아주 고마워했다.

—내가 꼭 인사해야겠다고 그전부터 계속 생각했거든. 그러니까 시간 될 때 꼭 들러요.

강순자는 자신이 직접 음식을 할 테니까 먹고 가라고 계속해서 권유했다. 혁민은 그런 거라면 가서 식사해도 괜찮겠다고 생각했다. 그리고 어떻게 살고 있는지도 한 번은 보고 싶었고.

"예. 그러면 제가 찾아뵙죠."

—아유, 당연히 오셔야죠. 시간은 언제가 괜찮으세요?

시간은 넉넉했다. 최근에 일을 다시 시작해서 맡은 사건이 별로 없었기 때문이었다. 곧바로 약속을 잡았는데, 날을 정하면서 혁민은 조금 아쉽다는 생각을 했다. 율희가 기억이 돌아왔으면 같이 갈 수도 있을 거라는 생각을 해서였다.

'같이 가면 좋았을 것 같은데.'

한번 이야기를 해볼까 생각도 했었다. 하지만 이내 고개를 저었다. 자신이 누구인지도 모르는데 어떻게 같이 어디를 가겠는가. 그러면서 도대체 율희의 기억은 언제 돌아오는 것이냐면서 한숨을 푹 내쉬었다.

*　　　*　　　*

"아유, 어서 오세요. 세상에! 변호사님은 더 멋있어지셨네요."

강순자는 걱정거리가 없어서 그런지 얼굴이 활짝 폈다. 그리고 아이의 얼굴도 무척 좋아 보였다.

"잘 있었어? 지연이라고 했지?"

"네, 아저씨."

혁민은 아이가 밝은 표정으로 인사를 하자 저절로 얼굴에 미소가 그려졌다. 예전에 율희와 그렇게 아이를 갖고 싶었지만, 결국은 그러지 못했다. 자신이 암에 걸려서, 완치되고 난 후에는 율희가 사고를 당해서.

그래서일까. 아이만 보면 자꾸만 눈길이 가고 아이가 웃으면 그렇게 기분이 좋을 수가 없었다. 혁민은 손에 든 과일 바구니를 강순자에게 건네고 안으로 들어갔다.

"아유, 이런 거 필요 없다니까요. 저희한테 해주신 게 얼만데… 앞으로는 그냥 빈손으로 오세요. 그러셔도 돼요."

강순자는 앞으로는 이런 거 사 오지 말라고 하고는 거실로 안내했다. 거실에는 이미 상이 차려져 있었다. 모락모락 김이 올라오는 음식들.

"아니, 뭘 이렇게 많이 차리셨어요? 이거 다 먹었다가는 배 터지겠네요."

"아유, 무슨 말씀이세요. 차린 것도 얼마 없는데. 호호호."

혁민은 이것만 해도 많다고 하면서 자리에 앉았다. 그리고 어떻게 지냈는지 이야기를 하면서 식사를 했다.

"다 변호사님 덕분이죠. 그놈의 영감탱이 때문에 속 썩은 걸 생각하면……."

생활도 안정되고 걱정거리가 없으니 이제는 정말 사는 맛이

난다고 했다. 그리고 지연이도 공부도 잘하고 더 밝아졌고.

"장사를 해볼까 생각도 해봤는데요, 평생 안 하던 장사를 갑자기 하는 건 좀 아니겠더라고요. 다들 말리기도 하고……."

돈도 있고 하니 그런 욕심도 났지만, 그쪽으로는 잘 모르니 아예 하지 않는 게 좋겠다고 생각했다고 했다. 혁민은 정말 잘 생각하셨다고 대꾸했다.

"만약에 하실 생각이 있으시면요, 다른 가게에서 적어도 1년은 배우시고 그다음에 하세요. 장사라는 게 만만한 게 아니거든요."

"그러니까요. 그래서 그냥 청소만 하고 다녀요. 그렇다고 놀 수는 없잖아요. 아직은 충분히 일할 수 있는데."

강순자는 자기 건물 복도나 주변 청소를 한다고 했다. 전에 하던 청소 업체가 하는 게 영 마음에 들지 않아서 시작했다는 거였다. 그건 자신이 할 수 있는 일이었으니까.

"그런데 그것도 처음에 하니까 생각 같지 않더라고요. 이게 집 청소하고는 또 달라서요."

"그래도 참 대단하시네요. 보통은 그런 거 할 생각 못 하던 데요."

갑자기 큰돈이 생기면 사업을 하거나 돈 쓰는 재미에 빠지는 경우가 많다. 하지만 강순자는 그렇지는 않은 듯했다.

"내가 얼마나 살겠다고 그거 가지고 뭘 하겠어요. 그리고 평생 그렇게 살아서 그런지 그렇게 비싼 거는 안 사게 되더라고요."

남들이 들고 다니는 명품백도 충분히 살 수는 있지만, 아까워서 그러지 못하겠다고 했다. 그러고 보니 옷도 그렇게 좋은 것 같지 않았다. 그런 이야기를 했더니 강순자는 웃으면서 있었던 일을 말해주었다.

"청소할 때야 좋은 옷 입을 거 없잖아요. 그래서 후줄근하게 입고 청소를 하니까 어떤 사람들은 막 대하더라고요. 사람들이 왜 그런지……."

막말하는 건 물론이고 이것도 좀 치우라면서 자기 쓰레기 같은 것도 주고 그랬다고 했다. 그래서 일부러 재계약할 때 똑같은 옷을 입고 갔다고 했다.

"원래는 부동산에서 알아서 하고 주인은 보지도 않았더라고요. 그 영감탱이는 도대체 일을 어떻게 한 건지……."

그런데 갑자기 재계약을 할 때 주인이 직접 온다고 하니 사람들이 쫙 빼입고 왔다고 했다. 건물 주인이라고 하면 세입자는 긴장할 수밖에 없다. 재계약을 하지 않겠다고 하면 곤란한 건 세입자였으니까.

그래서 장사를 하는 사람이나, 사무실을 쓰는 사람이나 전부 긴장해서 있다가 강순자가 들어오자 처음에는 여기도 청소를 하러 온 걸로 아는 눈치였다고 했다.

"건물 주인이라고는 생각지도 못한 거죠. 그런데 부동산에서 벌떡 일어서서 인사를 하니까 깜짝 놀라는 거예요."

강순자는 일부러 자리에 털썩 앉아서는 별다른 이야기를 하지 않았다고 했다. 그러자 세입자들이 당황해서 쩔쩔맸다는 거였다.

"그런데 저는 그런 거 못 보겠더라고요. 정말 독하게 하는 사람도 있는데, 저는 그런 거 보니까 막 안쓰럽고 그렇더라고요. 그래서 그냥 바로 얘기했어요. 특별한 일 없으면 그냥 계속 사용해도 좋다고요."

강순자는 기왕이면 장사를 하든 회사를 하든 잘돼서 나갔으면 좋겠다고 했다.

"특히나 장사하는 사람들이 걱정을 많이 하더라고요. 장사가 좀 잘되면 나가라고 한다고. 왜 그거 있잖아요, 권리금. 그거 때문에 아주 민감하더라고요."

강순자는 건물 가지고 있으면 돈도 있는 사람들이 그런 거가지고 왜 장난질을 치는지 모르겠다면서 화를 냈다.

"아니, 있는 사람이면 그만큼 베풀 줄도 알고 그래야지. 그렇게 해서 돈 벌면 잠이나 제대로 자겠어요? 나 같으면 속 편하게 잠도 안 오겠네."

"아주머니 같은 분만 계시면 어디 그런 문제가 생기겠습니까. 그런데 세상에는 욕심 많은 사람들이 더 많거든요. 그리고 그런 사람들이 돈을 더 잘 벌고요."

열심히 일해서 버는 거야 누가 뭐라고 그러겠는가. 그런데 그게 아니라 불법, 탈법과 같은 방법으로 돈을 버는 게 더 손쉽다는 게 문제다. 그리고 그렇게 돈을 번 사람들이 더 잘살고.

"그래서 장사하는 사람들한테는 걱정하지 말라고 했어요. 내가 장사할 생각도 없고, 만약 하게 되더라도 권리금 다 줄 거라고."

"잘하셨어요. 아주머니 이야기를 들으니까 제가 다 마음이 흐뭇해지네요."

혁민은 이런 게 바로 보람이구나 하는 생각을 했다. 뿌듯했다. 만약 강순자가 재산을 받지 못하고 내쫓겼더라면 이런 일도 없었을 것 아닌가.

"지연아. 엄마가 밥 먹을 때는 핸드폰 하지 말라고 했지?"

혁민은 강순자의 호통에 깜짝 놀랐다. 지연이가 좀 심심했던 모양이었다. 혁민과 강순자 둘이서만 이야기를 하고 있으니 핸드폰으로 무언가를 보았던 것 같은데, 그걸 강순자가 보고는 한 소리를 한 거였다.

"알았어. 이것만 보고."

지연은 입을 삐죽 내밀고는 핸드폰을 계속 만지작거렸다.

"얘가. 엄마가 그렇게 얘기했는데……."

"알았다니까."

지연이는 바쁘게 손을 놀렸는데, 혁민도 도대체 뭘 보는지 궁금해서 슬쩍 지연이의 핸드폰을 보았다. 글자야 잘 보이지 않았지만, 익숙한 사진이 보였다. 루프리의 사진이었다.

"너도 루프리 아니?"

"어? 아저씨가 루프리를 어떻게 알아요?"

오히려 지연이 이상하다는 듯 되물었다.

"거기 회사 사장하고 아주 친하거든. 그래서 좀 알지."

"우와, 짱이다. 요즘 루프리 완전 떴잖아요. 모르는 애들 없어요."

워낙 인터넷을 뜨겁게 달구는 사건이라서 모르는 애가 없다
는 거였다. 혁민은 궁금해서 물어보았다. 어떤 식으로 알고 있
는지를.

"반반이에요. 음… 나쁜 멤버가 있다고 생각하는 애들도 있
고, 마녀사냥이라는 애도 있고……."

지연은 조금 신중하게 생각하면서 이야기했다. 아마도 자기
들끼리 쓰는 표현을 다른 말로 바꾸느라 그런 모양이었다.

"지연이는 어느 쪽인데?"

"저는 아니라는 쪽이요. 그런데 정말 소문이 사실이에요?"

지연은 호기심이 가득한 눈으로 혁민을 바라보았다.

"당연히 아니지. 예라를 잘 아는 누가 일부러 그러는 것 같
던데?"

"그렇죠? 딱 봐도 이상했어요. 같은 반 친구들이 다 아니라
고 하는 거 보니까."

"그런데 그거 믿는 애들은 왜 그러는 거야?"

"그냥 재미죠, 뭐."

지연은 대수롭지 않게 이야기했다. 그러면서 조금은 충격적
인 말을 덧붙였다.

"짜증도 나고 화도 나는데 그런 걸 어떻게 할 수가 없잖아
요. 그럴 시간도 없고."

어떻게 보면 별거 아닌 말일 수도 있었다. 그런데 혁민에게
는 조금 다르게 다가왔다. 스트레스를 풀 방법도 없고 그럴 시

간도 없다는 것으로 받아들였다.

'하기야 애들은 학원 다니기도 바쁘니까. 아, 직장인도 마찬가진가? 요즘은 경기가 좋지 않아서 더 그럴 수도 있겠어…….'

주변만 봐도 쉽게 알 수 있었다. 사람들은 짜증 나고 정말 폭발하기 직전이었다. 직장에 다니는 사람이든 장사를 하는 사람이든 마찬가지였다. 더 큰 문제는 앞으로 나아질 것 같지가 않다는 거였다.

희망이란 게 보이지 않으니 더 문제 아니겠는가. 참고 견디면 나아질 것이라는 생각을 가지고 있으면 어떻게든 견디고 버틸 수 있겠지만, 그렇지 않으니 방법이 없었다. 절망하고 좌절한 채로 살아가는 수밖에.

그래서 스트레스가 정말 극심했다. 지금도 힘든데 앞으로도 계속 힘들 거니까. 그런데 그걸 풀 방법도 없었다.

'그래서 그렇게 사람들이 이상해지는 걸 수도 있어. 원인이 없는 결과는 없는 법이잖아?'

그런데 옆에 앉아 있던 지연이 뭐라고 종알거렸다.

"좀 잠잠해지는 것 같았는데……."

"왜? 지금은 어떤데?"

"오늘 또 이상한 얘기 나와 가지고 난리예요. 최초 유포자 찾았다는 이야기가 나오니까 조작하는 거라는 얘기도 있고……."

지연은 강순자의 눈치를 보다가 슬쩍 핸드폰을 보여주었다.

거기에는 산부인과 근무했던 사람인데 예라가 수술한 게 사실이라는 식의 이야기가 있었다. 그리고 소속사와 검찰에서 발표하는 건 전부 쇼라는 말도 있었고.

"도무지 멈출 줄을 모르는 사람들이네……."

혁민은 혀를 끌끌 찼다. 이런 식으로 해도 지금까지는 괜찮았을지 모른다. 이미지로 먹고사는 연예인 특성상 끝까지 가는 게 엄청나게 부담스러워서 중간에 고소를 취하하곤 했으니까. 하지만 이번에는 조금 다를 것이다.

"혜나도 성격이 장난 아니라서 그냥은 넘어가지 않을 건데……. 나도 마찬가지고."

혁민은 이번에는 상대를 잘못 골랐다고 중얼거렸다.

*　　*　　*

―쩌리들이 까대는 거얌… 선비 탈 쓴 쓰레기들…

―진짜 개드릅다. 완전 노답…

20대 초반의 여자는 모니터에 올라오는 글을 계속 보고 있었다. 자신들이 잘하고 있고 자신들을 공격하는 사람들은 전부 쓰레기에 형편없는 인간들이라는 댓글이 쉴 새 없이 달리고 있었다. 하지만 오늘은 다른 날과는 달리 기분이 나질 않았다.

—저기...

　여자는 루프리의 예라와 관련된 사건을 잘못 알고 있는 거 아니냐는 글을 적었다가 백스페이스를 연타했다. 상대를 까대는 이런 분위기에 그런 글을 달았다가는 매장당하기 딱 좋았기 때문이었다.

　하지만 이상한 건 이상한 거였다. 자신이 아는 친구가 있었는데, 예라 얘기가 다 거짓이라고 했다. 그 친구는 동생이 예라와 동창이라서 잘 아는데 인터넷에 떠도는 건 있을 수 없다고 이야기했다.

　처음에는 자신도 예라를 까는 데 일조했다. 그런 애는 절대로 대중 앞에 나와서는 안 된다고 생각했으니까. 하지만 친구의 이야기를 듣고 나서 생각이 조금 바뀌었다. 인터넷에 떠도는 이야기 중에는 믿지 못할 것도 많으니까.

　"이건 아닌 것 같은데……."

　댓글에는 본때를 보여줘야 한다는 말이 넘쳐 나고 있었다. 우리에게 찍히면 죽는다는 걸 알려주자는 식이었다. 조금만 더 밀어붙이면 버티지 못할 거라는 말도 있었다.

　개중에는 누가 검찰 소환장을 받았다는 식의 이야기도 했지만, 겁주려는 조작이라거나 실제로 받아도 별거 아니라는 식의 이야기를 해댔다.

　같은 시각, 비슷한 일을 10대 중반의 남자아이도 겪고 있었다. 지금까지는 무척 열심히 공격하고 있었다. 무엇보다도 그렇게 공격을 하면 신이 났다. 자신이 정의의 사도가 된 것 같은 느낌도 들었고, 무언가 대단한 일을 하는 느낌도 들었다.

학교나 다른 곳에서는 존재감이 없었지만, 인터넷상에서는 아니었다. 그래서 더 공격적으로 글을 달았다. 그렇게 자신의 존재감을 거리낌 없이 드러냈다. 하지만 오늘 학교에서 좀 이상한 이야기를 들었다.

"정말 고소당하면 어떻게 하지?"

같은 반에 박지연이라는 아이가 있었는데, 아는 변호사한테 들었다면서 루프리 이야기를 했다. 인터넷에 떠도는 게 다 거짓이고 지금 조사를 하고 있다고. 조금 있으면 싹 다 고소를 할 거라고 했다.

들을 때는 다들 콧방귀를 뀌었지만, 집에 오니 조금씩 겁이 나기 시작했다. 다른 사람도 아니고 변호사 말이라고 하니 어쩐지 신빙성이 있는 것 같았다. 평소에 허튼소리 잘 하지 않는 모범생이었고, 집도 엄청나게 부자였다.

"아는 변호사 이야기도 자주 했어……."

남자아이는 짜증이 나는 듯 자꾸 혀를 차면서 망설이다가 자신이 쓴 글 몇 개를 슬그머니 지웠다. 자신이 아니어도 그런 글을 올린 사람은 많았다. 하지만 박지연의 이야기를 듣고 나서 보니 무언가 좀 이상하기는 했다.

"연습생 하느라고 시간이 없다고 했지……."

박지연은 인터넷에서는 볼 수 없는 이야기도 했다. 인터넷에 돌아다니는 이야기만 했다면 이렇게 흔들리지는 않았을 것이다. 그런데 정말 관련된 사람에게서 무언가를 들은 듯했다. 그래서 일단 자신이 쓴 글을 지웠다.

"이 정도면 되는 건가?"

남자아이는 조금 망설이다가 글을 몇 개 더 지웠다. 하지만 여전히 예라를 비방하고 조롱하는 글은 넘쳐 났다.

그래서 사건의 당사자인 루프리의 멤버 예라는 어두운 방 안에서 괴로워하고 있었다.

"아니라니까. 너까지 왜 그래?"

예라는 날카롭게 소리쳤다.

—아니, 나는 그냥… 하도 인터넷에서 난리길래 물어본 거지.

"됐어, 넌 친구도 아냐. 끊어."

예라는 신경질적으로 전화를 끊었다. 그래도 친구라는 년이 전화해서는 물어본다는 게 인터넷에 올라온 게 사실이냐는 거라니. 그것도 낄낄거리면서. 정말 울고 싶었다. 인터넷에 악플을 보는 것보다도 더 큰 상처였다.

그런 거 아닌 거 다 아니까 기운 내라고 해줘도 모자랄 판에 이 일을 그냥 재미로 여기는 인간이 있다는 게 정말 소름 끼쳤다. 예라는 방금 전화한 친구를 목록에서 삭제하려다가 그냥 핸드폰을 집어 던졌다.

부모님이 어려울 때 친구가 정말 친구라는 이야기를 했을 때 그냥 고개를 끄덕였다. 너무나도 당연한 말이라고 생각했다. 하지만 자신이 그 뜻을 전혀 모르고 있었다는 걸 최근에 알 수 있었다.

"나한테 왜 그러는 거야?! 왜!!"

별로 친하다고 생각지 않았던 친구가 연락해서 위로해 줄 때는 눈물이 났다. 그리고 정말 좋은 친구구나 하는 생각이 들었다. 하지만 정말 친한 친구라고 생각했던 친구 중에도 자신보다 인터넷에 올라온 걸 믿거나 자신의 아픔 같은 건 신경도 쓰지 않는 친구가 있었다.

평소라면 그래서 놀 때 친구보다는 어려울 때 친구가 진정한 친구라는 말을 되새겼을 것이다. 하지만 지금은 그럴 여유가 없었다. 그저 괴롭고 힘들 뿐이었다. 죽고 싶었다. 너무 힘들어서 그냥 세상에서 없어지고 싶었다.

그나마 그동안 기운 내라고 연락을 해준 사람들 덕분에 간신히 마음을 좀 추스를 수 있었다. 간신히 좀 멘탈을 잡고 있었는데, 방금 전화를 한 한 명이 완전히 그녀의 가슴을 후벼 파버렸다. 날카로운 칼이 살을 뚫고 들어와서 헤집어도 이렇게까지 아플 것 같지는 않았다.

예라는 어두컴컴한 방의 귀퉁이에 주저앉아 고개를 팔과 무릎 사이에 파묻었다. 방 안에는 그녀가 흐느끼는 소리만이 조용히 흘렀다. 그리고 그녀가 읊조리는 소리가 들렸다.

"나만 없어지면 되는 거야, 나만……."

*　　　*　　　*

"괜찮다고 했잖아요. 이제 어떻게 해요?"

─글쎄 걱정 없다니까 그러네. 만약 니가 올린 게 드러난다고 하더라도 그냥 장난이었다고 하면 끝이야. 초범에다가 반성하는 기색을 보이면 다 풀려난다니까.

최초 유포자인 김민아는 남자의 말을 믿지 못하겠다면서 계속해서 따졌다. 올렸다가 얼마 후에 지우면 아무도 모를 것이라고 했지만, 그렇지 않았다. 검찰에서 조사를 받으러 오라는 연락이 온 것이다.

그러니 남자의 말을 계속 믿을 수가 있겠는가. 하지만 남자는 계속해서 자신의 말을 믿으라고 이야기했다.

─그런 케이스 한두 번 본 줄 알아? 너도 알지? 여기도 그런 소송 같은 거 여러 번 했다는 거. 우리가 왜 계속 취하하는 줄 알아?

남자는 대형 기획사에서도 꽤 높은 위치에 있는 사람이었다. 김민아는 남자가 그렇게 이야기를 하니 믿지 않을 수도 없었다.

"정말이죠? 문제없는 거죠?"

─그렇다니까 그러네. 그러니까 내가 시킨 대로만 이야기해. 그러면 게임 끝이야.

남자는 검찰에 가면 잘 모른다고 했다가 증거를 대면 그냥 장난이었다고 말하라고 했다. 이렇게 문제가 커질 줄은 몰랐고, 자신도 어디서 들은 이야기라고 말하라고. 그리고 어디서 들었는지는 잘 모르겠다고 말하라고 했다.

"정말 그렇게 하면 나중에 나 데뷔시켜 주는 거죠?"

—그래. 이번 일만 잘하면 그렇게 해준다니까. 그러니까 잘해. 안 그러면 평생 데뷔는 꿈도 꾸지 못할 테니까. 알았어?

남자가 윽박지르자 김민아는 흠칫 놀랐다.

"알았어요. 그렇게 할게요."

—그래. 그럼 앞으로는 이 번호로 연락하지 마라.

남자는 자신이 다른 번호로 연락할 테니 먼저 전화하지 말라고 이야기했다. 하지만 김민아는 불안했다. 만약에 남자의 말과는 다르게 정말 징역이라도 살게 되면 어쩌나 싶은 거였다.

이제 갓 스물이 된 김민아였다. 성년이 되었다고는 하지만 어디 어른이라고 할 수 있겠는가. 아직도 앳된 티가 나는 소녀였다. 그래서 검찰에 조사받으러 가야 한다는 사실 자체가 너무나도 겁이 났다.

사실 경찰과 검찰이 어떻게 다른지도 잘 모른다. 그런데 연락을 받고 찾아보니 검찰이 더 무서운 곳이란다.

"어떻게 해? 진짜 처벌받게 되면… 난 몰라……."

남자는 문제없다고 했지만, 김민아는 떨려서 가만히 앉아 있을 수가 없었다. 만약 처벌을 받게 된다면 자신의 꿈은 끝이나 마찬가지였다. 교도소에 다녀온 아이를 누가 아이돌로 데뷔시켜 주겠는가.

김민아는 어디로 도망갈 수 없을까 고민했다. 하지만 갈 데도 없었다. 외국으로 나가지 않는 이상에야 어디에 숨겠는가. 아프다고 해볼까도 생각해 보았지만, 어차피 그런 건 임시방

편에 불과하다. 학교에 빠질 때나 써먹는 방법이지 검찰이 부르는데 사용할 방법은 아니었다. 그리고 근본적인 해결책은 되지도 못했고.

하지만 너무나도 겁이 나서 김민아는 어디론가 숨고 싶었다. 잠도 오지 않았다. 그래서 김민아는 밤을 뜬눈으로 보내고 검찰에 가게 되었다.

김민아가 검찰에서 조사를 받고 있는 시각, 혁민은 혜나와 이야기를 나누고 있었다.

"뭐? 그러니까 이게 개인적인 문제만 있는 게 아닌 것 같다고?"

"확실하지는 않아. 그런데 좀 의심이 들어서……."

오혜나는 얼마 후에 있을 공연에서 루프리를 제외하겠다는 통보를 받았다고 했다.

"처음에는 이렇게 사건이 터졌으니까 그럴 수도 있겠거니 했지. 그런데 알아보니까 우리가 제외되기 전부터 다른 그룹을 밀어 넣으려고 했다는 거야."

시간이 있으니 공연에 나올 수 있는 그룹은 수가 한정되어 있다. 루프리는 인기는 크게 끌지 못했지만, 실력을 인정받아 비록 짧은 시간이지만 참석하기로 되어 있었다. 신인 그룹이니 그것만 해도 감지덕지했다.

그런데 대형 기획사에서 미는 걸그룹을 집어넣으려고 계속 이야기가 되어왔다는 거였다. 혁민은 이야기를 듣다가 고개를 갸웃거렸다.

"그것만 가지고 뭐가 있다고 보는 건 좀 오버 아닌가?"

"그것만 보면 그렇지. 그런데 사실 거기하고 우리가 좀 문제가 있거든……."

오혜나는 입맛을 다시면서 말을 이었다. 지금 회사에 소속된 작곡가이자 이번에 루프리의 곡을 작곡한 루지라는 가명의 작곡가에 관한 이야기를.

"노예 계약?"

"15년짜리면 노예 계약이지. 그래서 그거 가지고 다툼이 좀 있었거든."

루지라는 작곡가는 처음 어렸을 적에 멋모르고 계약을 했다가 나중에 계약 문제로 대형 기획사와 다투었다고 했다. 결국에는 소송까지 갔는데, 법원에서 루지의 손을 들어주었다. 15년은 지나치다고 법원에서도 판단한 거였다.

그런데 그렇게 좋지 않게 헤어지고 나자 대형 기획사에서도 앙심을 품게 된 것이다.

"나갈 때 사장이 그랬다던데? 너 이래놓고 이 바닥에 발붙일 수 있을 것 같으냐고."

"나한테 찍혔으니까 아무것도 할 수 없을 거라는 협박이네."

혁민은 그렇게 이야기를 하다가 문득 김 사장이 생각났다. 루지라는 작곡가와 신세가 별다를 것 없다는 생각이 들어서였다.

"어떻게 우리나라에서 힘 좀 있다고 하는 것들은 하는 짓이 이렇게 다 똑같냐?"

"그러니까 말이야. 그래서 일을 못 하고 있었거든. 받아주는 데도 없고, 곡을 만들어도 다들 눈치를 보느라고 쓰지를 않은 거지."

그런데 혜나가 채용을 했단다. 그리고 아무래도 그것과 지금 사건이 관련이 있는 것 같다는 거였다. 공연을 주관하는 방송사 아는 사람이 그렇게 귀띔을 해주었다고 했다. 그쪽에서 대놓고 혜나 회사는 처내라고 했다고.

"그런데 그런 거 알면서 너는 왜 그 사람 데려온 거야?"

"나야 실력만 보잖아. 그리고 설마 시간도 제법 지났는데 아직까지 이럴 줄은 몰랐지."

혁민은 고개를 끄덕였다. 그래서 강지희도 받아준 거였으니까. 혁민은 혜나답다고 생각하면서 정말 이 사건과 공연에서 제외된 것이 다 연관된 일일까 생각했다.

그런데 그날 저녁에 차동출의 연락을 받고는 그게 사실이라는 걸 알 수 있었다.

"배후요?"

─그래. 애가 완전히 겁에 질려 있더만. 내가 조금 겁을 주니까 그냥 줄줄 다 불던데?

차동출은 김민아가 배후가 있다는 이야기를 했다고 전해왔다. 피해자의 손해가 막대하고 범죄의 정황이 분명하니 1년 내외의 실형을 받을 거라고 했더니 울면서 그렇게 이야기했다는 거였다.

"혹시 그 배후가 대형 기획사예요? 이름만 대면 다 아는?"

―어? 니가 그거 어떻게 알고 있냐?

차동출이 이야기한 대형 기획사는 오혜나가 말한 곳과 같은 곳이었다. 혁민은 한숨을 푹 내쉬었다. 그리고 헛웃음을 내뱉었다.

'설마 아니겠지 했는데, 어쩌면 그렇게 하는 짓이 똑같은지. 나 참.'

사태가 해결되나 싶었는데 어떻게 점점 꼬이는 것 같은 느낌이었다. 댓글은 여전히 난리도 아니었다. 반성할 기미는 보이지 않고 더욱 날뛰는 게 보였다. 예라가 피해자라고 하며 옹호하면 이제 피해자 코스프레를 하느냐면서 오히려 비웃어댔다.

"알았어요. 이거 안 그래도 알아서 잘하시겠지만, 혜나 회사 일이니까 신경 좀 써주세요."

―물론이지. 이런 것들은 제대로 조사해서 다 처넣어야지. 도대체 뭐하자는 짓인지 모르겠다니까. 요즘은 아주 사람들이 다 미쳐서 날뛰는 것 같아.

그렇게 차동출과 통화를 마치고 잠자리에 들려고 했는데, 갑자기 허 대리로부터 연락이 왔다. 혁민은 무슨 일인가 해서 전화를 받았는데, 이야기를 듣고는 자리에서 벌떡 일어났다.

"예라가 자살을?"

―네. 지금 병원으로 급히 옮겼대요.

"상태는 어떤데? 어?? 어떻게 되었다는데??"

―목숨은 간신히 건졌대요.

부모님이 일찍 발견해서 목숨은 건졌다는 거였다. 혁민은 다행이라고 생각하면서 안도했다.

―그런데 그것 때문에 인터넷이 더 난리예요.

"인터넷이? 왜??"

혁민은 오히려 잠잠해질 거라고 생각했다. 상황이 이렇게 심각하게 돌아가니까 악플을 달던 사람들도 좀 조심하겠거니 하는 생각에서였다. 하지만 그렇지 않았다.

―죄가 있으니까 찔려서 그런 거지. ㅋㅋㅋ

―저것도 쑈하는 거라니까. 동정표 얻으려고.

혁민은 글을 보다가 핸드폰을 집어 던질 뻔했다. 뭐 이런 것들이 다 있나 싶었다.

"이것들이!! 좋아!! 그래, 어디 한번 해보자!!! 니들 나한테 찍히면 어떻게 되는지 이번에 똑똑히 알려줄게!!!"

『괴짜 변호사 : 악마의 저울』 9권에 계속…

초대형 24시 만화방

신간 100%, 샤워실, 흡연실, 수면실(침대석), 커플석, 세탁기 완비

▪ 일산 정발산역점 ▪

라페스타 E동 건너편 먹자골목 내 객잔건물 5층
031) 914-1957

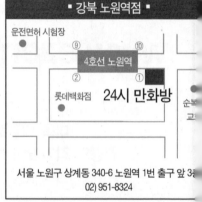

▪ 강북 노원역점 ▪

서울 노원구 상계동 340-6 노원역 1번 출구 앞 3층
02) 951-8324

▪ 부천 역곡역점 ▪

역곡남부역 기업은행 건물 3층
032) 665-5525

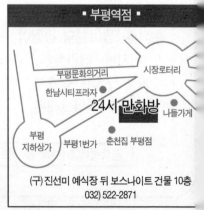

▪ 부평역점 ▪

(구) 진선미 예식장 뒤 보스나이트 건물 10층
032) 522-2871

며운 장편 소설

FUSION FANTASTIC STORY

전공
三國志
삼국지

2세기 말 중국 대륙.
역사상 가장 치열했던 쟁패(爭覇)의
시기가 열린다!

중국 고대문학을 공부하던 전도형,
술 마시고 일어나니 도겸의 둘째 아들이 되었다?

조조는 아비의 원수를 갚으러 쳐들어오고
유비는 서주를 빼앗으려 기회만 노리는데……

"역시 옛사람들은 순수하다니까.
유비가 어설픈 연기로도 성공한 데는 다 이유가 있지, 암."

때로는 군자처럼, 때로는 효웅처럼!
도형이 보여주는 난세를 살아가는 법!

Book Publishing CHUNGEORAM

유행이 아닌 자유추구 -
WWW.chungeoram.com

이경영 판타지 장편소설

FANTASY FRONTIER SPIRIT

그라니트

용들의 땅

GRANITE

사고로 위장된 사건에 의해 동료를 모두 잃고 서로를 만나게 된 '치프'와 '데스디아'.
사건의 이면에 상식을 벗어난 음모가 있음을 알게 된 둘은
동료들의 죽음을 가슴에 새긴 채 각자의 고향으로 돌아간다.
2년 후, 뜻하지 않게 다시 만난 두 사람은 동료들의 복수를 위해
개적용역회사 '그라니트 용역'을 설립해 다시금 그 땅을 찾게 되는데……

용들이 지배하는 땅 그라니트!
그곳에서 펼쳐지는 고대로부터 이어지는 운명적 만남,
깊어지는 오해, 그리고 채워지는 상처.

『가즈 나이트』시리즈 이경영 작가의 미래형 판타지 신작!

Book Publishing CHUNGEORAM

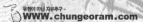

유행이 아닌 자유추구 -
WWW.chungeoram.com